El instante preciso en que los destinos se cruzan

ANGÉLIQUE BARBÉRAT

El instante preciso en que los destinos se cruzan

Traducción de
María Enguix

Título original: *L'instant précis où les destins s'entremêlent*

Primera edición: enero, 2017

© 2013, Éditions de l'épée
© 2014, Éditions Michel Lafont
© 2017, Penguin Random House Grupo Editorial, S. A. U.
Travessera de Gràcia, 47-49. 08021 Barcelona
© 2017, María Enguix Tercero, por la traducción

Printed in Spain – Impreso en España

ISBN: 978-84-253-5279-9
Depósito legal: B-22.626-2016

Compuesto en Revertext, S. L.

Impreso en Romanyà Valls, S. A.
Capellades (Barcelona)

GR 5 2 7 9 9

Penguin
Random House
Grupo Editorial

A Coryn. A Kyle.
A vosotros

LIBRO PRIMERO

1

Willington. Estados Unidos. Costa Este

«Me encantaría volver al instante preciso en que los destinos se cruzan», dijo la madre de Kyle al salir del cuarto de baño con las gafas de sol puestas. Kyle no entendía nada. Claro, tenía cinco años, con cinco años, ¿quién comprende esta clase de cosas? Con cinco años, ¿a quién le extraña que su madre lleve gafas de sol en casa? Con cinco años, ¿cómo no iba a creerla cuando ella le aseguraba que solo le escocían los ojos o que se había dado un golpe?

No. Como todos los niños a esa edad, el pequeño la encontraba guapa. Le gustaba estar cerca de ella. Jugaba con sus coches y levantaba la mirada de vez en cuando. Algunos días la madre de Kyle canturreaba en voz baja... y otros se ponía las dichosas gafas oscuras.

—¿Estás bien, mamá?

—Juega con tus coches, Kyle, por favor.

Su tono de voz era lúgubre, y el niño comprendía que necesitaba silencio. Se callaba para complacerla. Aguardaba —sin saberlo— a que se encontrase mejor. A que saliera del baño sin las gafas. A que se sentase al piano y dejara que sus dedos, largos y finos, se desplazasen por las teclas a toda velocidad. Kyle se preguntaba cómo podía moverlos tan deprisa sin equivocarse. A veces ella cerraba los ojos o miraba al frente. A lo lejos. «Quizá allí donde la lleve la música.» Él se acercaba deslizándose con sigilo. Tenía cuidado de no molestarla. ¡Faltaría más! Cuando su mamá tocaba con tanta ligereza, él hubiera deseado que se quedara así para siempre. La música salía de ella para entrar en él. Se fundían en uno, y su mundo era hermoso. El niño aguardaba el instante en que ella posara las manos sobre las rodillas para ir a sentarse junto a ella en la banqueta. Mamá lo acogía entonces en su regazo y le decía al oído: «Un músico lee con las manos...», «Un músico cuenta la vida con los dedos...», «Un músico respira con la música...».

—Pon los dedos aquí. Así. Eso es. Sin apretar. Relájalos... ¿Lo oyes? ¿Lo sientes?

—Sí —murmuraba él escuchando cómo la nota le subía por dentro.

—La música vive en ti ahora.

—Sí, mamá.

Otro día, sin venir a cuento, le había dicho:

—Kyle, creo que los hombres siempre han necesitado la música.

—¿Los primeros hombres también?

—Sí —contestó la madre riendo—. ¡Los primeros hombres también! Estoy segura de que aprendieron que si golpeaban los troncos podían crear sonidos que les harían bien.

—¿Porque no sabían qué hacer con las manos?

La madre repitió con esa voz suya tan particular: «No sabían qué hacer con las manos...», y luego añadió enseguida:

—Porque la música mata el aburrimiento y porque puede hacerte feliz.

—Pero, mamá, a veces lo que tocas es triste.

—Cuando estás triste, la música... puede evitar que... Te transporta a un mundo donde...

Su voz se hizo inaudible, y Kyle sintió miedo.

—¿Donde qué, mamá?

Ella cerró el piano de golpe. A él no le gustaba que no terminara sus frases y dejara de tocar. La observó mientras volvía a colocar sobre el piano el tapete y la planta. Mientras pasaba una mano por el taburete para quitarle el polvo, lo ponía en su sitio y decía con una voz que ya no era exactamente la misma:

—Ven. Tu padre estará a punto de llegar.

Entonces, en días como esos, su mamá se metía en la cocina, y él comprendía que su ligereza se había esfumado. Sus manos ya no tocaban las cosas con dulzura. Se ponía nerviosa y se miraba el reloj. Echaba un vistazo rápido por la ventana. Al reloj. Por la ventana. Kyle se subía a una silla e intentaba averiguar de qué estaba pendiente su madre. Solo distinguía el arce grande que extendía sus largas ramas sobre la entrada. ¿Vería ella cosas que le daban miedo? ¿Vería arañas peludas y feas?

—¿Qué miras, mamá?

Ella no respondía y se iba a poner la mesa. Colocaba los cubiertos y los vasos con precisión milimétrica. Todo debía estar impecable y perfecto. Cuando no tocaba el piano dedicaba todo su tiempo a las tareas del hogar y a cambiar el agua de los jarrones. Todos los días. Decía que era importante no descuidar las cosas.

—Si tienes una planta o un animal, hay que ser cariñoso con ellos. Darles de comer, hablarles, acariciarlos. Tienes que mimarlos. Decirles que los quieres.

Luego, de pronto, se volvía hacia su hijo.

—¿Me prometes que siempre serás un buen chico, Kyle?

—Pero... yo soy bueno, mamá, ¿no?

La madre no respondía, o lo hacía con tanta indiferencia que el niño sabía que ya no le estaba hablando a él. Que ya estaba en otro lugar. Ella miraba el reloj, y Kyle no entendía por qué tenía tanto miedo. Ni por qué llevaba esas horribles gafas de sol durante días enteros y por qué ya no quería salir a la calle cuando todavía hacía buen tiempo. Ni por qué su dormitorio estaba en la última planta de la casa mientras que el de sus padres estaba abajo del todo...

Kyle solo tenía cinco años. Con cinco años, entiendes algunas cosas... Pero no todas.

Con cinco años, no debes entrar una mañana en el dormitorio de tu madre porque no se ha despertado y tampoco debes ver la mancha roja oscura que se extiende por la almohada. Justo debajo de su melena.

2

—Dígame.

—Mamá está acostada y la almohada está roja.

—¿Tu mamá está dormida?

—Creo que no.

La mujer con la que Kyle hablaba recibió una descarga eléctrica que la recorrió de la cabeza a los pies. Julia Dos Santos siempre había temido oír esas palabras. Se dedicaba a aquel oficio desde hacía cuarenta y cinco años y, cada tarde, volvía a casa repitiéndose como una oración: «Todavía no. Y ojalá que nunca». Aun así, tenía la extraña certeza de que terminaría por suceder.

Era su último día de trabajo. Al día siguiente se jubilaría. Pero... ni el día siguiente ni los posteriores podría quitarse de la cabeza la voz de aquel niño.

—¿Dónde vives, cariño?

—En una casa blanca con rosas.

—¿Dónde?

—En Willington.

—¿Te sabes el nombre de la calle? —preguntó Julia volviéndose inmediatamente hacia el plano de la ciudad.

—No.

—¿Se ve la iglesia desde tu casa?

—Sí. En mi cuarto.

Julia trazó un círculo con el rotulador rojo en el plano de Willington. Luego pidió al niño que describiese algo de la calle que le llamase la atención.

—Hay un garaje con coches rotos.

Julia colocó la punta del rotulador en la entrada de la calle Austin.

—Lo tengo. Y tu casa… ¿qué número es?

—La última.

—Ya sé dónde vives, cariño. ¿Cómo te llamas?

—Kyle Jen-kins —dijo separando las sílabas.

—Kyle, atiende: ¿hay alguien más en la casa contigo?

—No. Solo mamá.

—Cariño, espéranos en la puerta. No te muevas. Vamos enseguida.

—¿Y mamá?

—Ya vamos, cariño. Espéranos fuera.

Kyle no fue al porche a esperar la ayuda. Bajó al dormitorio de su madre. No había cambiado de postura. No oía su respiración. Supo que no volvería a hablar y que pronto ya no la vería nunca más porque la meterían bajo tierra. Entonces trepó a la cama. Apartó la colcha y apoyó la cabeza en su hombro. A lo mejor cantaba… A lo mejor era feliz allí donde estuviera…

Unos minutos después oyó sirenas de coches y pisadas en la gravilla de la entrada. Oyó que se cerraban portezuelas y que lo llamaban a gritos. Los ruidos invadieron su cabeza y alguien abrió la puerta.

3

Birginton, en las afueras de Londres

Coryn tenía cinco años cuando llegó Timmy. Su madre había ido a dar a luz al hospital y ella, junto con sus cuatro hermanos, esperaba a que su padre volviese. En cuanto él cruzó el umbral despachó a la canguro y dijo con una voz que Coryn nunca le había oído:

—¡Todavía sigue igual! ¡Parece que la cosa pinta mal! ¡Niños, dejadme tranquilo! Todos al jardín. Y tú, Coryn, tráeme una cerveza. ¡Ay, maldita santa Contracción! Si supieras lo mucho que sufro por tu madre...

Los chicos corrieron al jardín. A jugar. A reír. Y a hacer el bobo. A ensuciarse como gorrinos y seguir riéndose mientras ella permanecía allí de pie, escuchando las toneladas de palabrotas que su padre iba encadenando. Conforme él movía ollas y cacerolas, la pequeña pensaba en su madre y en santa Contracción.

Coryn era la única niña de la familia Benton. Y por eso le tocaba quedarse en la cocina. Ella pensaba que era lo normal, porque era lo que hacía su madre. Del mismo modo que lo normal era tener más faena cuando, un invierno tras otro, su mamá iba a la maternidad. Durante días enteros, el padre maldecía a santa Contracción, suplicaba a santa

Dolores que dejase de torturar a su adorada esposa y certificaba que su mujer —su madre, pensaba Coryn— era sencillamente una «santa» cuando cruzaba el umbral con el recién nacido apretadito como una morcilla entre sus gruesos brazos. Aprovechando el momento, el padre anunciaba que era el regalo de Navidad. Los mayores exclamaban que el padre se burlaba de ellos, y Coryn pensaba que Papá Noel no visitaba a las familias con once hijos. No porque ellos se portaran peor que otros niños, sino porque no creía que hubiera suficiente espacio en su saco para los diez chicos y la única chica de la familia Benton. Por más buena que fuera.

Los años transcurrieron, se esfumaron. Desesperadamente iguales unos a otros. Las mismas buenas notas, el eterno pastel de frutas. Diez. Doce. Catorce velas sopladas. Coryn suplicó a santa Regla que sus padres no se dieran cuenta del cambio y la dejaran seguir yendo a clase. Le encantaba aprender y se esforzaba mucho. Agachaba la cabeza, se ponía jerséis anchos, se trenzaba la larga melena. Sin darse cuenta cumplió dieciséis años, y su padre comprendió, una mañana mientras desayunaban, que su preciosa chiquilla rubia, que brincaba en ese momento en el jardín, se había convertido de la noche a la mañana —¡lo habría jurado!— en una jovencita extraordinariamente guapa. «Lo veo. Los demás lo ven.»

Era un hombre práctico y, presa del pánico, habló con su mejor amigo, Teddy, para que la contratara en su restaurante, que se erigía orgulloso en la esquina de la calle de los Benton. Desoyó las súplicas del director del colegio de su hija, las de su profesor de español y las de la propia Coryn. Poco importaba que fuera excelente en literatura y en matemáticas ni que estuviera dotada para los idiomas. Poco importaba todo lo que decían los profesores. Clark Benton tenía miedo, y además no veía más allá de su billetero.

Ese julio, en cuanto acabó el curso, Coryn empezó a servir a jornada completa pescado frito, filetes, salsa marrón grasienta, patatas fritas, café, té, huevos y pepinillos. Y litros, litros y más litros de cerveza. Eso sí, a una distancia razonable de su casa y bajo la mirada vigilante de Teddy.

Coryn era puntual y rápida en el trabajo. Cuando volvía a casa la aguardaba… más de lo mismo. Además de la limpieza, tenía toneladas de calcetines por clasificar y montañas de ropa recién lavada por doblar y guardar entre el griterío incesante de sus hermanos. Que cenaban «en casa», aunque ya tuviesen un empleo. Cuestión de ahorrar. Cuestión de familia. Papá y mamá Benton querían tener a sus polluelos piando a su alrededor. Coryn parecía ser la única que se preguntaba acerca de su futuro. Jamás tendría tantos hijos. ¡Y que fueran chicos! Uno o dos, tres incluso, le parecía bien. Más no. Se ajustaría a la media. Sus hijos no tendrían que soportar las risas, los sarcasmos, las burlas de los demás cuando, a principio de curso, algunos profesores tenían la poca delicadeza de mostrar una sonrisa inequívoca o de guardar silencio algo más de la cuenta cuando oían de cuántos miembros estaba compuesta la familia.

Sí, Coryn era y sería siempre la única chica extraviada entre tantos chicos. «Ojalá tuviera una hermana. Solo una. Habría sido más valiente», se decía al acostarse. «Habríamos salido juntas.» Pero a la mañana siguiente sus hermanos hablaban tan alto que ella desaparecía literalmente para que no la martirizaran, la reclamaran o la regañaran en exceso. De todos ellos, Timmy era su favorito porque se portaba bien con ella. Era el único que retiraba su plato de la mesa de forma espontánea. También iba a la biblioteca a por los libros de Coryn.

Porque la joven adoraba leer. Todas esas historias penetraban en ella, y le impedían pensar en su vida; en todos los días que se parecían entre sí y que serían idénticos indefinidamente. Se quedaría en Birginton con la lluvia, el restaurante, los cubiertos sucios y los restos de comida en los platos... Entonces, cuando un rayo de sol se abría paso entre las nubes e incidía en una de las mesas que acababa de limpiar y la hacía brillar tanto que la formica gris se transformaba en un espejo, entonces sí, ese rayo le daba fe —y acaso esperanza— en que las cosas serían diferentes. Creía que lo que las novelas contaban era posible. Que un hombre la cuidaría, que escucharía sus sueños. Que sabría admirar las estrellas y contemplar la forma cambiante de las nubes. Que disfrutaría viendo los árboles mecerse al viento. Ni él ni ella pronunciarían palabra alguna. Permanecerían así, felices. Felices tan solo de contemplar juntos el movimiento de las ramas. Él la abrazaría. Él... Él... «Él nunca vendrá hasta aquí. Birginton es un agujero.»

Su madre, que no era sorda ni ciega, se confió un día a su marido.

—Coryn está cada vez más guapa, y eso es un peligro.

—Gracias a Dios, trabaja donde Teddy. No queda lejos de casa, y los chicos la vigilan —repuso Clark arrebujándose con la sábana.

La señora Benton lo miró de hito en hito. Clark se incorporó.

—¿Tiene novio?

—No necesita un novio, lo que necesita es un hombre que la pida en matrimonio.

—¿Que la pida en matrimonio?

—¡Clark! ¡Hace ya tiempo que Coryn cumplió dieciséis años! —dijo con énfasis y mirada severa—. Sabes perfectamente que es demasiado guapa para quedarse sin marido.

—¿Y quién te ayudará con la casa?

—¡Los chicos! Ya va siendo hora de que hagan algo, los muy holgazanes.

—¡No querrán!

—¡Pues tendrán que querer! Coryn no va a quedarse soltera… para siempre. Eso sí que no.

—Ya, ya —la atajó el padre—. Lo sé. Y no te imaginas lo contento que estoy de que los otros sean varones. Ha sido una suerte tener a esos chicos, ¿verdad?

—¡Y que dure! —suplicó la madre juntando sus grandes manos.

Clark apoyó las suyas en el vientre de su mujer. Ella suspiró y dijo que iba a pedir cita al médico.

Dos meses después la señora Benton volvió del hospital asegurando que los quistes no la harían sufrir nunca más. No tendría más bebés. Punto final.

—Después de todo, tampoco está mal. Hay que tomarse la vida como viene. Y salir adelante. Lo que estoy diciendo vale para todos. Para ti también, Coryn. —Señaló con su índice gordezuelo el vientre de su hija—. Porque eres una chica.

Coryn reprimió un escalofrío, soñó con todas las vidas

que no tendría cuando su padre tenía pesadillas en las que su niña bonita volvía con un vientre hinchado y nadie que la desposara. «Los chicos toman a las chicas como toman el tren. Cambian de itinerario y...»

—Tengo que casar a Coryn —anunció Clark a Teddy—. En cuanto veas entre tus clientes a un mozo serio y bien aseado que la mira un poco más de la cuenta, me lo dices. Y paso a la acción.

Y cuando uno se empeña en algo...

4

Clark Benton no tuvo que rezar demasiado a santa Rapidez para obtener respuesta a sus plegarias. Poco después un concesionario de coches de lujo abrió sus puertas a pocos kilómetros de allí y un tal Jack Brannigan fue a desayunar al Teddy's. Coryn le sirvió, y él no le quitó los ojos de encima. Volvió a almorzar allí cada día de la primera semana. Se sentaba a la misma mesa para que la joven lo atendiera. La miraba como se mira un postre. Era extremadamente educado y muy elegante. Le hablaba con respeto. Sonreía, y Coryn respondía bajando la mirada, pero sonreía también. Mientras Teddy tomaba nota. Al séptimo día Teddy llamó a Clark.

—¿Coryn te ha dicho algo?

—¿Qué? —preguntó el señor Benton patinando con sus pantuflas—. ¿Un buen partido? ¿Buena pesca?

—Eso parece. Es aseado. Educado y ambicioso.

Benton padre tradujo esas palabras por «premio gordo» y comunicó a Teddy que iba hacia allí. Dicho y hecho, Clark fue corriendo al restaurante. En pantuflas. «¡No hay tiempo para cambiarse de calzado!» Quiso oír el relato otra vez. Tenía que escuchar con sus propios oídos —y ver con sus propios ojos— la palabra «ambicioso» en boca de su amigo.

—Pero ¿cómo de am-bi-cio-so?

—Como un vendedor de coches de lujo.

—¿El concesionario nuevo?

Teddy asintió.

—¿El dueño?

—Tiempo al tiempo…

—Tiempo al tiempo…

Clark volvió a casa con las manos en los bolsillos. Y la cabeza en la luna. Era un buen partido. Su olfato se lo decía. Sin embargo, se cuidó mucho de contar nada a su mujer. Y a Coryn, menos aún. «¡Las mujeres no saben nada de pesca!» Se durmió agradeciendo a santa Napia y al Señor que la suerte existiera. Por primera vez en meses, esa noche roncó a pierna suelta.

Aún hubo unos días más de plegarias. De abundantes platos preparados en la cocina, de postre cortesía de la casa servido por las dulces manos que Jack ansiaba devorar.

Y Coryn sonrió con menos timidez. Jack no estaba mal. A ver, para ser exactos, era un hombre apuesto. Siempre llevaba corbata y no se quitaba la chaqueta para almorzar. Tenía elegancia. Ojos negros intensos. Manos limpias y uñas cuidadas. Al irse decía:

—Hasta mañana, señorita.

Y Coryn respondía:

—Hasta mañana, señor.

Jack la encontraba deliciosa. Un bombón. Sobre todo cuando sonreía. Parecía frágil. Tan dulce. Tan deseable. Tan ingenua… «Perfecta.»

Antes de que la segunda semana finalizase propuso cortésmente a Coryn ir juntos al cine.

5

Jack Brannigan llegó en un Jaguar reluciente. Re-lu-cien-te. Abrió el portillo y recorrió el camino con inusitada calma. Los chicos estaban en el pub, en el entrenamiento de fútbol o en clase de catequesis. El señor Benton aguardaba de pie, con las manos en los bolsillos, en la terraza. Se había cambiado las pantuflas por los zapatos de los domingos impecablemente lustrados, unos espejos a los que ningún rayo fue a reflejarse, no obstante. Clark observó a Jack mientras este avanzaba hacia la entrada de la casa como si lo estuviera desmontando pieza a pieza. Al fin y al cabo, ¿acaso no era mecánico? Después de treinta años desarmando todo lo que pillaba, se daba maña. «Cuerpo: en perfecto estado. Piernas: fuertes y atléticas. Hombros: poderosos. Manos: robustas. Cabeza: nada mal.» Y de cuanto habría podido advertir en los ojos de Jack... no distinguió más que su color: oscuro. El atractivo hombre estaba demasiado cerca, y Benton se maldijo por haber olvidado ponerse las gafas para la hipermetropía. Tendió una mano vigorosa y encontró una mano de acero. Un saludo entre machotes. «Buena señal.»

El padre le explicó con firmeza que el trayecto entre el cine y su casa apenas duraba quince minutos y que apreciaría la puntualidad a la vuelta.

—Porque, a fin de cuentas, ¿qué clase de hombre sería alguien que no sabe mirar el reloj?

—Llegaré a la hora, señor.

A la vuelta Jack fue puntual. Educado. Elegante. Tenía ganas de postre.

6

Transcurrió un mes entero antes de que lo invitaran oficialmente a cenar. Un mes durante el cual Jack tomó las manos de Coryn entre las suyas. Eran tan frágiles y delicadas… No podía soltarlas. «No quiero que otro tipo toque a esta chica. Me necesita.» Y una tarde la besó. En la boca. La tomó entre sus brazos y la volvió hacia sí. Coryn no se lo esperaba. Sobre todo por los besos. Por la sensación de la lengua de Jack, que no dejaba espacio a la suya. «No se parece a lo que he leído.» Cada beso la sorprendía. Pero terminó acostumbrándose. Así es como debían de ser los besos. «Sin duda…» Jack era un hombre con experiencia. «Con treinta años, uno sabe cómo besar a una chica, ¿no?»

—¿Por qué seguirá soltero con treinta años? —preguntó Teddy, que secaba los vasos detrás de la barra.

—¡Uy! Pues no sé —respondió Coryn—. Estaría más pendiente de su carrera.

—¿Te gusta?

—Creo que sí.

—¿Crees?

—No. Me gusta. Es… un hombre.

—Parece buena persona. ¿Gana mucho?

—¡Yo qué sé, Teddy! No le pregunto esas cosas.

—Los tipos como él ganan una fortuna, te lo digo yo.

Pero pregúntale por qué no se ha casado. Más que nada por saberlo...

Coryn dijo que sí, pero no lo hizo. Nunca. A decir verdad, no tuvo ocasión. Jack hablaba por los codos. ¿Acaso no era un vendedor de coches brillante? ¿Y no era Coryn la única chica entre tantos hombres que nunca le habían cedido la palabra ni preguntado su opinión siquiera?

Fueron al cine. Pasearon por el lago de Platerson, donde el padre pescaba tencas. Fueron a ese restaurante elegante y refinado en el que había un montón de tenedores, y Jack adoró la mirada de Coryn cuando esta le preguntó:

—¿Cuál?

—Del exterior al interior.

La joven rubia se echó a reír.

—Eres preciosa, Coryn. Preciosa de verdad.

Ella se sonrojó, tuvo mucho cuidado en no equivocarse de tenedor y se apresuró a contarle su experiencia en aquel maravilloso restaurante de Londres a la anciana Wanda, que servía desde hacía treinta y cinco años en el Teddy's.

—¡Te lo dije! ¡Qué lástima no tener tu edad! —Wanda suspiró—. Jack es guapo, alto, fuerte, con los hombros anchos, como sueñan todas las mujeres, hasta las que afirman lo contrario. Hazme caso, tu Jack es el sueño de todas las chicas.

—¡Pero no tiene un corcel blanco! —se mofó Lenny, el cocinero, que se unió a ellas.

—¡Tiene un Jaguar! ¡Blanco!

—Eso no es un caballo.

—¡Es un descapotable! ¿O no es cierto, Coryn, que tu

melena vuela al viento cuando vais en él a ese palacio donde tú, Lenny, no entrarás jamás? ¡Ni siquiera a la cocina!

—Y a mí qué.

—¿No es verdad, Coryn?

—Sí —reconoció sonriendo la joven.

Lenny dijo —y confirmó— que las chicas eran unas tontas.

—Todas.

—Normal. No te gustan las chicas.

—Mentira. Sí que me gustan, pero no en mi cama. Y si yo fuera chica, esperaría otra cosa de un príncipe de cuento.

—¿Como qué, por ejemplo? —preguntó Coryn.

—Pues que tenga ganas de tenerme entre sus brazos, sin más. Por ejemplo… y por encima de todo.

—¿No has visto cómo la agarra? —lo atajó Wanda.

—¡Leeenny! ¡Joder! ¿Dónde te has metido? —gritó Teddy—. ¡Dos filetes poco hechos! ¡Una tortilla muy hecha! ¡Una de pescado frito y toneladas de patatas! ¡Te quiero en los fogones, gandul! ¡Y rapidito!

Lenny se teletransportó a su puesto.

—Le van los tíos, Coryn. No sabe nada de chicas, te lo aseguro.

El cocinero puso los filetes en la plancha. «He visto cómo la agarra Jack… y si yo fuera una chica me gustaría que me agarraran de otra manera. Eso es todo lo que he dicho.»

7

Una tarde de otoño el padre de Coryn subió solo al coche de Jack.

—Una muchacha como mi hija es para casarse, no para jugar. ¿Entiendes?

—Esa es mi intención, señor Benton.

—Llámame Clark.

—¿Cuándo quiere que nos casemos, Clark?

Acordaron la fecha y se dieron un apretón de manos. Como hombres satisfechos de haber cerrado un buen trato.

—Yo pagaré el vestido. Coryn es mi única hija. Es mi obligación regalarle el vestido. Y el banquete se celebrará en el restaurante de Teddy. Es su padrino. Se lo prometí.

—Por mí no hay ningún problema. Y, además, allí es donde nos conocimos.

—¡Oh! En el fondo eres un románico, ¿eh, Jack?

El futuro yerno asintió. Luego añadió que encargaría la comida a un buen servicio de catering y que eso correría por su cuenta.

—¡Eso sí que te lo dejo a ti!

—¿Clark?

—Sí.

—Preferiría que no eligieran un vestido con encaje. Coryn es tan bonita que no le hace ninguna falta.

«No quiere exhibir a mi hija como un trofeo. Bien», se dijo el padre.

Exactamente cuatro meses después de su primera visita, Jack aparcó a la hora convenida delante de la casa de los Benton con un Jaguar nuevo, aún más reluciente que el anterior. Clark deseó que los vecinos se reconcomieran de envidia. El futuro marido regaló una botella de un vino excelente al padre de Coryn, que jamás había probado —ni visto— ninguno igual. Y un imponente ramo de rosas tan espléndidas como fragantes para:

—Usted, señora Benton.

—¡Oh! ¡Nunca me habían regalado unas rosas tan preciosas! Ni el día de mi boda…

Jack hizo como que no la había visto sonrojarse y aguardó a que hubieran servido el postre para sacar un estuche del bolsillo. Apoyó una rodilla en tierra, y los chicos soltaron unas risitas.

—Pero ¡qué burros sois, hijos! —les riñó la madre—. Jack pensará que os he educado fatal.

El príncipe no se movió. Y se declaró.

—Coryn, en cuanto te vi, quise que fueras mi mujer. Hoy te lo pido, y te ruego que me aceptes.

Abrió la cajita de color azul marino. La joven miró el solitario con incredulidad.

—¡Oh! Es… es magnífico.

La madre se inclinó para admirarlo.

—Ni siquiera tu padre, y mira que estaba enamorado de mí, fue tan… ¡romántico!

Todo el mundo aplaudió. A Coryn le pareció estar viviendo un cuento de hadas. Tendió la mano. Tan fina. Tan delicada… Miró el fabuloso diamante deslizarse por su dedo índice, y luego a Jack cuando, emocionado y seguro de sí mismo, dijo:

—Coryn, ¿quieres ser mi esposa?

—Sí —murmuró ella, para gran alivio de su padre.

Clark se dijo que, por fin, estaba tranquilo. Su única —y demasiado guapa— hija iba a casarse con honor. «¡Con honor! Gracias a Dios.»

Una vez a solas en la cocina, la joven se sintió realmente dichosa al admirar su diamante bajo la cruda luz del neón. No vio la pequeña araña que pendía de un hilo sobre su cabeza. El bichito, atraído por los reflejos, produjo a toda prisa unos centímetros más de hilo. Solo para deleitarse con el brillo de la piedra. El diamante era… diamante. Tenía el poder del diamante. «Yo estaba en lo cierto», se dijo la novia. «Es posible vivir como en las novelas.»

—Está loco por ti —exclamó la señora Benton entrando en la cocina—. Es un anillo nuevo. ¡No el de su madre!

—Y tú, ¿lo quieres? —preguntó Timmy, que venía detrás.

Su madre le soltó un guantazo. La araña subió rápidamente para resguardarse en el techo.

—Pero ¿qué he dicho? —respondió Timmy al tiempo que, por los pelos, esquivaba otro tortazo.

—¡Pues claro que lo quiere! ¡Jack es una bendición! ¡Jack es un regalo inaudito! ¡I-nau-di-to!

Había separado cada sílaba mirando a su hija, quien pensaba en Papá Noel, en los deseos y en el diamante «i-nau-di-to».

8

La boda se celebró en la modesta iglesia de Birginton, donde Coryn había pasado todas sus mañanas de domingo en misa.

Entró con diecisiete años del brazo de su padre. Durante la ceremonia, como durante los sermones de su infancia, no escuchó nada. Esa vez no fue por aburrimiento o por evadirse en sus sueños, sino únicamente a causa de sus pies. O, mejor dicho, de los zapatos de tacón que la torturaban.

—Son los más elegantes —había zanjado su madre—. Hazme caso. Con un marido como Jack, siempre tienes que ir elegante, *chic*.

—Me aprietan.

—¡Ya te acostumbrarás!

—Podría llevarlos en casa para ablandarlos un poco.

—¡Ni pensarlo! —gruñó la señora Benton, y cerró con cuidado la caja—. ¡No vas a estropearlos antes de la boda!

«¿Nunca hay que usar las cosas para no estropearlas? ¿Hay que guardarse los sueños para que no se desvanezcan?»

—Coryn —dijo el reverendo Good con una voz que la hizo sobresaltarse—. ¿Quieres blablablá…?

La joven dijo «sí» y comprendió, en ese mismo instante, que nadie le había pedido su opinión. O sea, que en el fondo no... Sus manos, tan finas y frágiles, temblaron un poco cuando firmó el registro. El bolígrafo se le resbaló y cayó rodando hasta sus pies. Jack se agachó para recogerlo y luego besó a su joven esposa, a la que encontraba conmovida y conmovedora. Pero lo que él interpretó como una turbación amorosa no era sino temor y aprensión. «Cuando tienes diecisiete años, ¿te comprometes así para toda la vida?»

—Me siento orgullosa de ti —le susurró su madre a modo de felicitación.

9

Las mesas del Teddy's habían sido reagrupadas formando una U. La familia de Coryn estaba al completo. Todos los tíos, las tías, los primos, las primas, la única abuela que quedaba y que perdía ya la chaveta, Teddy, su mujer, sus hijos, Wanda, Lenny y el resto de las camareras fueron invitados. Antes de la comida Jack dio un discurso para expresar lo orgulloso que se sentía de formar parte de esa gran familia, él, que había crecido siendo hijo único y que, por desgracia, había perdido a sus padres hacía unos años. Todos lo bombardeaban a preguntas sin detenerse a escuchar las respuestas. Desfilaron deliciosos manjares, bromas, risas... Las horas también. Durante ese tiempo Coryn miraba su diamante, su alianza y su vestido para olvidarse de sus pies, que los zapatos de satén blanco estaban destrozando. En cuanto pudo se escabulló para ir a ponerse sus viejas sandalias, y a la vuelta los recién casados abrieron el baile con un vals entre los aplausos de los invitados. La madre de Coryn se percató del roñoso calzado que su hija se había puesto a hurtadillas. Y mostró aquella mirada de decepción y reproche que solía anticipar un acceso de ira. Por eso la recién casada no se soltó del brazo de Jack. Sirvieron el champán, el café, los licores, y luego...

Jack decidió que ya había llegado la hora de su postre

particular. La puerta del Jaguar se cerró pillando un trozo de velo. Y el coche se alejó sin hacer ruido bajo un cielo desprovisto de estrellas en dirección a la gran casa de Londres.

Jack llevó en brazos a Coryn desde el porche hasta el dormitorio de la primera planta. Coryn reía. Estaba aterrorizada. Jack reía. Sabía que se deleitaría. Ella le rogó que recordara que era su primera vez. Él dijo que lo sabía. Que la primera vez era importante...

Como le había sucedido con su primer beso, a Coryn no le gustó esa cosa dura que la penetró con fuerza. «¿Se dará cuenta?», pensó manteniendo los ojos abiertos durante aquello. Todo aquello. Hasta que Jack rodó hacia un lado de la cama con un estertor... ¡Después de eso! Sin más...

Coryn volvió la cabeza hacia el otro lado. ¡Ah, no! No lloraría. Ni por su infancia ni por su virginidad. De todas formas, ella no lloraba nunca. ¿No había sido la única chica entre diez chicos que habían intentado por todos los medios arrancarle unas lágrimas? Mediante el miedo. El trabajo. La guasa. Por gusto. Tirándole del pelo. Jugando... No. Coryn nunca había llorado delante de sus hermanos. «No voy a hacerlo delante de mi marido.» Marido que se puso a roncar de forma segura y tranquilizadora junto a su oreja, si bien ella no podía cerrar los ojos. Su vida era tan nueva como esa enorme casa. La impresión era la misma. «No sé nada.» Prestó atención a todos los ruidos. Intentó identificarlos en la oscuridad y retenerlos para el día siguiente. Y los días posteriores. ¿Cuánto tiempo necesitaría para fabricarse referencias? ¿Cuánto tiempo para dejar de sentirse terriblemente sola? Y luego, sin ninguna razón, se preguntó si esa casa que olía a pintura reciente, a nuevo, tendría telas de araña debajo de los armarios. Como en la casa de su niñez. «Sin duda.» Todas las casas tenían arañas.

«¿Y por qué estoy pensando en esto? ¿Por qué ahora?»

«Piensas en esto —respondió una voz que no reconoció como suya— para no pensar en que tus pies te torturan y que los sientes tan destrozados como tu vientre.»

10

Cuando Kyle se subió a un escenario por primera vez tuvo la exultante sensación de «estar vivo». El joven supo siempre que sería músico. Nunca había albergado la menor duda. Ninguna incertidumbre. Algunas cosas son así. Algunas personas son así. Cuando decenas de periodistas le preguntaran más tarde:

—¿Por qué decidió ser músico?

Kyle respondería sin dudarlo:

—Porque no podía ser de otro modo.

Si hubiese sido pintor, bailarín, equilibrista, escultor, enólogo o incluso escritor, habría empleado las mismas palabras. Hacía lo que necesitaba para vivir. Acaso por influencia de su madre, casi seguro. Acaso porque tenía un talento innato, casi seguro.

Kyle solo sentía la necesidad de tocar su instrumento y el deseo de correr tras las chicas; cuantas más, mejor. Solo pensaba raras veces en «eso». En «ella». Hacía tantos años que se había marchado...

Su padre seguía con vida y en la cárcel. El joven nunca había ido a verlo. Nunca había abierto ni una sola de las despreciables cartas que el Cabrón le enviaba con regularidad.

La abogada le había asegurado que, dados los horrores infligidos a su madre, no saldría de prisión. Jane también se lo había prometido, y Kyle la había creído, porque Jane cumplía siempre su palabra. Su hermanastra era quince años mayor que él y, como es natural, se había ocupado del pequeño después de que el padre de Kyle matara a su madre.

Jane estudiaba y trabajaba en San Francisco. Kyle ni siquiera recordaba la época en que Jane había vivido con ellos. La chica odiaba al nuevo marido de su madre y este, por su parte, no la tragaba. Jane se las ingenió para conseguir una beca en la Universidad de San Francisco. Estaba lo bastante lejos para no tener que volver a Willington más que una vez al año. Por Navidad. De manera que Kyle solo conservaba dos recuerdos de su hermana: un camión y una grúa envueltos en papel blanco decorado con dibujos hechos por la propia Jane. Todavía se acordaba del Papá Noel extremadamente estilizado.

—¿Por qué Papá Noel vuela sobre una tela de araña?

—¿Te refieres a esto? —respondió la joven volviendo a examinar su obra—. Pero Kyle, ¿no ves que se trata del trineo y los renos para sujetar las riendas?

Kyle volvió a mirar el dibujo y se puso a contarlos.

—Hay demasiados. Te has equivocado.

—¿Por qué? ¿Sabes contar?

—Pues claro. Cuento las teclas que mamá toca con los dedos.

Jane nunca había sospechado el sufrimiento de su madre. No había visto ni una sola de las palizas, ni las quemaduras de cigarro. Nunca se había llevado bien con su padrastro, y se quedaba a dormir en casa de sus amigas lo más a menudo posible. Solo pensaba en poner el máximo de kilómetros entre ella y él. «Tengo que vivir mi vida.»

Jane se llevó al niño a San Francisco, donde mandó enterrar a su madre. Kyle no hizo preguntas. Descubrió el colegio, los amiguitos, la maestra que tenía voz de pájaro. Le gustaba ver a su hermana y su nueva casa cuando regresaba. Jane no cocinaba bien, pero «¿y qué?». El sabor de los alimentos no le llamaba mucho la atención. Estaba más atento a lo que entendía, a lo que resonaba en su interior. Todo tenía un ritmo. Los tacones de la señora Miller al pasar por entre las filas. Las ruedas chirriantes del autobús amarillo del colegio. Las pisadas que crujían en la casa. El gluglú del frigorífico en respuesta a la descarga del dispensador de agua fría mientras se llenaba a trompicones, la crepitación del aceite en la sartén incandescente. Los bocinazos de la calle, las sirenas lejanas. «Muy lejanas…» Kyle tamborileaba con los dedos para reproducir el ritmo y estar seguro, llegada la noche, de memorizar las melodías antes de dormirse. Las retenía, y solo oía a medias la voz de Jane, quien hacía esfuerzos sobrehumanos por encontrar un hueco para contarle historias.

—¿No sabes cantar?

Jane dejó el libro.

—No soy exactamente como mamá, Kyle.

—Ya. Tú eres mi hermana… Mi hermana mayor.

La miró con extrañeza y agachó la cabeza.

—¿Sí?

Kyle siguió mirando hacia un punto lejano.

—Quiero tocar el piano.

Jane apuntó a su hermano a clases de piano. Tendría ocho años más o menos. Lo acompañaba todas las semanas y esperaba sentada en un banco a que terminase. A veces levantaba la cabeza de sus libros cuando una nota la hacía vibrar más que otra. Después lo llevaba a casa y lo dejaba al cuidado de la compañera de cuarto que tuviera en ese momento para irse a trabajar al hospital, de noche. Porque estaba mejor pagado y eso le permitía...

—... estar aquí cuando te despiertas, hermanito. Puedo acompañarte al autobús.

—¿Y después te vas a dormir?

—Después voy a la universidad.

—¿Y no duermes, Jane?

—¡Sí, sobre la marcha!

Kyle no sabía lo que significaba eso. Quiso preguntar a Jane si había una cama sobre «la marcha», pero su hermana lo metió en el autobús.

Jane estudiaba y trabajaba como una descosida sin quejarse. Tenía motivación de sobra. Tras la muerte de su madre cambió de orientación profesional. Dejó los estudios de enfermería y se hizo asistenta social para ayudar a las mujeres maltratadas por sus cabrones-maridos-amantes-destructores...

—... para que nunca se conviertan en sus asesinos.

Sabía muy bien que era porque ella, Jane, no había sido capaz de ver nada. Se culpaba —a muerte— por no haber estado más cerca, más accesible. Más atenta. Sí, a la escucha, como una buena hija. No había desempeñado su papel. Había metido la pata por egoísmo. ¿Eso cómo se compensaba? ¿Cuál era la condena por ese... crimen? ¿Cómo se vivía con eso? «Haciendo lo que hago.»

Jane había leído que en todo el mundo, en todas las clases sociales, una de cada tres mujeres era golpeada, maltratada y violada a lo largo de su vida. Que la mitad de los homicidios de las mujeres era a manos de sus parejas. Que cada tres días una mujer moría bajo los puños de un hombre que se suponía que la amaba. Que esos datos eran estables e inmutables. Una verdad como un templo. Que esos números se triplicaban si se tenían en cuenta a las víctimas colaterales y se contaban los suicidios; si se tenía en consideración a los niños. Que, por desgracia, también había mujeres que maltrataban y mataban... Y que si sumásemos todos esos números desde la creación del mundo no sentiríamos vértigo sino un asco profundo.

¿Quién era capaz de creer que era por amor?

Jane jamás podría perdonar lo que era «imperdonable». Ella misma no se perdonaría. Lo que el Cabrón le había hecho a su madre había determinado su vida. Y la de Kyle. Por eso hizo cuanto estuvo en su mano para que su hermano no dejase de tocar el piano. Para que pensara en otra cosa... «Cuando es imposible olvidar.»

—Kyle no solo tiene talento —aseguró John Mansciewski, el profesor de piano—. Tiene eso... Me pregunto qué más puedo enseñarle.

Jane se echó a reír, y compró un piano; su coche nuevo tendría que esperar al año siguiente. Kyle permaneció toda la tarde en el porche al acecho de los repartidores. Cuando por fin colocaron el piano en el salón, se sentó frente a él. En el suelo. Dos horas.

—Es tuyo —le susurró Jane mientras comían—. Puedes tocarlo.

—Lo sé.

—Entonces… ¿a qué esperas?

—Estamos haciéndonos amigos.

Necesitaron exactamente seis días y cinco noches para «hacerse amigos». A la mañana siguiente Kyle tocó sin interrupción y Jane supo que serían inseparables. En cuanto paró fue corriendo al cuarto de su hermana, sin aliento:

—No lo venderás jamás, ¿verdad?

—Pues claro que no. Un amigo es para toda la vida.

Cuando Kyle tocaba no habría sabido decir si la música salía por sus dedos para resbalar por el teclado o si el piano lo poseía hasta el punto de fundirse con su alma. Tocaba… y vivía. Punto.

Jane, por su parte, tenía la profunda convicción de que su hermano llegaría lejos. Lo imaginaba recorriendo el mundo como un pianista virtuoso. Estaría extremadamente elegante con su esmoquin. Sería más alto e incluso más delgado. Se alisaría el pelo, peinándolo hacia atrás, y aquel mechón rebelde ya no le caería sobre la frente tapándole los ojos. Los tendría cerrados mientras las multitudes, que se habrían desplazado para verlo, lo escucharían y solo se levantarían con pesar de su asiento cuando el músico se hubiera marchado, finalmente, después de ser reclamado a escena en numerosas ocasiones. Luego esa curiosa entidad dotada de miles de ojos se descompondría, y cada cual se llevaría consigo una emoción única.

Una tarde Jane se sintió tan turbada mientras observaba a su hermano al piano que habría deseado abrazarlo para decirle todo eso. Para darle las gracias. Como todos los espectadores. Pero se retiró a su dormitorio por pudor.

11

Fue en el instituto donde Kyle hizo amistades decisivas: Steve y Jet. Montaron un grupo de rock y, triunfales como los adolescentes que eran, se lo comunicaron a Jane.

—Entonces ¿no tocarás música clásica?

—Pues no sé. Cuando sea viejo, seguramente. A ver, más viejo que tú ahora.

Los chicos se echaron a reír, y ella le preguntó qué necesitaba.

—Una guitarra.

Jane le compró su primera guitarra y fue su primera espectadora. Kyle escribía letras incomprensibles para las que ella no tenía calificativos. Las berreó en todos los pequeños escenarios que los acogieron, y cuando Jane lo veía tirándose por el suelo, se decía que sus dos colegas no tenían la misma necesidad imperiosa de dar rienda suelta a tanto exceso.

Estaba sorprendida. No, lo cierto es que estaba pasmada. Había comprendido que algo estaba latente en él. La clase de pulsión que te anima, te exalta o puede destruirte... No había imaginado, ni de lejos, que esa pulsión fuera tan poderosa. Tampoco pasaba nada porque se exteriorizara así, puesto que, de todos modos, iba a exteriorizarse tarde o temprano. Sí, era preferible que Kyle berreara a que cantara, que se tirase por el suelo a que llevara esmoquin, que destrozara las palabras a que cometiera cualquier otra estupidez. Eran preferibles sus espantosas camisetas, su pinta de fantasma, su melena despeinada, incluso el insoportable mechón que le tapaba los ojos, a verlo privado de sus alas. ¿Qué haría sin alas? «Un pájaro como Kyle solo puede morir si se lo enjaula.»

—¡Con tal de que la Suerte se fije en él...! —confesó a Susie, su compañera de cuarto, que comía un muslo de pollo tras otro a dos manos.

—¿Quieres que te ayude?

—¿Por qué no?

—Pásame la mayonesa y otro muslo de pollo. ¡Caray! Están de rechupete, ¿no crees?

—Sí, sí —dijo Jane sin haberlos probado—. ¿Y qué propones?

—¡Pues juntas vamos a rezarle a la Suerte!

—Te lo agradezco —repuso Jane, si bien no las tenía todas consigo.

12

La Suerte decidió tomarse su tiempo. Kyle iba a clase con la guitarra a la espalda. Comía con la guitarra a la espalda, escribía con la guitarra a la espalda, caminaba con la guitarra a la espalda. Jane le preguntó si dormía con ella.

—¿Con qué?

—Con eso que llevas ahí.

—¿La guitarra? Pues sí.

—¿Y te lavas con ella?

—Pues no...

—Es verdad, si tú no te lavas.

—¡Pues sí!

—¿Cuándo?

—Pues en la playa.

—¿Te estás quedando conmigo?

—Pues sí. Oye, el sábado tocamos en Billard's. ¿Lo conoces?

—*Pues* sí.

—¿Vendrás?

—*Pues* el sábado no podré.

—¡Ah, ya! Que has quedado con Dan...

Jane se volvió hacia Kyle.

—¿Cómo lo sabes?

—*Pues*, Jane, porque vivo contigo.

—Pensé que había sido discreta.

—*Pues* es imposible serlo cuando se está enamorado como tú lo estás de Dan.

Jane había conocido a ese hombre —un poli— durante unas prácticas. No había sido amor a primera vista. Dan estaba casado y tenía familia, pero poseía una bondad y una sensibilidad enternecedoras. Habían colaborado entre ellos. Hablaron de esto y de lo otro. Y de ellos. Cada cual por su parte, ambos pensaron que congeniaban. Que podrían congeniar. Que podría haber más. Solo que Dan estaba casado... Punto de ruptura de cualquier sueño.

Años después, cuando Jane se postuló para la dirección de La Casa, un centro para mujeres víctimas de la violencia conyugal, volvió a encontrarlo en su camino. Con más frecuencia. Dan seguía siendo policía, seguía casado y ya era padre de cuatro críos.

Sin que lo planearan, Jane se convirtió en su amante, porque entonces no había otra solución para su amor. Kyle nunca había puesto en duda los sentimientos de su hermana.

—¿No te molesta vivir en secreto?

Jane removió un buen rato la bolsita de la infusión en la taza.

—No tienes por qué responderme, Jane.

—Amar a Dan —repuso cabeceando— y que él me ame implica... secretismo. De hecho, mi vida entera gira en torno al secretismo. Gestiono una casa donde cada residente guarda una parte de sus secretos, bien porque son muy dolorosos, muy horribles, muy difíciles de verbalizar, bien porque lo necesitan. Abrirse es... —Suspiró—. Algunas de esas mujeres no pueden. Es así. Pero en verdad estoy convencida de que el secretismo tiene sus cosas buenas.

—No has contestado a mi pregunta, Jane.

—Yo reprimo con firmeza mis deseos mientras que tú despliegas tus alas con facilidad. Te admiro. Sabes ser libre, Kyle.

—Quiero ser libre.

—Pronto el mundo será tu terreno de juego y yo solo seré para ti esa hermana mayor a la que debes visitar por Navidad.

—Vendré siempre por Navidad. Eres mi única familia.

Mientras la señora Suerte se tomaba su tiempo, el grupo de músicos escogió un nombre. Los F... Como no lograban decidirse entre los FREE, los FIRE y los FUCK, terminaron por preferir los puntos suspensivos. «¡Cada cual es libre de inventarse el resto a su gusto!»

Los F... tocaron en todas las salas minúsculas de San Francisco. Después en algunas salas pequeñas. A veces alguna estrella los invitaba para que le hicieran de teloneros, a fin de estimular su apetito. Cuanto mayor era la sala, mayores eran sus ganas, más importante el trabajo y más debían esforzarse. Esto es lo que Kyle dijo exactamente a Jane, y concluyó:

—Ya ves, tengo que dejar los estudios.

—¿Del todo?

—Pues sí. Las salas se llenan. No puedo hacer otra cosa. Es, como quien dice... necesario.

—Creo que deberías tomarte un tiempo para reflexionar un...

—No. Lo que te digo es lo que voy a hacer.

Era tal su convicción que Jane comprendió que sería inútil contradecirlo. A veces es imposible llevar dos cosas bien al mismo tiempo, sobre todo cuando una de ellas es tu pasión, no la discutes, te embarga y te hace vivir.

—¿Cuántas sillas? —preguntó Jane por curiosidad.

—No las cuento, Jane. Pero… bastante gente.

—El hijo de Dan os ha visto dos veces —dijo medio sonriendo.

—¿Y…?

—Le gustó.

—Mola. Dan mola. Su hijo tiene que molar.

La voz de Kyle retumbó vertiginosamente. Sintió que se le había escapado algo que suscitaría preguntas. Miradas interrogantes.

—No te pareces a él —dijo Jane asiéndole la mano—. No te preocupes.

—Físicamente sí. He visto fotos y habría preferido parecerme a mamá.

—¿A una buena mujer menudita y morenita?

—No digas tonterías.

Después no dijeron nada más. Jane no intentó averiguar dónde había encontrado las fotos. ¿Qué más podía decirse, sino que es simplemente insoportable parecerse a la persona que más odias del mundo? Le apartó el mechón de los ojos.

—Pues tampoco te pareces tanto a él.

—Tienes razón. Tenía pinta de saber peinarse.

—¿Te drogas?

—¿A qué viene esa pregunta de mierda?

—¡Contesta!

—Como tú. Un canuto de vez en cuando.

—Hace tiempo que no fumo.

—¿Y qué más te da eso a ti?

—¡Kyle! Para, por favor. A mamá no le habría gustado.

Kyle la miró fijamente.

—Nunca habías dicho eso.

—¿Qué?

—Ese «mamá» con esa voz.

Jane guardó silencio. Kyle también.

—¿Sigues echándola de menos? —continuó Kyle.

—Siempre la echaré de menos.

—Recuerdo su pelo negro y cómo olía.

—Sí, es verdad. Su champú tenía un aroma peculiar.

—No era el champú, era la laca —la corrigió Kyle.

Jane no volvió a hacer ningún comentario sobre el aspecto de su hermano. Sobre su mechón demasiado largo. Sobre sus zapatillas de deporte sin cordones. Kyle nunca reveló dónde había encontrado las fotos. Se concentró en todos los acordes que una guitarra podía dar en todas las posiciones posibles. El artilugio mágico le hacía compañía y conseguía que se sintiera bien.

13

A veces Kyle se preguntaba si la suerte y el don que tenía eran una compensación por todo lo que había vivido cuando tenía cinco años. «¿Hay un precio que pagar? ¿En todos los casos? ¿O hay otra cosa?»

Si en la cama no conseguía conciliar el sueño y Jane no estaba sola en su cuarto, el joven temía ir a la deriva, lejos, tanto que le resultaría imposible volver. Notaba que la frontera era frágil. «Irremediable.»

Se levantaba y se plantaba delante de la ventana. Clavaba la mirada en un árbol. En cualquiera. Incluso la rama más pequeña le valía. Pensaba que las ramas servían para eso, para mantener firmes a las personas cuando están solas y perdidas. Cuando ni siquiera pueden ya tocar música. Cuando la nada abre sus fauces hambrientas...

Con las primeras luces del día estaba tan aterido que lo olvidaba todo. Sus temores y las gafas oscuras de su madre. La fatiga le dejaba un fuerte dolor de cabeza. Que era preferible a la deriva, pero que se convirtió en una compañera asidua y se instaló a sus anchas. Sin embargo, el joven no dijo nada a Jane. Kyle también tenía sus secretos cuando caía la noche.

14

Kyle, Steve y Jet habían hecho el juramento de que serían estrellas del rock. Todos sus sueños se multiplicaban por tres. Siendo tres, se tiene más fuerza, más motivación, más seguridad en uno mismo. No había lugar para la duda en la vida del grupo. Sencillamente, no tenían tiempo para desesperarse. Cada cual tenía un trabajillo para poder subsistir y que serviría —pues sí, cómo no— ¡para grabar el primer álbum! Algunos sonreían con educación ante el anuncio del proyecto. Otros se mofaban abiertamente. Pero ellos, los F..., solo prestaban atención a su deseo y querían hacerlo realidad.

A la Suerte le gustó oír eso, lo mismo que le gustaba su energía y su convicción. Por esa razón un buen día decidió que había llegado la hora. Iba a hacer su entrada. Una entrada curiosa. Espectacular y llamada Patsi.

La puerta del armario que hacía las veces de lamentable camerino empotrado detrás de los retretes de la sala Bellevue voló con un golpe seco. De una patada. Los tres chicos se volvieron a una y miraron con la misma expresión de «pero ¡qué demonios...!» a la chica que, en jarras, estaba plantada en el vano de la puerta. Llevaba unos pantalones violetas excesivamente ceñidos y unas botas Rangers de color rosa pintadas a mano, y tenía una melena pelirroja y rizada. Se acercó a ellos sin apartar las manos de las caderas. Los chicos centraron su atención en los dos obuses que los apuntaban bajo su camiseta de pantera. Se detuvo y escupió el chicle que masticaba en la papelera.

—¡Canasta! Ya podéis cerrar la boca, tíos.

—¿Quién... tú... eres? —balbució Jet, sin estar seguro del orden correcto de sus palabras ni de sus pensamientos.

La chica explosiva les hizo un guiño que los remató.

—Me llamo Patsi Gregor.

—Hola, Patsi —respondieron los tres con una sonrisa tan radiante como voraz.

—¿Qué quieres? —preguntó Jet.

—Si me dejáis tocar en vuestro grupo, os daré buena suerte.

—¿Ah, sí? ¿Y eso? —dijo Kyle apartándose el mechón—. ¿Tocas? ¿Cantas? ¿O es que tienes otro truco oculto en los bolsillos de tus fabulosas mallas?

Patsi no dijo nada, pero cogió el bajo de Steve. Se colocó, y al primer acorde los tres chicos estaban boquiabiertos de nuevo. Patsi era el sonido que les faltaba. Trabajaron toda la noche, y la chica terminó insinuando entre dos temas que su tío tenía un colega en una discográfica de Los Ángeles y que a lo mejor aceptaba conocerlos.

El tío de la chica llamó a su amigo, quien mostró ciertas reservas, pero finalmente le enviaron una maqueta. Dos días después llamaron a su puerta. Actuaron como si estuvieran en un escenario, dándolo todo... y más.

¿Qué fue lo que cambió? Nunca lo supieron. Patsi dijo a la vuelta, mientras admiraban su contrato, que ella les había dado suerte, y los chicos asintieron.

Los F... grabaron un disco y constituyeron la primera parte de un grupo mítico que acaba de reformarse. El público se enganchó a su sonido, a la voz de Kyle y a los arrebatos de Patsi. Hay mujeres que saben llevar una casa; Patsi, en cambio, sabía llevar un escenario, a pesar de ser el único miembro de la banda que no cantaba. Se ponía unos trapitos como para enloquecer a cualquiera. Causaba fascinación, y a los hombres les gusta la fascinación, porque puede llevarlos al límite, muy cerca del peligro. Un paso más y... A Patsi todo esto le resbalaba. Lo que ella quería era tocar el bajo mejor que cualquier chico y blasfemar como diez. Se mofaba de las convenciones y las costumbres, le gustaba lo imprevisible. Seguía sus intuiciones. Justas e impactantes. Hacía reír, era guapa, era libre. Patsi elegía.

Kyle esperó a que se acercara a él. Sabía que todo se andaría. Entraba en el orden de las cosas. Se acostaría con una pila de tíos —entre ellos, dos de sus mejores amigos— y, luego, una noche, iría a buscarlo a su cama. Por eso se mostró paciente y se dedicó a componer. No paraba de escribir y escribir. Su sinceridad en bruto y la emoción de su voz hacían lo demás. Se impuso con naturalidad como el autor, la voz, el pianista y el guitarrista. El que estaba en primera línea para hacer vibrar las salas. El que se aferraba a su micrófono como a una rama.

Por su parte, Jet hacía maravillas con la batería y Steve nunca se sintió desposeído de su papel de bajista porque, además de ocuparse del sintetizador, de varios instrumentos complementarios y de hacer los coros, se encargaba de las tareas administrativas, siempre autoritario, paternal y decidido.

Progresaron con extrema rapidez. Se hicieron un hueco.

Como si el espacio que venían a llenar en el mundo de la música los estuviese esperando solo a ellos. Respondieron a decenas y decenas de preguntas idiotas o sutiles. Posaron para miles de fotos y siempre admiraron a su público. El mismo día que se cumplían dos años desde la firma del contrato, su segundo disco arrasó. Realizaron una larga gira mundial.

Los F... estaban lanzados.

Les llovían galardones y premios. Las chicas iban y venían. Unas se quedaban más tiempo que otras. Y entonces Patsi decidió que había llegado la hora. Se coló en la cama de Kyle. Porque quería estar en ella. Kyle se emocionó y se enamoró, pero Patsi juró que no prometía nada cuando los periódicos los sacaron en portada.

15

Cuando Jack se despertó, después de haber hecho a Coryn su mujer, ella aún seguía con los ojos abiertos. Se disculpó por haberse quedado dormido, por haberla desatendido. La estrechó entre sus brazos. Ella sonrió, y él tuvo ganas de repetir postre.

Jack era feliz. Un joven recién casado, un hombre satisfecho. Su carrera era prometedora y tenía la esposa que había soñado. Ingenua, extremadamente hermosa, joven e inocente. «Toda para mí.» La colmó de regalos. De vestidos. De flores. Jack era un hombre generoso. Le gustaba el postre... A cualquier hora. En cuanto podía. En cuanto su itinerario se lo permitía, hacía un alto para asaltar a Coryn. Luego volvía al trabajo, dejándola sola, con la consigna de que estuviese guapa a su regreso. «Ahora soy una mujer casada...», pensaba ella en silencio. ¡Oh! Puede que si la joven esposa hubiese hablado en voz alta, el dejo de tristeza de su voz habría turbado a las discretas arañas de la gran casa. Puede que hubiesen tejido telarañas donde unos pies imponentes se habrían enredado...

Pero Coryn era de naturaleza poco habladora. Apenas hacía preguntas, y aceptó sin rechistar que el viaje de bodas se aplazara hasta pasados seis meses del enlace. Había soñado con Grecia, y viajaron a Islandia. Salía del hotel más forrada que un árbol de Navidad, lo que no le impidió pillar una gripe que le dio una fiebre de caballo. Mientras estaba postrada en la cama, Jack se iba de caza, y solo se sintió mejor cuando abrió de nuevo la puerta de la inmensa-y-preciosa-casa de Londres.

Casa que no era de Coryn en absoluto. La joven la cruzaba sin desordenar nada. Quitaba el polvo a los muebles y recolocaba escrupulosamente las figuritas de Marylin Brannigan. Las de cristal costaban una fortuna. Las de porcelana eran tan finas que la luz podía verse a través de ellas. Para distraerse, para desafiar su mísero aburrimiento, en los días de verano, cuando el sol estaba en su cénit, Coryn apoyaba los platos en las ventanas e intentaba entrever formas. Pero nada se dibujaba en ellos, porque el jardín era un gran cuadrado de césped vacío. Sin un árbol. Sin una flor. Jack decía que solo podar aquella hierba ya le llevaba demasiado tiempo. ¿Recoger hojas además? ¡Qué inutilidad! A Coryn le resultaba extraño tener un desierto verde a modo de jardín. Se preguntaba qué partido le habría sacado su suegra. No había ni un banco para sentarse o soñar, y echaba de menos el sauce llorón de su infancia, que había abrigado sus esperanzas, sus lecturas, sus mudas confidencias. «¡Oh, cuánto me aburro...!»

16

¡Cuesta creer cuán largos pueden ser los días y cuán rápidos pasan los años! Una mañana de invierno, mientras quitaba el polvo al retrato de su suegra, Coryn se dio cuenta de que llevaba casada exactamente cuatro años y que jamás en su vida se había sentido tan sola. Le sobraban los dedos de las manos para contar a sus amigas. Tenía... «ce-ro». No tenía a nadie a quien llamar por teléfono. Nadie a quien hacer confidencias, aparte de... Jack.

Al principio Timmy, su hermano pequeño, iba a verla... y a distraerla. Aparecía por sorpresa y le contaba las tonterías que había dicho en clase, las que hacía en casa y todas las que había pensado escribir en el tablón de anuncios. Saltaba de un tema a otro, pasaba de lo trivial a lo esencial. De su profesora de literatura que...

—... es tan lenta que te quedas dormido al mirarla.

—¡Pues no la mires!

—Eso es difícil, porque Bonnie Millow no está nada mal.

—Igual es por eso que no la escuchas...

—La escucho, pero me aburro.

—Todo el mundo se aburre, Timmy. Yo también —dejó escapar Coryn.

Su hermano la miró de hito en hito. Coryn le preguntó si le apetecía un té. Él frunció el ceño.

—¿Si tuvieras un bebé serías más feliz?

—Sí. Cuando dé a luz, seré realmente feliz.

—¿Como en tus libros favoritos?

El hervidor silbó, y Coryn vertió agua en la tetera. Timmy sacó de su mochila las galletas con pepitas de chocolate que había birlado de la reserva especial de la señora Benton, y que ella acabaría buscando...

—¡... por toda la santa Casa!

Timmy la hacía reír. Y soñar también, con sus deseos de ser periodista para largarse bien lejos y dar la vuelta al mundo. «Pero viene raras veces», parecía decirle Marylin desde su marco ese día. «¿Qué ha sido de mi vida?»

¿Era la mirada de su suegra o el sol invernal quien exigía a Coryn hacer balance de los cuatro años que acababan de esfumársele? Cuatro años dedicados a quitar el polvo y a desear un hijo mientras esperaba a Jack... y sus demostraciones de amor. Todas sus demostraciones de amor. La joven suspiró y valoró el abismo que se había abierto entre sus sueños de adolescente y su vida actual. «Entre lo imaginario y lo real.» No sintió tristeza ni angustia. Se limitó a hacer esa constatación implacable, como cuando te das cuenta de que una arruga se ha instalado en tu rostro y nada la hará desaparecer. Creemos que seremos eternamente jóvenes, pero es falso. Queremos olvidar, pero es imposible. Le vino a la mente la imagen de Timmy y su sonrisa. Sus recuerdos de infancia y todas sus lecturas. Su boda, su diamante...

Y todas esas cosas que debería...

Coryn fue a la cocina. Lanzó el trapo gris a la basura con tal fuerza que sonó al caer. Eran las once y media. Jack volvería para almorzar. La víspera había dicho que le apetecían escalopes de ternera y pasta fresca, y que había comprado lo necesario para que preparase su salsa preferida. La joven mujer rubia peló las cebollas bajo el agua fría.

Finalmente se convenció de que era afortunada... Jack estaba muy enamorado de ella. Esa noche, por su aniversario de bodas, cenarían en un restaurante que Jack había elegido para la ocasión. Se sacaría un collar o unos pendientes del bolsillo. ¡Oh! Jack estaba tan enamorado que a veces se ponía... celoso. La mano derecha de Coryn tembló, y la afilada hoja del cuchillo le hizo un corte en el índice. Brotó una gota de sangre. Luego una segunda, una tercera, una cuarta y todo un hilillo. Sintió náuseas, pero la joven se envolvió el dedo con un pañuelo. Terminó la salsa: echó la cebolla troceada a la sartén, añadió la crema, la sal, la pimienta y las puntas de espárrago que volvían loco a Jack en cualquier estación del año. Miró la hora y sumergió los *penne* en el agua hirviendo.

Sí, más valía que en esa ocasión Coryn no añadiese a la receta aquel día en la feria de atracciones, ni aquel otro en el coche, ni el del aparcamiento del cine, ni el del garaje de su blanca casa... ni todos los que llegarían en los años venideros.

17

Unos minutos más tarde sonó el teléfono y Jack avisó de que se retrasaría media horita. La joven metió la bandeja en el horno y fue a desinfectarse el dedo. La visión de la herida abierta volvió a provocarle náuseas. Se puso una venda. Recogió los papeles que habían caído a sus pies y vio una tela de araña minúscula en la esquina izquierda del lavamanos del cuarto de baño. Entonces una extraña voz dijo claramente en su interior: «El día en la feria...».

Coryn se irguió y se vio reflejada en el espejo. Tal cual estaba. Perdida.

Había transcurrido más de un año desde la boda. La primavera había regresado a Birginton y la feria de atracciones anual ocupaba las calles. Coryn pidió a Jack que fueran, y él dijo primero «puede» y luego «ya veremos». Pero ella se lo suplicó. Finalmente Jack dijo «por complacerte».

¡Oh! Coryn adoraba las atracciones y el olor de las patatas fritas, tan distinto de las que había servido en el Teddy's. Tenía debilidad por las manzanas recubiertas de azúcar de aquel rojo tan intenso y por las esponjosas nubes de algodón dulce. Sus padres solían darles a ella y sus hermanos algunas monedas para que se divirtieran a su antojo durante esos días de fiesta. Para que riesen y sintiesen mariposas en el estómago cuando las atracciones los transportaban a un mundo donde había ruido, voces que gritaban, cantaban y rezuman vida.

Jack había dicho «sí» y, durante toda una velada, Coryn abandonaría el silencio asfixiante de la gran casa blanca para recorrer las calles de su brazo. ¡Ay, había esperado tantas cosas…! Pensaba en reencontrar las sensaciones de su infancia y caras conocidas. Abrazar a sus amigas. Volver a ver a las camareras del Teddy's y también a Lenny. No, a Lenny no; él había terminado por hacer las maletas y mudarse a Londres.

Entonces, del brazo de Jack, la joven esposa se había cruzado con antiguos conocidos, sonreído a amigas («¿amigas?») que, bien la habían mirado con envidia y sin detenerse a saludarla, bien habían pasado de largo fingiendo no reconocerla. «La vida…» Coryn se aferró con más fuerza al brazo de su marido cuando este refunfuñó que no le gustaban las ferias. En general y en particular. Pero estaba enamorado y se esforzaba «por ti, preciosa». Le compró patatas fritas, un algodón dulce arrugado y —por fin— la hermosa manzana roja con la que (vayan a saber por qué) una araña minúscula se peleaba para despegar las patas presas en el azúcar.

—¡Mira, Jack!

—¿Qué?

—¡Aquí! ¡La araña! ¡Está pegada!

Jack cogió la manzana y aplastó el bichito entre sus dedos. Implacable, sin concederle la menor oportunidad. Había tanto ruido a su alrededor que la joven no oyó el «crac» del caparazón, pero, extrañamente, ese «crac» retumbó de forma dolorosa en sus oídos.

—¡Toma! —dijo él devolviéndole el palito.

Pero ella tiró la manzana.

—Ya no tengo hambre.

Jack negó con la cabeza y se detuvo en la caseta de tiro al blanco. Explotó uno a uno todos los globos, que revolotearon como pájaros asustados en una jaula demasiado pequeña y, bajo los aplausos de los mirones, del patrón tatuado y su hijo granujiento, ganó un avestruz gigante que tiró a la primera de cambio.

—¿Por qué? ¡Es monísimo!

—No quiero ir cargando por ahí con una gallina.

—No es una gallina, ¡es un avestruz!

—Es un pájaro estúpido. Gordo y feo. ¿O es que nuestro hijo querrá tener ese bicho asqueroso?

El peluche era espantoso, vale, pero gracioso. Coryn habría preferido regalárselo a sus hermanos pequeños, que le habrían reservado un destino más prometedor que el salto final a la papelera, o incluso a Timmy, que quería alzar el vuelo y ver mundo. Solo que los avestruces no volaban. Todo lo que sabían hacer era esconder la cabeza bajo la arena. «Jack tiene razón. El avestruz es un animal estúpido.»

—¡Venga! Regresamos a casa.

—Pero ¡Jack…! Por favor, ¡aún no hemos montado en el gusano!

—No me gusta el gusano.

—¡A mí me encanta! ¡Por favor! ¡Por favor, Jack!

Coryn insistía y tiraba de la mano de su marido. Sentía unos deseos irresistibles de volver a experimentar la sensación de ser arrastrada por aquella fuerza mágica, dejando entrever las miles de delicias que cesan justo cuando quieres más para que vayas corriendo a comprar otro vale. Coryn sonreía y suplicaba. Jack terminó por ceder. Coryn rio. ¡Cuánto rio! Y gritó de miedo y de felicidad, la melena al viento. Se sintió libre durante unos minutos...

Pero Jack no quiso comprarle otro vale.

Bajaron de la atracción tan precipitadamente que Coryn resbaló. El joven que estaba detrás de ella la sujetó con los brazos. Por reflejo. Sonrió por educación. La joven también. Jack agarró al tipo del hombro.

—¡A mi mujer ni la toques! Y mirarla, menos aún, ¿estamos?

En ese momento Coryn se sintió orgullosa. La verdad. Pensó que su marido la defendería como un héroe de novela. Que Jack se pelearía por ella. «¡Por mí!» Pero, tonta de ella, confundía los celos con el honor.

Se fueron de la feria en el acto, y Jack cerró con un golpe la portezuela de su nuevo Jaguar rojo brillante. Sin una palabra, sin una mirada, arrancó, y de la radio brotó una melodía que conmovió a Coryn. Dos o tres acordes de piano, y una voz. Tan turbadores como un encuentro. Se echó hacia delante para escuchar mejor, pero un anuncio tonto aplastó la canción. La joven preguntó:

—¿La conocías?

—¿Qué? —gritó Jack frenando.

—La canción que acaban de poner. ¿Sabes quién la cantaba?

Jack volvió la cabeza hacia ella, y Coryn no reconoció los ojos de su marido. Con un gesto brusco apagó la radio y dijo que le traía sin cuidado quién cantara esa mierda. La joven no hizo caso de su instinto, que la conminaba a cerrar el pico, y cometió la estupidez de insistir:

—Pues es una canción bon...

Sin entender cómo —ni por qué— Jack le soltó un guantazo tan potente como inesperado. Coryn dejó escapar un grito. Y a continuación… antes de tomar consciencia de lo que acaba de suceder, antes de pensar que era el momento de salir corriendo, Jack le suplicó que la perdonara. Estaba furioso por culpa del tipo de la feria. No había podido controlarse porque estaba cansado. Se esforzaba tanto para hacerla feliz… Quería una familia. ¡Oh! La amaba tanto… Que otro hombre le pusiese la mano encima lo volvía loco. Nadie la querría nunca tanto como él… No volvería a pasar. Las cosas irían a mejor en cuanto tuvieran un hijo. La vería como a una madre. La gente la vería como a una madre. Sí, debían tener un hijo. Un hijo. «Perdón.»

Pasaron las semanas. Coryn tenía cuidado con lo que hacía. Mucho cuidado. Nunca volvió a hablar de la feria. Sin embargo, de vez en cuando recordaba los dos o tres acordes de piano… La envolvían con extrañeza y desaparecían, dejando siempre una huella. ¡Oh!, Coryn sabía bien por qué. Rescataban sus sueños del olvido. Pero al cabo de unos meses llegó a pensar que había imaginado esas notas. Que lo había imagino todo… Y, además, una melodía tan hermosa era como las historias de los libros. Como el resto… «No existe. ¿Y si la persona que compuso eso mentía? ¿Y si mi madre tenía razón?»

Entonces, como una alumna aplicada, Coryn se esforzó muchísimo por acostumbrarse a las «manías» de su marido. «Así es.» A Jack no le gustaba que mirase, escuchase o leyese… lo que fuera. Menos aún que se sentase al ordenador o que usara, sola, el coche que él le había comprado. Jack controlaba el cuentakilómetros, miraba el historial y siempre preguntaba «por qué esto» y «por qué aquello», «por qué así» y «por qué asá».

—¿Por qué te ha dado por mirar este estúpido programa? ¿Es porque el presentador es guapo? ¿Te gusta?

—No, Jack.

—Pero ¡qué chorradas están diciendo! No pensarás perder el tiempo con eso, ¿eh?

—No, Jack.

—Pues para. Tú vales más que eso, Coryn.

Al cabo de las semanas la joven terminó por apagar el televisor y la radio para escuchar cómo la gravilla del camino anunciaba la vuelta de su marido.

No sabemos por qué aceptamos las cosas. Quizá porque llegan lentamente… Poco a poco. Sin hacer ruido. Quizá porque no te las esperas y no te das cuenta de verdad… ¿O es porque son tan horribles que no puedes creértelas?

Y, además, cuando eres joven y estás sola todo el santo día en una casa grande, sin una amiga y sin familiares con los que hablar, a pesar de que, para colmo, tus padres siguen con vida y tienes diez hermanos, te sientes lejos de todo. Vives alejada de todo. Acabas por no saber relacionarte. Tienes miedo a expresarte. Por eso, ¿qué puedes hacer sino resignarte?

¡Ay! Si hubiese escuchado con atención a Jack… Después de la feria había dicho «no volverá a pasar». No había jurado que no volvería a pasar «nunca». Habría que prestar siempre atención a las palabras que salen espontáneamente de otras bocas… Porque volvió a pasar. No muy a menudo, ni muy fuerte. Al menos al principio. Y siempre por amor.

«Si lo hubiera sabido, ese mismo día tendría que haberme largado a la otra punta del mundo y dejar a Jack con ese estúpido avestruz», se dijo Coryn al verse «perdida» y muy pálida en el espejo. La herida del dedo se le despertó de improviso y la cabeza le dio vueltas. Una nueva oleada nauseabunda se apoderó de ella hasta el extremo de hacerla caer de rodillas delante del inodoro.

«¿Y qué opción me queda ahora...?»

LIBRO SEGUNDO

1

No era Nochebuena y, por lo tanto, no era para cenar con su hermana por lo que el músico había vuelto a San Francisco, sino por razones de otra índole. El cabrón de su padre se había consumido en la cárcel, víctima de un cáncer de pulmón fulminante. «¡Bravo!» Y si Kyle se había separado del resto del grupo durante unos días no era desde luego para asistir al entierro, sino para ver a su abogado. Y liquidar toda aquella mierda. Para siempre.

Kyle llevó a Jane a La Casa después de la entrevista. El sol relucía en un cielo parcialmente despejado. Cada cual estaba absorto en su propio pasado. Regresaba como un tsunami, imprevisible y amenazando con arrasarlo todo a su paso. Ambos deseaban —en silencio— que esa oleada fuese la última.

Kyle giró en Boyden Street y miró una a una las nuevas casas de la larga calle. Dos plantas, espaciosas, funcionales, un jardín trasero, árboles, flores en primavera, balancines al resguardo de las miradas y piscinas aquí y allá. Recordó el papel pintado de su cuarto de la infancia en Willington. Cohetes rojos y amarillos que se precipitaban hacia enormes estrellas que él miraba sin pestañear antes de dormirse. Seguramente era la primera vez que lo recordaba con tanta precisión. En la planta baja estaba el piano...

Kyle divisó el tejado del inmenso edificio de Jane que despuntaba sobre los demás. Había pertenecido a un rico industrial que en la vejez se había enamorado de Italia. A Jane le gustaba contar a sus residentes que Graham Bosworth y su mujer no se habían llevado un solo plato cuando se mudaron a su nuevo castillo con vistas al lago Mayor. Habían cedido la mansión a la ciudad de San Francisco, que la había transformado en alojamiento para estudiantes. Pero el edificio, demasiado alejado de las universidades y de todo lo que les gustaba a los jóvenes, terminó siendo un refugio que albergaba a mujeres sin ningún sitio a donde ir. Jane lo bautizó La Casa porque era exactamente lo que debía ser.

Kyle aparcó delante del porche. Sus ojos se detuvieron sobre las cuatro cifras de bronce que relucían al sol. La puerta estaba recién pintada en color burdeos. Apagó el motor y miró a Jane mientras esta bajaba del coche.

—¿Adónde vas ahora?

—A quemar esa porquería de chabola de Willington de la que soy el único heredero.

—¡Kyle!

—¡Tendría que haberla quemado hace tiempo!

Jane subió de nuevo al coche. Se quitó las gafas de sol, las dejó en el salpicadero y miró a su hermano a los ojos.

—Eso no habría cambiado nada.

Kyle apoyó la cabeza contra el respaldo.

—¿Puedes decirme cuándo se acaba todo? ¿Cuando la palmas?

—¡Kyle! —exclamó Jane de nuevo.

Kyle suspiró profundamente y apretó la mano de su hermana.

—No te preocupes, venga.

—Siempre me preocuparé por ti.

Kyle sonrió.

—Tampoco me ha ido tan mal, ¿no?

—No es eso lo que quería decir.

—Sé lo que querías decir. Las cosas irán cada vez mejor... Mañana y pasado mañana.

—¿Cenas aquí?

—Puede. No sé aún. Tengo que ir a probar mi nueva guitarra.

—¿Está a punto?

—No. Billy está preocupado.

—Al final, te viene incluso bien haber vuelto.

—Sip. Voy a matar dos pájaros de un tiro.

—Intenta que sean tres.

—¿Y cuál es el tercero?

—Algo definitivo. Algo que transforme tu vida en una vida nueva.

—Tomo nota.

Jane se inclinó para darle un beso. Dijo que estaban de suerte, que el sol brillaba con ganas. Kyle le alcanzó las gafas oscuras a su hermana. Ella susurró justo antes de cerrar la puerta:

—Te quiero, Kyle.

—Yo también.

Jane subió los escalones sin que, no obstante, su inquietud desapareciera. Pero ¿qué podía añadir? Kyle no hablaría más aunque lo dejase atado en el sótano sin comida. Se volvió para verlo dar media vuelta. No recordaba haber dicho «te quiero» a su hermano desde que era... Desde hacía años.

Kyle tuvo cuidado de no arrancar con demasiada brusquedad para no hacer chirriar los neumáticos. Como siempre, parecía sereno. Por dentro, sin embargo, le quemaba eso que lo ponía enfermo. Había deseado tanto que la muerte del asesino lo aliviase de todo aquel odio... De pequeño no le había prestado mucha atención. De adolescente lo había desestabilizado, perturbado y motivado. A veces lo había inspirado. Ahora que había cumplido treinta años, lo único que quería era dar carpetazo a todo aquello y olvidar.

Había dedicado noches enteras a imaginar cómo afrontaría ese gran día, había previsto decenas de posibilidades. Había deseado que le llegase una liberación, y hasta había creído que así sería. Se equivocaba. Su odio era más intenso aún. No se sentía liberado de quien había matado a su madre. Su muerte no solucionaba nada, y Kyle comprendió con terror que ese sentimiento nunca desaparecería. «La tristeza no se borra fácilmente», había dicho Jane hacía tiempo.

—Creer lo contrario es de ilusos —añadió en voz alta mientras consultaba el reloj.

Eran justo las tres y cuarenta y tres minutos de la tarde, y Kyle avanzaba a paso de tortuga por Preston Boulevard. Echó otro vistazo al reloj y se dijo que iba a perder todo su tiempo en aquel atasco. Perder todo su tiempo. Atrapado sin su guitarra. Todo lo que odiaba. La vida era demasiado corta para dejar que se esfumara tontamente en un atasco. Y, por tercera vez, el maldito semáforo a una distancia de veinte metros volvió a ponerse en rojo sin que pudiera pasar más de un coche. Kyle dio un golpe al volante, rabioso.

En una calle cercana, a unos cien metros del lugar donde Kyle estaba inmovilizado, un niño pequeño volvía del colegio de la mano de su madre. La madre sonreía al bebé que babeaba en el carrito.

El semáforo se puso en verde. Los tres o cuatro vehículos que estaban delante del músico arrancaron y avanzaron unos metros. Kyle tenía que salir de allí. Veía en eso una señal de su situación frente al padre asesino. Bloqueaba su vida. Era evidente. Tan evidente como que no podía cruzar la raya blanca que había a su izquierda. Sin embargo, a su derecha el carril estaba libre. Kyle echó un vistazo al retrovisor. Nadie. Dio un volantazo brusco y aceleró para ir a Maine Street y de ahí a Oak Avenue, pero...

Se produjo el choque.

2

Al cambiar de itinerario, al salirse del trayecto previsto, Kyle pasó de la avenida inundada de sol a una pequeña calle oscura. Muy oscura. Sus ojos no tuvieron tiempo de acostumbrarse a la sombra. ¡Oh! Le pareció distinguir una forma que se abalanzaba sobre él y dio un frenazo, pero al mismo tiempo se oyó un ruido sordo y un golpe. Petrificado de miedo, el músico bajó del coche.

Al principio solo vio los zapatos pequeños, después al niño que yacía en la calzada. Inconsciente.

Kyle sintió que se vaciaba de sangre. De vida. Oyó su propia voz implorando: «¡Por el amor de Dios, no!». Aterrorizado, apoyó la mano en el pecho del chiquillo, cuando una mujer cayó de rodillas a su lado. Su larga melena rubia le cubrió el rostro. Kyle contuvo la respiración. La mujer dijo con la voz quebrada:

—¡Malcolm! ¡Malcolm! ¡Soy mamá! ¡Malcolm! ¡Despierta, por favor!

—No lo he visto —balbució Kyle.

Ella no lo oía y seguía hablando a su pequeño. El pelo le caía en cascada sobre los hombros. Malcolm abrió los párpados y los cerró enseguida. Ella le dijo que no se moviera. «Todo va a ir bien.»

Kyle corrió a su coche y pidió ayuda. El tiempo se alargaba de forma extraña. Se oyó dando la dirección exacta cuando vio a un bebé envuelto en un cochecito, a unos pasos sobre la calzada. Comprendió que la madre lo había dejado allí para socorrer al otro hijo. Accionó el seguro del carrito y volvió a acuclillarse junto a ellos. Dijo que la ambulancia estaba en camino. La madre no volvió la cabeza, pero Kyle supo en ese instante preciso que lo había oído.

«Etérea.» Si le hubieran pedido un adjetivo que la definiera, eso es lo que habría dicho. Etérea. Quizá irreal. Su pelo danzaba al viento. Kyle apenas adivinaba su perfil y sus labios, que murmuraban. Tuvo la curiosa sensación de ver a través de ella. Acaso en ella. Se llevó una mano a la frente. «¿Qué he hecho?»

—Lo siento. No… no lo he visto —balbució de nuevo—. Daba el sol en la avenida, y con la sombra que hay aquí no lo he visto, se lo jur…

Ella levantó la cabeza y lo miró. Tenía algo insostenible en los ojos.

—Es culpa mía —dijo en voz baja—. No he podido retenerlo cuando ha echado a correr detrás… detrás de no sé qué… Y… estoy embarazada y con el cochecito…

Volvió la cabeza antes de que Kyle pudiera ver si las lágrimas de la voz le habían subido a los ojos. Kyle apoyó una mano en su brazo. Temblaba. Su cuerpo entero temblaba. «¡Dios mío! ¿Qué he hecho?»

El bebé llamó a su madre, quien se incorporó para cogerlo y volvió a sentarse junto a su otro hijo. Kyle vio entonces que decenas de vehículos y de personas se habían agolpado a su alrededor. No pensó ni por un segundo que alguien pudiera reconocerlo. Esa idea ni siquiera se le pasó por la cabeza, ni a él ni a nadie. Un niño yacía en el suelo. «Sin duda», el niño magnetizaba todas las miradas. Y también su madre, tan hermosa. El viento levantaba sus cabellos. El músico oyó las sirenas a lo lejos. «Estas horribles sirenas...», que llegaron en pocos minutos. Unos policías abrieron paso a la ambulancia. El joven se encontró rodeado de uniformes. Vio que conducían a Malcolm en una camilla hasta el interior de la ambulancia. Unos médicos hablaban con la joven madre, Kyle sopló en un alcoholímetro. La mujer subió al vehículo con el bebé.

—Quiero acompañarlos al hospital —dijo Kyle.

—Pues muy bien, porque es exactamente allí adonde quiero llevarlo —respondió un policía con unos hombros como para desmontar los marcos de las puertas—. Van a hacerle una analítica.

Kyle no dijo una sola palabra. Estaba en ayunas. Lo que lo había embriagado no tenía nada que ver con el alcohol. Era pura rabia. Se resintió más aún con el Cabrón. «Incluso muerto, sigue pudriéndome la vida.»

Kyle habría querido explicarle todo eso a la joven mujer rubia. Lo habría entendido. Estaba seguro de ello. Pero el policía le hizo cumplimentar el atestado del accidente, comprobó las distancias, las trayectorias, el impacto. Kyle se dijo que no había sangre en la calzada. Malcolm quizá no estuviese herido de gravedad... «Sí, pero ha perdido el conocimiento. Dios mío, ¿qué he hecho?»

El agente plegó el cochecito con destreza y ordenó al músico que se pusiera al volante de su automóvil de alquiler. Kyle obedeció al tiempo que se preguntaba por qué no estaba esposado en un vehículo policial. La respuesta no se hizo esperar.

—Señor Mac Logan, está usted de suerte. Nadie lo ha reconocido entre la multitud.

Kyle no reaccionó cuando el policía lo llamó por su nombre artístico. No tenía precisamente la sensación de estar de suerte.

—¿A qué velocidad circulaba?

—No lo sé. Estaba en un atasco en Preston y me puse nervioso porque no nos movíamos. Luego, después de no sé cuántos semáforos en rojo, salí por la derecha y... me encontré toda esa sombra en Maine. No vi al niño. No lo vi.

—¿Llevaba puestas sus gafas de sol?

—Sí.

—¿Por qué estaba nervioso?

—¿Tengo que confesarme?

—Señor Mac Logan, siga usted mi consejo de... fan: le conviene cooperar.

Kyle dijo que su padre acababa de morir. El policía no rechistó y solo añadió:

—Ya veo...

Existían pocas probabilidades de que el sargento O'Neal pudiese ver de qué iba todo. Kyle nunca había contado nada de su infancia, ni siquiera en las letras de sus canciones. Cuando le preguntaban por su inspiración sonreía, y Patsi tomaba el relevo respondiendo: «Yo soy su inspiración». Sabía aguantar el tirón y controlaba sus palabras. Luego añadía:

—¡Lo importante es que le viene y no la suelta!

Sin embargo, cierta vez, un astuto reportero de un periódico insistió mucho a Kyle mirándolo fijamente a los ojos. Y dijo demasiado deprisa que había cosas...

—… que solo me pertenecen a mí.

Kyle comprendió su error. Había superado una batería de entrevistas con preguntas mucho más incisivas. Se sintió incómodo, dividido entre la tentación de hablar y la certidumbre de que había que guardar los secretos. Steve adoptó su voz de hermano mayor para susurrarle, una noche, entre bastidores:

—Solo tienes que confesar que te gustan las pelis en blanco y negro de los años cincuenta o que odias los raviolis, por ejemplo. Sonríes, y todos contentos.

—Contigo es fácil.

Steve lo miró un rato antes de añadir:

—Hay días que me apetecería estar en tu piel. Solo por vivir las montañas rusas en las que te montas. Y hay noches que te compadezco.

Poco a poco Kyle había ido dejando que hablaran «los demás». Pero ese día estaba solo frente al sargento O'Neal. Por eso el músico se mostró prudente y le permitió llevar las riendas de la conversación.

—Cuando le hayan hecho la analítica de sangre podrá llamar a su abogado. Tendrá alguno, supongo.

—Sí. No sé si se maneja en… Dios mío. No acabo de creerme que haya atropellado a ese niño. De verdad que no lo he visto venir.

—Es un accidente estúpido, como todos los accidentes, pero si encontramos rastros de alcohol o de cualquier otra sustancia…

—Estoy en ayunas y no me drogo.

La comisura izquierda de los labios del poli se torció.

—¿Es usted la excepción entre las estrellas del rock?

—Mi curro tiene esto en común con el suyo: cuando estás de servicio, no tomas nada.

—Y el servicio no termina nunca de verdad…

No, Kyle no se drogaba. Ni fumaba ninguna porquería. Le sentaba mal y su voz se resentía durante días enteros. Prefería una buena cogorza de vez en cuando, pero hacía siglos que no había rebasado los límites.

—¿Sabe si la madre del niño ha podido localizar al padre?

—No en mi presencia.

Recordó las delicadas manos de la joven sobre el pecho de Malcolm. La alianza le resbalaba en el dedo anular. Pensó que podía habérsele caído sin que se diera cuenta. Sintió con la misma intensidad de antes que todo el cuerpo le temblaba.

Coryn no soltó la mano de Malcolm en el servicio de urgencias del Hospital General de San Francisco, salvo durante la exploración. Había recitado listas de palabras mentalmente. Era un truco al que recurría cada vez que se encontraba en una situación de la que deseaba huir. En el dentista. En la iglesia cuando era pequeña. En el ginecólogo. A veces en la cama con Jack... Atrapaba la primera palabra que le venía a la mente y concentraba todos sus pensamientos en formar una familia. Flor / rosa / aciano / amapola / espino / narciso / violeta / lila... Ese día, en la sala de espera pintada de un amarillo lánguido, Coryn recordó los largos años durante los cuales había deseado tener un hijo. Los años transcurridos antes de que llegara el segundo. La rapidez con que había vuelto a quedarse embarazada y ese ínfimo segundo en que Malcolm había chocado contra... Recitó otra serie: «Casa / colegio / coche / accidente / Malcolm / mano... Una mano en mi brazo».

El corazón le dio un vuelco y se levantó en el momento en que su hijo reaparecía tumbado en una camilla. Había recuperado el color. El médico que lo acompañaba aseguró que, aparte de las contusiones, solo tenía un brazo roto.

—Deberemos operarlo de todas formas porque el húmero presenta dos fracturas, pero son limpias, por decirlo así. Vamos a colocarle un dispositivo reabsorbible para que suelden. Se lo he explicado todo a su hijo y está de acuerdo.

—Voy a ser fuerte como Iron Man —dijo Malcolm sonriendo.

—¿Te duele?

—No mucho.

—Le damos lo necesario para mitigar el dolor.

Coryn escuchó con atención cada una de las palabras del cirujano y trató de ver en lo más hondo de sus ojos. Parecía sincero. Añadió que la operación tendría lugar seguramente a última hora de la noche o a la mañana siguiente.

—La mantendremos informada, señora. ¿Su hijo es alérgico a algo?

—No.

Llamaron al médico por megafonía y este dejó que la enfermera apuntara lo que Malcolm había merendado esa tarde. La enfermera dijo que el anestesista de guardia la atendería cuanto antes, y Coryn abrazó a su hijo antes de que se lo llevaran para hacerle más radiografías y una resonancia magnética. El niño volvió a desaparecer tras las puertas, que se cerraron sin hacer ruido, y la joven madre siguió a otra enfermera hasta el mostrador de admisiones.

Llevaba al bebé en brazos desde el accidente y el vientre empezaba a pesarle. Lo notaba duro y contraído. Le habría gustado sentarse y recuperar el cochecito. ¿Dónde estaba, a todo esto? ¿Lo había olvidado en la acera?

—¿Ha podido hablar con su marido, señora?

—Sí. Está con un cliente en San Mateo. Vendrá en cuanto pueda.

—¿Se lo ha tomado bien?

—Eso espero —dijo Coryn con un suspiro y evitando mirar a la enfermera, quien no respondió.

La dejó delante de un cubículo con las paredes verdes, donde una secretaria que no llevaba uniforme le indicó que entrase. Le dio unos papeles y le explicó con precisión cómo cumplimentar todos aquellos documentos.

—Tómese su tiempo para leerlos y rellenarlos. Lo sé, son muchos, pero desgraciadamente todos son necesarios.

El bebé, que gesticulaba y gruñía desde hacía un rato, se puso a llorar a pleno pulmón.

—¡Uy, pero si su retoño está muerto de hambre! ¿Quiere que vaya a buscar un bocado y algo para beber?

—Sí, por favor. Gracias —dijo Coryn.

—¡Sé lo que es esto! He tenido cinco hijos. ¡Así que siéntase como en su casa!

La mujer acercó un sillón para que Coryn se acomodara en él.

—¡Cinco chicos! ¿Se lo imagina? ¡He tenido cinco chicos! El Señor no ha tenido corazón, no me ha compensado con una sola niña.

Coryn no hizo comentarios. Tenía una idea más que precisa, gráfica, de las familias numerosas con predominio del género masculino. Se puso el bebé en el regazo y lo acunó. Antes de marcharse, la secretaria le preguntó si le molestaba la radio. La joven negó con la cabeza y la observó mientras salía del despacho entre un torrente de palabras. Se zambulló en los ojos de la pequeña, y esta le sonrió. Estaba feliz. «¿Cuántos años más podré no sentir preocupación por mi hija?» Enseguida pensó en Jack. ¿Qué diría? ¿Cómo reaccionaría al ver a Malcolm? Se había mostrado frío y parco al teléfono. Su cliente debía de estar cerca. Coryn no pudo contener una mirada inquieta hacia la puerta del pasillo. Le reconfortó que siguiera cerrada. Echó un vistazo a su reloj, hizo un cálculo rápido del tiempo que le quedaba, rogó que los atascos le dieran un respiro más... «Debería preguntar el nombre del cirujano que va a operar a Malcolm.» Entonces oyó unos pasos apresurados. Coryn contuvo la respiración y la puerta se entreabrió.

4

El músico vio a Coryn y le hizo señas con la mano. La pequeña se incorporó, curiosa por ver lo que hacía su madre.

—¿Puedo sentarme? —preguntó Kyle señalando la silla vacía en un rincón del despacho.

La joven se apartó para dejarle pasar.

—Los médicos me han explicado la situación de su hijo —dijo con una voz que dejó entrever todo su desasosiego—. ¿Cómo se encuentra usted?

La pregunta la desconcertó. Nadie solía preguntarle lo que ella, Coryn, sentía. Entonces musitó un tímido «bien» mientras se sentaba a la pequeña en la otra pierna.

—No se imagina cuánto lo siento. No sé cómo se me ocurrió tomar esa calle. De hecho, no iba en esa dirección. De no haber sido por ese atasco en Preston, nunca...

Coryn alzó los ojos y Kyle se quedó sin palabras.

—Yo tendría que haber retenido a Malcolm —dijo—. Lo llamé, pero siguió corriendo sin escucharme. Y además tenía el cochecito y...

Ella también calló.

—Lo he recuperado. Está en recepción.

—Gracias.

—Quería... quería decirle que estoy... totalmente sobrio. La analítica de sangre lo demostrará.

Coryn inclinó ligeramente la cabeza. Sin sonreír. Sin hablar. Su mirada parecía haber huido a otra parte. Se sentía culpable, habría jurado Kyle. Pero ¿qué decir? ¿Qué hacer sino estrecharla entre sus brazos, como cantaba el grupo Muse en la radio? «Hold you in my arms.» Pero ¿acaso Kyle podía hacer eso? ¿Eso que de pronto tanto le apetecía? No, claro que no. Todo lo que se le ocurrió fue decir que había traído los documentos del seguro.

—Tendría que mirar usted el croquis y luego deberíamos firmar juntos.

Coryn asintió. Kyle acercó la silla al sillón de Coryn, apartó el portalápices y el teléfono de la secretaria, y dejó las hojas en la mesa.

—Aquí está mi coche y aquí Malcolm.

—¿Y esta cruz de aquí?

En cualquier otra circunstancia, Kyle habría afirmado sin titubeos —sin contener su emoción— que era el lugar del tesoro, pero sonrió tímidamente y dijo:

—Es usted.

Coryn notó que se sonrojaba de los pies a la cabeza. O de la cabeza a los pies, no estaba muy segura.

—Me parece que es exacto. ¿Dónde debo firmar?

Kyle puso el dedo abajo y ella escribió un legible «C. Brannigan» cuando la puerta se abrió. La mujer soltó el bolígrafo mientras se daba la vuelta. Kyle habría jurado que estaba inquieta.

—¡Ay, por un momento he creído que no podría volver! —exclamó la secretaria con un suspiro mientras buscaba un hueco en su mesa donde poner el gran vaso de agua que traía—. ¡Me he cruzado con miles de personas que necesitaban miles de cosas! Como siempre... —Apagó la radio, la empujó a la izquierda y dejó el vaso—. ¿Le apetece también algo de beber a este papá que parece un manojo de nervios?

—Muchas gracias —respondió Kyle realmente nervioso—. Pero yo no soy...

Sin escuchar el final de la frase, la mujer ofreció un trozo de pan al bebé y se dio media vuelta. Estuvo a punto de aplastar a su paso a una curiosa araña minúscula de color marrón claro que se dirigía hacia abajo como temerosa de perderse el comienzo de una película. La araña terminó su carrera rodando hasta los primeros palcos para ver a Kyle lanzar una mirada a Coryn. Cuando sonrieron. Se sonrieron.

—¿Tengo que rellenar también este documento? —se apresuró a añadir ella.

—Sí. Al dorso.

Kyle miró los dedos de Coryn, que danzaban sobre la hoja, y los de la pequeña vestida de rosa, que tiró el pan para arrancarle de las manos a su madre el bolígrafo. Instintivamente, Kyle se inclinó para tomar a la niña entre sus brazos.

—¿Puedo? Parece que tiene ganas de escribir por usted.

—Sí —resopló Coryn.

Desde su escondrijo, la minúscula araña marrón vio como la *baby girl* pasaba de los brazos intimidados de su madre a los brazos «nerviosos» de Kyle. Y notó la seriedad con que Coryn lo escudriñaba. Vio que la sonrisa del joven tenía un no sé qué capaz de derretir a cualquiera. Incluso a las pequeñas *baby girls* de ceño fruncido. Entonces el bichito de ocho patas suspiró, se repantigó y se felicitó por haber llegado a tiempo.

—Dime, ¿cómo te llamas, muñequita preciosa?

—Daisy —murmuró la madre sin levantar la mirada.

¡Oh! Coryn no tenía una clara conciencia, pero el nudo que se había formado en su estómago parecía confundirse con el que sentía de niña en las atracciones de feria. En el gusano... Cuando soñaba con una segunda vuelta, y con una tercera. Cuando los sueños iluminaban su vida... Cuando...

—Pues, Daisy, tienes los ojos de tu mamá.

La joven dejó escapar una sonrisa muy discreta —pero una sonrisa al fin y al cabo— y siguió esmerándose en completar cada línea. No estaba acostumbrada a esa clase de tareas; Jack se ocupaba de todo, naturalmente. Tanto que ese día, mientras se aplicaba rellenando las casillas, temía parecer estúpida y analfabeta.

BENTON Coryn; de casada: BRANNIGAN. Nacida en Birginton, Reino Unido.

Kyle dijo que él había nacido en marzo, dos años antes.

—Pero en Willington, en la costa Este. ¡No es tan exótico como usted!

—¡Oh! Birginton no es lo más exótico del mundo. Está en Inglaterra.

—Eso pensé al oír su acento.

Coryn dejó escapar otra de sus discretas sonrisas. Un poco más «sonrisa» que antes y que provocó las ganas súbitas de Kyle de montarse en una atracción de feria.

—¿Dónde está exactamente Birginton?

—En las afueras de Londres.

—¿Está de vacaciones en San Francisco?

—No. Llevamos varios años viviendo aquí.

—¿Echa de menos Inglaterra?

Coryn levantó la cabeza, sorprendida.

—No pienso en ello. No he regresado jamás.

—¿Por qué?

La joven no supo qué responder y se encogió de hombros. Se volvió de nuevo hacia los documentos, y Kyle contuvo su curiosidad y se concentró en Daisy, que enredaba los dedos en su bufanda.

Era la primera vez que tenía en brazos a un bebé de carne y hueso. La sensación lo desconcertó, pero le gustó. Un bebé. No se parece a nada. Te obliga a preguntarte si, un día, tendrás uno. Tuyo... Y con el mayor de los estupores, el músico sintió el intenso deseo de tener un hijo. Hasta entonces la cuestión se había zanjado con un «no» sereno y definitivo. Con la vida que llevaba... Con la mujer con quien la compartía... Con la infancia que había tenido... Con todas esas imposibilidades, el deseo no había aparecido aún. Pero Daisy olía bien, a azúcar y a leche. Y no le quitaba los ojos de encima, como si el trajín que acababa de provocar la divirtiera. Kyle no se hacía una idea de su edad. «¿Menos de un año? ¿Más de diez meses?» Pero en vez de preguntar, tomó con su mano la manita delicada de la niña y esta le agarró índice. Lo apretó con todas sus fuerzas sin dejar de fruncir el ceño. Entonces en voz baja, sin darse cuenta, Kyle se puso a canturrear.

Coryn levantó la cabeza de los papeles. Era la melodía que había oído con Jack en el coche el día de la feria. Justo antes del primer bofetón. En el transcurso de los últimos años había vuelto a oírla en supermercados o en espacios públicos, siempre fragmentos. Le parecía preciosa. Ella misma la había canturreado alguna vez cuando estaba sola. Y le había puesto letra propia. ¡Oh! Una letra sin importancia. Kyle la miró. Coryn se atrevió a preguntarle:

—Esa canción... ¿Sabe quién la canta?

—Yo —respondió divertido.

—Sí, pero ¿sabe quién la ha escrito?

Kyle sonrió de oreja a oreja.

—La escribí yo hace más de diez años. Es una de las canciones de mi primer disco.

Coryn no bajó la mirada. En su rincón, la araña se enderezó sobre sus patas. La película parecía cumplir las expectativas.

—Lo... lo siento. No sé quién es usted.

—¿Ha oído hablar de los F...?

—Puede. Sí. El nombre me suena —continuó Coryn con un tono de excusa—. No tenemos televisor y raras veces enciendo la radio.

—¿Le gusta el silencio?

Coryn murmuró un «sí» que la desconcertó. Reordenó los documentos, planos, sin riesgos emocionales. ¿Cómo explicar por qué no ponía la radio? ¿Cómo expresar lo mucho que odiaba que Jack la sorprendiera en su gran casa y no oírlo llegar? ¿Cómo verbalizar que su marido habría insistido e insistido en saber por qué escuchaba esto o aquello, a puñetazo limpio en el vientre? Solo Jack encendía la maldita radio para que los niños no oyeran nada cuando...

Notó la mirada de Kyle sobre sus hombros y entonces dijo que había crecido entre diez hermanos.

—¡Uau! ¡Diez hermanos! ¡Ahora entiendo que necesite silencio!

—¿Cuánto tiempo hace que canta? —preguntó ella mientras escribía la fecha en el documento.

—Desde que tenía dieciséis o diecisiete años. Quiero decir que cuando tenía esa edad tomé la decisión de dedicarme en serio a la música.

La joven pensó que a esa edad ella se había casado con Jack. Agrupó las hojas y se oyó preguntarle si tocaba algún instrumento.

—No puedo subir al escenario si no es con mi guitarra. Pero de pequeño aprendí a tocar el piano. Mi madre lo tocaba de maravilla.

—¿Ya no?

Kyle aguardó un tiempo antes de responder:

—Murió hace años.

—Lo siento.

Kyle y Coryn se miraron fijamente, la araña contó los segundos y Daisy soltó un gritito.

—Me complace que esta canción haya llegado hasta usted. Una canción que perdura, en general, es una buena canción.

No, a decir verdad, a Kyle le parecía mejor que esa canción hubiese morado en Coryn tantos años y que a la joven le pareciese importante. Abrió la boca para decírselo cuando unas voces acaloradas rasgaron los muros del espacio-tiempo que se había replegado sobre ambos. La joven madre reaccionó al segundo, recuperó a Daisy y se puso casi en guardia.

Jack acababa de cruzar la puerta. En unos pasos había alcanzado a Coryn y le apretaba el hombro. Estaba fuera de sí.

5

—¿Dónde está Malcolm? —gritó Jack.

—Su mujer no tiene la culpa —interrumpió Kyle levantándose—. Soy yo quien ha atropellado a su...

Jack hizo a un lado con brusquedad a Coryn y agarró al joven por la espalda del abrigo. El músico era alto, pero Brannigan lo superaba. Kyle no apartó la mirada de él y repitió con calma que había sido un accidente. Pero el padre no escuchaba nada. Estaba furioso. Y cuando estaba en ese estado, Coryn sabía que no era capaz de controlarse. Entonces la joven intentó interponerse repitiendo que Malcolm había cruzado la calle corriendo, que Kyle no había podido verlo... Jack la agarró del brazo y la atrajo de un tirón hacia él.

—¿Cómo puedes saber lo que ha visto?

—¡Eh! No haga eso —gritó Kyle sintiendo que lo invadía una intensa rabia.

Jack se dio media vuelta y apuntó con el dedo al pecho del músico.

—¡Tú! ¡Vas a decirme exactamente qué hacías en esa calle!

—¡Jack! ¡Jack! ¡Es culpa mía!

—¿Qué hacías, pedazo de cabrón...?

Enfermeras y enfermeros acudieron de todas partes para

hacer razonar a ese padre que, sin embargo, no dejó de proferir insultos. Hasta que el sargento O'Neal apareció, entró también en el despacho y amenazó con detener a Jack. Así de sencillo.

Brannigan inspiró varias veces sin quitar los ojos de encima a Kyle y al policía. Luego exigió ver a su hijo. Un médico caído del cielo apoyó astutamente la mano en su brazo y le habló de la operación que a buen seguro tendría lugar a la mañana siguiente. Daisy apartó la nariz del cuello de su mamá y siguió con la mirada a la graciosa araña marrón que salía a toda prisa del despacho. A resguardo de la ira y de los pies imprevisibles de los humanos.

—Su hijo se encuentra bien.

—¿Cómo puede decir que mi hijo está bien cuando este imbécil por poco lo mata?

—¡Señor! —intervino el sargento O'Neal—. Debería ir a ver a su hijo.

—Lo acompaño —dijo el médico.

Jack tomó a Daisy en brazos y a Coryn de la mano. El músico tenía el corazón desbocado. Observó a la joven mientras desaparecía, atrapado por un mal presentimiento. El sargento O'Neal le tendió los documentos, que habían salido volando en todas direcciones. Kyle dejó escapar una mueca de ira. El policía lo miró con una sonrisa divertida.

—No tiene críos, ¿verdad?

El músico negó con la cabeza.

—Es a su hijo a quien ha atropellado usted. No puedo decir que no le comprenda.

—Ese tío está chiflado.

—Es temperamental. Y está cachas como un atleta.

El cantante sintió ganas de gritar al sargento que Jack

94

atemorizaba a Coryn, que había que meterlo en la cárcel antes de que fuese demasiado tarde. Pero no era muy realista, sobre todo en su difícil situación.

—Le aconsejo que evite al padre en un futuro próximo —dijo O'Neal—. Guarde las distancias y deje que sea su abogado quien intervenga por usted.

Kyle prometió comportarse a la vez que se preguntaba cómo podría verificar si sus temores eran fundados en el poco tiempo que le quedaba de estancia en San Francisco.

—A todo esto, acaban de darme los últimos resultados de su analítica. Son todos negativos, así que es libre de volver a casa. Mañana podrá reunirse con los F... como estaba previsto.

El músico asintió.

—¿Y adónde se larga ahora?

—Tenemos un concierto el sábado en Moscú.

—La suerte está de su lado. —El policía sonrió al tiempo que metía sus enormes manos en los bolsillos de sus pantalones—. La última vez no pude verlos.

—Le haré llegar unas entradas, pero no quisiera...

—Aprecio su amabilidad, Kyle. ¿Cuándo nos visitará de nuevo?

—No tengo todas las fechas en la cabeza.

—Solo tiene música en ella, ¿no es así?

Kyle apuntó la dirección del sargento O'Neal, le firmó un autógrafo y otros dos para cada uno de sus hijos. El policía le deseó un buen concierto en Moscú y confesó que miraría las fotos en internet con sus chicos, si bien se ahorraría explicarles cómo había conseguido los autógrafos. «Secreto profesional.» El músico le dio las gracias y se marchó. En el aparcamiento, su corazón no había recuperado aún el ritmo normal. «Atropello a un crío y lo envío a la mesa de operaciones el día en que entierran al bastardo de mi padre... y voy a dar con un poli que es fan mío. La vida es absurda... Tengo que encontrar a Coryn.»

Sí, ¿cómo podía Kyle calmar su corazón con semejantes ideas? En esos instantes no pensaba que Coryn lo había «atropellado» a él también. Pensaba en ella. En lo que había percibido. En lo que le ponía furioso. En lo que podía hacer. En lo que había hecho.

Se subió al coche, arrancó, pasó por delante de varias filas de vehículos, atisbó a lo lejos el cartel de salida, puso el intermitente y, en el último momento, dio la vuelta al aparcamiento dos veces en lugar de ir a ver a su lutier. Un automóvil dejó una plaza libre. Aparcó marcha atrás. El sitio era perfecto. Tenía la puerta de entrada del edificio principal frente a él. Se hundió en su asiento y rezó para que Coryn y el cabronazo de su marido no se esfumaran por otra salida. No, no vacilaba sobre el calificativo que atribuía a Jack. Un tipo como él era sin lugar a dudas —y en el mejor de los casos— un cabronazo.

Se dio una hora y permaneció apoyado en el respaldo del asiento. De nuevo oyó el choque y el silencio que lo siguió. Malcolm no había gritado. Coryn tampoco cuando cayó de rodillas, con la melena resbalándole sobre los hombros. No podía soportarlo.

Consultó sus mensajes. Veintisiete desde el accidente. «¡Caray!», se dijo. «¿Y si me internara en un bosque, en Siberia?» ¡Ah, claro! Kyle escaparía del teléfono, pero no de su conciencia. Ni del recuerdo de su madre cuando salía del baño con las gafas de sol puestas. Todavía podía oír su voz, el tono exacto, cuando decía al pasar junto a él: «Me encantaría volver al instante preciso en que los destinos se cruzan». ¿Cuándo había cambiado de rumbo su destino? «¿Hoy, mamá?»

Volvió a ver el rojo oscuro que manchaba la almohada. Recordó la piel fría y pálida de su madre. Oyó las malditas sirenas. ¿Cómo va a olvidar eso un crío? No, Kyle no podía volver a casa de Jane y contarle que un chiquillo se había tirado prácticamente a las ruedas de su coche. Debía ver a Coryn para comprobarlo. Para cerciorarse. Sonó su teléfono. Era Chuck Gavin, su abogado. Hablaron largo y tendido, y el cantante le rogó que enviase un juguete a Malcolm.

—No sé si es buena idea.

—Quiero que lo hagas.

Chuck exhaló un suspiro.

—Podría enviarle vuestros CD.

—¿Y qué diablos quieres que haga el crío con eso? Te he dicho un juguete. ¡Coches, camiones, puzles!

—Vale, vale. ¡No te alteres!

—¿Cómo quieres que esté tranquilo después de haberme cargado a ese crío?

Atropellado. No es lo mismo, Kyle.

Kyle suspiró.

—Eso no me ayuda mucho.

—Lo sé. Soy abogado, no psicólogo.

—...

—¿Kyle?

—...

—No seré un amigo ni un psicólogo, pero soy un buen abogado. Así que escanéame en cuanto puedas una copia del atestado.

—Lo haré desde el despacho de Jane.

—La pelota está en mi tejado ahora. Voy a hacer mi trabajo y me encargaré de todo.

—Te lo agradezco.

—No hay de qué, te llamo para tenerte al corriente. ¡Ah! Y te pido que no hagas nada sin consultarme antes.

6

Transcurrió una hora. Chuck no sabía que su cliente estaba sentado en el coche vigilando la entrada del hospital. Pronto la luz del día se desvanecería, acentuando más sus interrogantes. Como en esas noches en las que Kyle no salía a cantar al escenario ni se había vaciado lo bastante para caer en una nada de cansancio.

Desde la llamada de Jane a Bratislava para comunicarle la muerte del Cabrón, desde el avión que había estado a punto de perder por culpa de la bronca con Patsi, desde su llegada a San Francisco, el músico no había conciliado el sueño. ¡Oh! Si Kyle hubiera podido dormir bien, nada de lo ocurrido ese mediodía se habría producido. «No habría estado a punto de matar a un niño. Y no habría conocido a Coryn... La vida es absurda.» El corazón le dio un vuelco. Podía oír sus latidos. Resonaban como hacía varios años que no lo hacían.

El viento glacial del Pacífico se fraguó un camino hasta el interior del coche, y Kyle se estremeció. Se subió el cuello del abrigo. Ya llevaba una hora y media esperando. Era una locura, pero lo único que podía hacer era seguir aguardando; tenía que volver a verla. Tenía que saber. ¿Quizá prestaba más atención a los hombres y a las cosas que la mayoría de las personas? ¿O quizá era por culpa de la mañana en que su madre no había despertado? A saber. Todo era serio para Kyle. Las risas, las tristezas, la música, los textos, la vida ordinaria o la vida singular que vivía con los F... Los latidos del corazón. Todo. «Tengo que volver a ver a Coryn.»

Levantó la cabeza y atisbó la melena rubia que una ráfaga de viento levantó. Y la complexión cuadrada de Jack al lado, con la pequeña en brazos. Coryn llevaba el cochecito vacío. Caminaba cabizbaja, a causa del viento. «O tal vez no...»

Jack enfiló una calle, a la izquierda. El músico temió perderlos de vista por culpa de una hilera de columnas. Dudó si salir del vehículo y se deslizó al asiento del copiloto, desde donde vio a aquel cabronazo colocando al bebé en el asiento trasero de un Jaguar X-Type Estate blanco. Se acercó a su mujer, que estaba plegando el cochecito, y Kyle tuvo la impresión de que ella retrocedía.

El cantante bajó la ventanilla, pero estaba aparcado demasiado lejos para oír nada... Entonces le sonó el móvil. «¡Mierda!» Se hundió en el asiento por miedo a que lo descubrieran y apagó el teléfono sin responder. Cuando se incorporó vio a un joven con patines a unos metros del Jaguar. Inmóvil. Enfrente de Brannigan. ¿Qué había pasado? Sin pensárselo dos veces, Kyle salió y se coló entre los coches. El viento soplaba con tanta fuerza que le impedía oír la conversación, pero vio al coloso acercarse al adolescente, que se alejó a toda pastilla de allí.

El músico permaneció escondido detrás de un todoterreno, observando la escena y preguntándose qué habría sucedido cuando de pronto el chico se detuvo. Dio un giro elegante e hizo un amplio corte de mangas a Jack antes de largarse. «¡Mierda! ¿Qué ha ocurrido?»

Durante unos segundos Brannigan siguió con la vista al chaval, que zigzagueaba entre las calles con la soltura de quien se regodea. Coryn estaba sentada delante. Se volvió para hablar a la pequeña, se inclinó y le acarició la mejilla. Desde su ubicación, Kyle no alcanzaba a ver la expresión de su rostro, pero habría deseado interpretar su mirada.

Jack se sentó al volante y arrancó. El músico volvió presuroso a su coche. Sin un asomo de duda, empezó a seguirlos, con cuidado de dejar una cortina de varios vehículos entre ellos.

Había pasado algo. «Sin duda. Pero ¿el qué?» ¿Jack le había levantado la mano a su mujer o habían tenido unas palabras?

Kyle maldijo al desconocido que había marcado su número y pensó que lo primero era encontrar pruebas que demostraran si sus sospechas eran descabelladas o fundadas. Si Coryn estaba a salvo, aunque él estuviera convencido de lo contrario. Pensaba en Coryn. Solo en ella. ¡Oh! Si hubiese hecho caso a su instinto y a su profunda «certidumbre» en vez de razonar, al primer semáforo en rojo habría bajado del coche, habría abierto la portezuela de Jack, lo habría agarrado del cuello de la chaqueta, como el muy desgraciado había hecho con él en el hospital, y lo habría lanzado al asfalto. Habría mirado a la joven mujer rubia a los ojos y le habría preguntado por qué se había casado con semejante capullo.

Por desgracia, la vida dista mucho de ser tan simple.

7

Coryn mantenía la cabeza gacha. Como siempre en esos casos. No miraba nada en concreto. Sus ojos estaban abiertos, pero ella estaba encerrada en sí misma. En posición de repliegue. De invisibilidad.

Por una vez no escuchó a Jack insultar a todos los lerdos que no sabían conducir. Por una vez pensó en ella, y se dijo que ese día su vida había experimentado una inflexión que había cambiado la trayectoria de su órbita habitual. No solo había descubierto quién era el autor de la canción, sino que además lo había conocido... Ese día la lucecita que daba por extinguida en el fondo de ella había encontrado un nuevo aliento. Como si un soplo de oxígeno puro la hubiese reavivado. Ese día Kyle le había preguntado cómo estaba, a ella, a Coryn. Y un chico se había parado en el aparcamiento del hospital cuando Jack la había empotrado contra el coche aplastándole el brazo. Se dijo, sorprendida e incrédula, que la Suerte existía. Luego la joven se estremeció, horrorizada de sus pensamientos. ¿Debía llamar «Suerte» al hecho de que Malcolm tuviese que sufrir todo aquello para que ella sintiera eso? Valoró el camino que había recorrido para tener a su hijo. En una época creyó que la vida no significaba nada. Ese día supo que sin Malcolm ella se habría consumido para siempre.

Ese día Coryn abrió la puerta de su gran casa californiana con la intensa sensación de que no era tan invisible. Vislumbró su reflejo en el espejo de la entrada. Estaba despeinada, pero se vio menos pálida que de costumbre. De pequeña no soportaba sonrojarse delante de nadie. Cuando le pasaba en clase quería desaparecer. Ese día, en cambio, estaba extrañamente contenta de haber recuperado el color delante de Kyle. ¿Gracias a Kyle? No sentía vergüenza alguna, sino un raro sentimiento. Puede que Jack no fuera todopoderoso. Su vida tenía un sentido. «En fin, quizá…»

«Al menos por esta noche.»

8

Jack creyó que lo había previsto todo aislándola. Y privándola de la tele, las revistas y los contactos. Espiando hasta sus gestos más insignificantes. Se la había llevado al otro lado del Atlántico, la había instalado en una casa maravillosa, imaginando que así Coryn solo pensaría en él. Creía que le pertenecía. Se equivocaba.

Cuando Jack abrió la puerta de la casa, Daisy berreaba en sus brazos. Se había dormido durante el trayecto y ahora ya no tenía ganas de que cargaran con ella. Coryn desapareció en el cuarto de baño para ponerle un pañal limpio. La pequeña gruñó unos minutos más y se durmió sobre el cambiador. La joven madre la metió en la cama sin que la pequeña se diera cuenta. Permaneció un buen rato contemplándola y se llevó una mano al vientre. Y juró que jamás de los jamases abandonaría a sus hijos. «Pase lo que pase...»

Kyle había aparcado a una decena de metros. Las luces de la planta baja estaban encendidas, como en la planta de arriba. Ningún grito rasgaba la oscuridad.

Se quedó mirando la casa sin saber muy bien qué esperaba. Pensamientos confusos y perturbadores se agolpaban en su mente. Su padre —el Cabrón—, su madre, su música,

Jane, su irresistible ascenso con los F..., Patsi. El vínculo que tejen los acontecimientos... El vínculo que fundamenta la vida. Se dijo que ese día su camino había sufrido un error de señalización. ¿Estaba perdiendo el norte? ¿Se alejaba de sus sueños o se acercaba a ellos? ¿Cuáles habían sido sus verdaderas ambiciones como hombre?

A esa última pregunta Kyle sabía qué responder. Los F... eran la culminación de sus expectativas. La tierra entera se había convertido en su campo de juego. De Singapur a Nueva York, pasando por París, Tokio, Bruselas y Moscú, había alcanzado y superado con creces sus primeras esperanzas. Sabía que habían tenido una suerte inaudita de conocerse y de creer en ellos. Sí, Kyle estaba convencido de la existencia de la Suerte. Sin embargo, alguna vez había pensado que tanta Suerte no podría durar. Le parecía injusto. A veces... indecente.

«La prueba es que ahí está Malcolm», se oyó decir en voz alta. Entonces, de golpe, el miedo y la culpabilidad —como el horror de lo que podría haber pasado— le cayeron encima a plomo. Con mucha más violencia que en el momento del accidente. Kyle pensó que habría bastado una sincronización una pizca más cruel para que el niño chocara de frente contra su coche. No imaginó que la Suerte había modificado el recorrido de la pelota por cuya causa Malcolm se había soltado de la mano de su madre, y murmuró: «La vida...».

La puerta del garaje se abrió y el músico aterrizó de nuevo en el presente. Se hundió por instinto en su asiento. Jack Brannigan sacaba la basura. Parecía un padre de familia acomodado cualquiera. Porque, para conducir un coche como el suyo y vivir en una mansión de revista como esa, había que ganarse la vida por encima de la media.

Un vecino que sacaba al perro se detuvo cerca de él. Los dos hombres se dieron un apretón de manos e intercambiaron unas palabras. Estaba claro que Jack le contaba que un pirado había atropellado a su hijo. Sus gestos eran explícitos. El vecino le dio una palmadita amistosa en el hombro y, antes de volver a su idílica casa, a buen seguro le dijo que abrazara de su parte al adorable Malcolm. Brannigan desanduvo el camino hasta su hogar con las manos en los bolsillos. No cabía duda de que para todo el vecindario era un tipo normal, incluso simpático. Se detuvo en su porche y esperó un instante. «¿Qué mira ahora ese imbécil?» A Kyle no le habría gustado que Jack mirase las estrellas. Ni que pensara en ellas siquiera. Que existiera un atisbo de poesía en el careto de «este hombre-de-negocios-que-se-digna-sacar-la-basura-con-sus-propias-manos». Pero no, aquel capullo giró sobre sus talones y cerró la puerta.

Las luces se apagaron una a una, lo cual obligó a Kyle a arrancar el motor del coche y salir de la calle de Coryn. Pensó en que temía por ella. Pensó en su sonrisa, en sus delicados rasgos, en sus mejillas al sonrojarse y en su voz inusualmente sosegada. En su pelo suave y brillante. Sintió ganas de tocarlo, de notarlo entre sus manos. ¡Oh, sí! ¡Con semejantes pensamientos más valía que Kyle volviese a casa de Jane! Que no se perdiera en un mundo tentador y peligroso... «Se me va la olla.» Era hora de irse de San Francisco. Puede que Patsi ya tuviese ganas de tener un hijo. «Quién sabe...»

Quién sabe por qué, Kyle fue al cementerio.

9

Localizar la lápida de sus padres apenas le llevó dos minutos. Segundo pasillo, séptima tumba a la derecha. Debajo del nombre de Clara Bondera, esposa de Jenkins, el de Buck Jenkins estaba recién grabado. El Cabrón había pedido en su testamento que lo enterraran con su mujer, y los hijos no habían podido impedirlo. Qué absurdos todos esos procedimientos. Jane había encontrado numerosas dificultades para repatriar el cuerpo de su madre desde Willington y, al final, sin una sombra de inquietud, su asesino acababa de unirse a ella... Para toda la eternidad. Y por primera vez el músico se preguntó qué mandaría grabar en su propia tumba. ¿Kyle Jenkins o Kyle Mac Logan? ¿El apellido heredado de su progenitor o su nombre artístico? «He renegado de él y, sin embargo, sigue existiendo. No quiero morir sin haberme liberado del Cabrón.»

El viento frío le levantaba los faldones del abrigo. El músico se mantuvo inmóvil durante varios minutos mirando fijamente las letras y las cifras. ¿Por qué su madre había aceptado y soportado todo aquello? ¿Por qué no se había rebelado y marchado? ¿Por qué él, Kyle, no había podido protegerla? ¿Por qué... por qué y por qué y por qué y por qué? «¿Por qué?»

«Dios mío, te pido que no fuera por amor.»

Kyle miró al cielo… Vio la luna llena, resplandeciente, y debajo de ella, bien definidas, las ramas de un abedul. La imagen era precisa. Hermosa. Entonces decidió que había llegado la hora de volver a casa.

10

Jack penetró a Coryn sin preguntar si le dolía el vientre, si estaba cansada o si tenía ganas. Rodó sobre su espalda, acarició la de su mujer, agradeció al cielo que Malcolm solo tuviera un brazo roto y se levantó para ir a reunirse con su hijo.

—Estaré junto a él cuando lo lleven a quirófano.

Coryn no escuchó su voz apaciguada, no más que los insultos que había proferido en el instante en que la puerta de la casa se había cerrado tras él. Los muros de la gran casa blanca eran demasiado recios para dejar escapar sonido alguno. Esa noche, en vez de recitar listas de palabras, la joven canturreó para sí dos o tres notas. Porque ese día habían cambiado algunas cosas. Observó el recorrido de la luna a través de la ventana. Estaba redonda y llena. Reluciente. Coryn pensó en la cara que el astro solo mostraba a las estrellas. «Ingeniosa audacia...»

Pensó en su hijo, que dormía a causa de los somníferos en la habitación del hospital, lo sintió entre sus brazos, le cantó algunas notas y rogó a santa Destreza que fuese generosa con el doctor Stein.

—¡Por fin apareces! ¡Te he dejado diez mensajes como mínimo!

Kyle cruzó el umbral y, bajo la luz implacable de los fluorescentes del pasillo, Jane comprendió que había sucedido algo. Tembló por dentro y aguardó a que su hermano se sentara a la mesa de la cocina.

—He enviado a un niño al quirófano.

No añadió nada más, y Jane repasó las palabras mentalmente. Una a una. Quizá la cosa no fuera tan grave. «A ver... ¡Mierda, Kyle! Pero ¿qué has hecho?», pensó.

—¿Y...?

—Cuando me he despedido de ti este mediodía me he quedado atascado dos horas en Preston Boulevard, y el maldito semáforo se ponía en rojo cada dos minutos y no avanzábamos y...

Se interrumpió. Después negó con la cabeza.

—Entonces he girado a la derecha en dirección a Maine Street, sin pensarlo. He pasado del sol a la sombra...

Levantó los ojos hacia Jane.

—No he visto al crío que corría por la calzada.

—¿Está grave?

—Tiene una doble fractura de húmero. Y contusiones.

—¿Y aparte de eso?

—¿Cómo que aparte de eso? Envío a un crío de cabeza al quirófano y tú... ¿me peguntas «aparte de eso»?

Jane dejó escapar un suspiro que exasperó más aún a su hermano. Por fin podía verbalizar las cosas. La atrocidad de las cosas.

—¡Maldita sea, Jane! ¿No te das cuenta? ¡El chiquillo, que estaba en plena forma, tendrá que llevar el chisme ese cuyo nombre he olvidado durante no sé cuánto tiempo, y todo por mi culpa! Eso por no hablar de los riesgos de la anestesia y las posibles complicaciones. Si el Cabrón no hubiese decidido palmarla, yo no habría tenido que venir y nunca...

Se levantó y añadió que su madre tenía razón al preguntarse cuándo se cruzan los destinos. Jane no dijo nada. No ayudaría gran cosa que añadiese que no era tan «grave» o que era horrible, o incluso que Kyle era un pobre tío irresponsable... O también que ya era hora de que se liberase de su padre. Jane jamás habría pronunciado esas últimas palabras. Sabía lo imposible que resulta deshacerse de la infancia. De lo bueno y de lo malo. Acabas resignándote. Al pasado y al presente. Y ambos tienen la capacidad de hacer que el futuro salte por los aires.

Jane sacó la botella de whisky del aparador y se sirvió dos dedos. Kyle dio un buen trago de la misma botella. La dejó en la mesa y se sentó otra vez sin pronunciar una sola palabra, pero sus ojos decían que pasaba algo más, habría jurado Jane.

—¿Y...?

Miró a su hermano de hito en hito con las cejas alzadas. Kyle volvió a levantarse, se quitó el abrigo y lo lanzó hacia una silla, que cayó al suelo. Los observó durante un momento, como si los dos objetos fuesen capaces de colocarse en su sitio, y luego dio un segundo trago, de pie.

—Malcolm..., el niño al que he atropellado, estaba con su madre. Se había soltado de su mano para correr detrás de no sé qué... Él ha dicho que había una ardilla, pero el poli ha encontrado una pelota.

—¿Es importante?

—¡Jane! ¡Joder!

Se paseó por la estancia con la botella en la mano diciendo que lo de menos era saber qué perseguía Malcolm.

—Chocó contra el coche, y bajé y vi esos zapatitos… ¡Mierda! Creí que se había parado el mundo. Me agaché al lado del crío. Escuché si respiraba y…

Kyle hizo una pausa.

—… entonces su madre se arrodilló junto a él.

«Entonces…» Kyle volvió a sentarse. Veía otra vez a Coryn de cuclillas junto a su hijo. La melena resbalándole por los hombros, tapándole la cara. Sus manos que temblaban y, sobre todo, el tono de su voz.

—¿Y…?

Kyle dio otro trago. Más largo que los anteriores. Jane le arrebató la botella, le puso el tapón y fue a guardarla. Kyle estiró sus largas piernas. Apoyó las manos detrás de la cabeza. Y cerró los ojos.

—Era… era como si hubiese surgido de un sueño.

—¿Guapa o extremadamente guapa?

Kyle volvió a abrir los ojos. Su hermana se fijó en que los tenía enrojecidos.

—Jane, nunca había visto a una mujer como ella.

—¿Debo entender que te has enamorado?

Kyle bajó las manos y se las metió en los bolsillos. Él, que las usaba siempre para palpar, describir y tocar, esa noche prefería tenerlas a buen recaudo.

—Lo grave no sería que me hubiese enamorado. Lo grave es que… —Miró a Jane—. Está casada con un tipo que debe de medir como poco metro noventa… Y ella le tiene miedo.

Jane quiso conocer los hechos. ¡Oh! Se fiaba del presentimiento de Kyle. Esa no era la cuestión, pero sabía, por su oficio y por cuanto le habían contado todas las mujeres maltratadas y oprimidas a las que atendía, que los hechos cuentan legalmente más que los presentimientos. A la justicia le importan poco los presentimientos, porque no son una prueba tangible; sin embargo, un moratón, un labio hinchado, una costilla rota, un parte médico o incluso un cuerpo sin vida en una cama es un maldito hecho.

Kyle relató la llegada de Jack, las miradas de Coryn hacia la puerta, lo del chico con patines en el aparcamiento del hospital.

—Ya ves que no soy el único que se ha dado cuenta.

—¿Y si rayó el coche del tipo?

Kyle lo negó.

—¡Lo que creo es que ese chico vio algo! Y si fue así, tuvo un arranque de valor...

—... que te habría gustado tener a ti. Deja de torturarte. En tu situación, no podías hacer más.

—Pero es que quiero hacer más. Creo que Coryn está en peligro.

—¡Uy! Ya la llamas Coryn y todo...

Kyle sonrió y, con una voz que conmovió a Jane, añadió que nunca había conocido a «una chica que se llame Coryn, con una "y" como la de Kyle».

—Mañana hablaré con Dan.

—¿En serio?

—Sabes que sí. Dan husmeará por su casa con su olfato de sabueso. Nunca se sabe. Puede que tenga suerte como el chico del aparcamiento y vea algo sospechoso. Pero a ti... —le advirtió Jane—, a ti te desaconsejo muy en serio que tomes cartas en el asunto.

Kyle se lo prometió y abrazó a su hermana.

—Me voy mañana por la tarde, ¿qué podría hacer?

Jane lo miró un buen rato. Suspiró, diciendo que ella era

y sería siempre su hermana mayor, lo cual se traducía en «soy la persona que mejor te conoce». Sí, Jane era la mayor y actuaba como tal. Nunca le había fallado ni traicionado. En los documentos oficiales eran hermanastro y hermanastra. «Qué absurdo. Jane es toda la familia que tengo. Mi única familia.» Kyle tampoco la traicionaría jamás, pero no pudo evitar pensar en lo que no debía hacer... mientras veía la frágil silueta de su hermana desaparecer por el pasillo.

Jane se desvistió, se puso su viejo pijama y se desmaquilló sin mirarse en realidad. No tenía tiempo para eso. Los años habían transcurrido sin que los contara. Por supuesto, Dan la llevaría a cenar por su cumpleaños, pero en una fecha que no era necesariamente la exacta. ¿Qué más daba, al fin y al cabo? Kyle, esa noche, había evocado a Coryn. Y en ese instante, ante el espejo, Jane pensó: «Una mujer más». Se le hizo un nudo en la garganta y sintió deseos repentinos de llorar. «Estoy cansada.»

Acumulaba muchas cosas en su interior. Había escuchado muchos horrores que intentaba contrarrestar con todas sus fuerzas. Estaba en guerra y, en la vida de las mujeres que La Casa albergaba, ella era una isla. Jane y su equipo habían salvado vidas. Kyle habría querido hacer tanto como ellos. Pensaba que lo único que hacía era escribir, cantar y tocar. Su hermana respondía que su cheque anual y «eso» ya eran mucho.

—Lo importante es crear una brecha... Los artistas pueden hacerlo. A mi entender, es posible que incluso sea su deber —le había confesado unos años antes durante una de sus muchas conversaciones nocturnas.

Esa noche, en cambio, sabía que nada era nunca suficiente. Por Coryn, Jane llamó por teléfono a pesar de lo tarde que era. Dan respondió al primer timbrazo. La escuchó y le prometió que haría una ronda por la casa, pues no podía llamar a la puerta y preguntarle a aquella mujer si su marido le estaba pegando en ese preciso momento. Por Coryn, Kyle habría deseado hacer algo más que una canción que ella recordaba. Sí. ¿Qué podría hacer? ¿Además…? «¿Y mejor…?»

11

Kyle abrió un ojo a las nueve y cinco. Le dolía la cabeza. La migraña estaba bien despierta y peleona. Y no solo por culpa del whisky. Kyle pensó que su avión no salía hasta las cuatro y veinte de la tarde. Antes debía pasar por el taller de su lutier, ir a recoger un traje de Patsi, hablar con su abogado y devolver el coche... Jane había dejado café caliente y una nota: «Estaré todo el día en el juzgado. He hablado con Dan». El músico se tomó tres tazas de café y dos muffins. Consultó su teléfono móvil. Un mensaje de Chuck Gavin confirmaba la recepción de su correo electrónico del día anterior y resumía la declaración a las dos compañías de seguros: «No hay malas noticias. Voy a demostrar que no pudiste evitar de ninguna de las maneras a ese crío descerebrado».

A su vez, Kyle dejó una nota a Jane: «Ayer me dijiste que matara tres pájaros de un tiro. Algo que transformase mi vida en una vida nueva. Eso he hecho». Luego la rompió. Era una nota dictada por la rabia. Escribió en otra hoja: «Vuelvo el 24. Te quiero. K.».

Su hermana lo entendería. El 24 solo podía significar el 24 de diciembre. Su visita anual. Exactamente nueve meses después.

La ducha no le aportó ningún beneficio, no más que el

tiempo, la reflexión y esas pocas horas de sueño mediocre. Las cosas le parecían idénticas al día anterior. «Tengo que verla.»

Kyle se vistió pensando que, si nada había cambiado, la geografía tampoco habría evolucionado en el espacio de una noche. Llamó por teléfono a Janice, la modista fetiche de Patsi, para que enviase el nuevo traje al taller de su lutier. Hizo la maleta en tres segundos y, sin esperar más, sin reflexionar, fue directamente al domicilio de Coryn. Al entrar en su calle vio la gran casa blanca y el *no white* Jaguar en la entrada. Aparcó a unas decenas de metros, como la víspera. ¿Iba a llamarla? Había memorizado su número. Pero la idea no era brillante, porque el coche del Cabronazo podría estar en el garaje y, claro, a Jack no le entusiasmaría oír a Kyle al otro lado de la línea.

Permaneció un buen rato rumiando. Preguntándose si la joven no estaría ya a la cabecera de la cama de su hijo. ¿Qué había dicho el día anterior? Nada al respecto. ¿Y si llamaba con la excusa de que el abogado necesitaba un dato? Era tan arriesgado como ridículo. El músico se convenció de que tenía que haber otra solución. «¿Y si me intereso simplemente por Malcolm?», se dijo en el instante en que Coryn salía de la casa con el cochecito. «¿La Suerte?» El músico sintió una punzada en el corazón.

Tuvo la entereza de no bajar del coche, sino que la siguió a distancia. Coryn anduvo doscientos o trescientos metros y cruzó una calle en dirección a un pequeño supermercado. «Gracias», dijo Kyle en voz alta.

Aguardó a que entrase en él para salir del coche, no sin antes comprobar si Jack-el-Cabronazo merodeaba por los alrededores. Notó el viento frío. Entró a su vez en la tienda.

El enorme reloj publicitario indicaba en cifras luminosas azules que eran las once y tres minutos y que la temperatura exterior era de 50º Fahrenheit. Buscó la silueta de Coryn en los primeros pasillos y atisbó su melena, que se deslizó a un lado cuando se agachó para coger un pack de yogures.

12

—Buenos días, ¿cómo está?

—¡Oh! Buenos días —respondió la mujer mirando enseguida a su alrededor.

Kyle lo vio claro. Había tenido razón al pensar que temía al tal Jack.

—Tengo que hablar con usted.

—Aquí no —murmuró ella.

—Donde quiera.

—Saliendo de la tienda, a tres calles a la derecha hay un parque infantil. Al fondo del todo verá un rincón con columpios.

—La espero allí.

Recorrió a pie —y con el corazón palpitante— el trayecto que Coryn le había indicado. Contó las calles. Cruzó el parque. Los columpios estaban, en efecto, a resguardo de las miradas. Las hojas primaverales hacían de pantalla al arenero y los toboganes. A esa hora ninguna madre de familia estaba allí sentada. Kyle eligió el banco del fondo, el más protegido. Permaneció atento a los sonidos. Apagó el móvil. Seguramente apenas tendría unos minutos para estar con ella y no quería que una llamada inoportuna los redujera. Levantó la cabeza, convencido de haber oído el crujido de la arena a lo lejos. Unos segundos más tarde apareció Coryn.

El viento le levantó la melena. Algunos mechones se le pegaron a la cara, y ella se los apartó a un lado con la mano y los alisó. Desprendía algo que Kyle solo habría podido describir con música, pero su razón le recordó que el hecho de citarlo allí, en un lugar apartado, era también una prueba. No quería que la vieran en compañía de otro hombre. «Pero ¿quiere eso decir que no ama a Jack?»

—Hola —dijo ella.

Kyle se levantó. Le tendió la mano en un gesto de amabilidad, aunque le habría gustado abrazarla… «Otra vez.» En esa fracción de segundo, al igual que el día anterior, sintió la límpida sensación y el deseo irresistible de estrecharla entre sus brazos. «Hold you in my arms…» Eso es lo que lo había conmocionado, y seguía conmocionándolo, pero respondió, turbado, feliz, ansioso y sonriente:

—Hola de nuevo.

Se sentaron juntos, y Kyle le preguntó por Malcolm. Coryn dijo que la operación, que había tenido lugar a primera hora de la mañana, se había desarrollado sin complicaciones, y que en principio no tendrían que operarlo otra vez. Jack, le explicó, había vuelto al hospital la víspera después de dejarlas en casa, a ella y a Daisy, y añadió que iría a relevarlo a mediodía. Los médicos, concluyó, habían asegurado que su hijo se recuperaría pronto.

—Me siento culpable —dijo el músico.

—Yo también —afirmó Coryn. Pero añadió enseguida—: Fue un accidente.

Kyle la miró a los ojos. Ella le sostuvo la mirada.

—¿Quiere que almorcemos juntos?

Como la tarde anterior, Coryn se sonrojó y agachó la cabeza.

—No creo que sea conveniente.

—Perdóneme. No era mi intención ponerla en un aprieto —farfulló Kyle, furioso por su osadía.

—Me habría encantado —musitó Coryn, sorprendida de su osadía.

Coryn levantó la mirada hacia Kyle, y él se aferró como pudo a... lo que pudo. La verdad. Le explicó lo que había sentido. Que le había parecido que Jack tenía un «comportamiento indebido» con ella. Coryn lo escuchaba sin dejar entrever nada y sin decir nada.

—Estaba en el aparcamiento del hospital, ayer por la tarde, cuando el chico con patines se detuvo delante de su coche. ¿Qué pasó?

—Jack estaba enfadado porque estaba nervioso por lo de Malcolm y...

—Coryn —la interrumpió Kyle.

Era la primera vez que pronunciaba su nombre en su presencia.

—Mi padre pegaba a mi madre. La mató. Es...

No pudo terminar. No le salieron las palabras.

—Entiendo —respondió ella, tan turbada y desestabilizada que se oyó decir que Jack trabajaba mucho, que tenía una situación excelente, que era un buen marido—. Y quiere a sus hijos, y a mí también.

—¿Y usted?

—¿Yo?

—¿Quiere a su marido?

Se oyó un ruido de ramas detrás de ellos, y la joven se levantó dando un brinco. Unos pájaros echaron a volar.

—Tengo que volver a casa —dijo ella.

Kyle no se atrevió a reformular la pregunta y atendió a lo

más urgente. Le dio la tarjeta de Jane y le explicó a qué se dedicaba su hermana. Que el centro que dirigía acogía a mujeres cuando lo precisaban, el tiempo que necesitasen reponerse. Que allí estaban a salvo. Que las escuchaban y que las entendían… Coryn la cogió entre sus dedos y la miró dos segundos antes de devolvérsela.

—Pensará que soy un grosero.

Ella negó con la cabeza.

—En otras circunstancias, ¿habría aceptado almorzar conmigo?

Coryn sonrió levemente, y Kyle se sintió desfallecer.

—¿Y me habría hablado de lo que quiere usted o incluso de lo que no quiere?

Coryn sonrió de nuevo al tiempo que se agachaba para volver a ponerle a la pequeña Daisy el gorrito, que esta había conseguido quitarse. Kyle añadió que a él también le habría gustado comer con ella y, temeroso de que saliera volando con el viento, le preguntó qué es lo que más le gustaba del parque.

—Las ramas de este abedul.

Coryn se fue, y Kyle se desplomó en el banco. Permaneció inmóvil. Como si acabase de recibir una flecha en pleno corazón. Coryn no había dudado. ¿Cómo era posible algo así? ¿Cómo te recuperas de algo así?

Cerró los ojos, y no volvió en sí hasta que notó que el viento de marzo lo estaba dejando aterido. «Hold you in my arms.»

«¿Cómo te recuperas de algo así?»

13

A Coryn le temblaban las piernas como nunca. ¿Cómo se había atrevido a tanto en tan poco tiempo? «¿Yo?» Consultó su reloj e hizo un cálculo preciso. A las once horas y tres minutos se topa con Kyle en el refrigerador de los yogures del Sweety Market. A las once y cuarenta y seis abre la puerta de casa. Cuarenta y tres minutos intensos. «¿Los más intensos de mi vida?»

Empujó el cochecito de Daisy con un deleite tan dulce como desconocido. No, el día anterior no se había equivocado. Kyle había sentido las «cosas». Le había hablado de ella. Había visto claro en ella. Y... habría querido almorzar con ella. Durante cuarenta y tres minutos había tenido una vida completamente independiente de la voluntad de Jack.

Coryn no tenía un pelo de tonta. Había entendido que el músico vivía sintiéndose culpable de la muerte de su madre. También había entendido que «en otras circunstancias» habrían podido almorzar juntos. Pero habría sido necesaria toda una batería de circunstancias distintas para que sus destinos se forjaran de otro modo. «Muchas. Demasiadas.»

En esa vida, en ese presente, no era más que un deseo. En esa dimensión, en ese universo, la verdadera vida alejaba a Kyle y a Coryn. En esa vida, en ese instante, la joven mujer veía el terrible sufrimiento de Kyle, pero no el suyo. No era muy consciente de lo que ella misma había dicho… o de por qué lo había dicho.

La pequeña Daisy balbució algo en su trona. Coryn le susurró que el puré estaría listo enseguida. Sí, su realidad era esa. Estaba ante ella y en su vientre. Mientras acariciaba la mejilla de la niña pensó que una puerta se había entreabierto gracias a Kyle… «Pero esta clase de puerta conduce a un mundo que solo existe en las novelas. En la vida real una puerta así se vuelve a cerrar.» La del microondas se abrió. Apenas media hora después Coryn abriría la de Malcolm. «Y cogeré a mi hijo en brazos.»

Sin embargo, lo que Coryn había entrevisto en tan solo cuarenta y tres minutos seguiría obsesionándola. Durante días enteros.

14

Kyle tomó dos aviones. Recorrió miles de kilómetros y atravesó varios husos horarios. Se sentía vacío. Como cuando en una pesadilla te paras al borde de un abismo negro, sin fondo, y te expones a la fatídica caída a poco que te muevas.

—Disculpe, señor, ¿sería tan amable de firmarme un autógrafo, por favor? Es para mi hija.

—Sí, claro —dijo con una atenta sonrisa.

Un padre de familia vestido de empresario le tendía una foto en la que aparecía con bermudas hawaianas y chanclas en la orilla del mar, con su mujer a un lado y su hija al otro.

Kyle sonrió de nuevo. Habría deseado ser ese padre, con las chanclas y las bermudas incluidas.

—Se llama Coryn.

Levantó los ojos, la mirada perdida.

—¿Có... cómo se escribe?

—C-O-R-I-N-N-E. Mi mujer es francesa. Gracias. Es usted un tipo estupendo.

Kyle estrechó la mano vigorosa y pensó que había tenido suerte de que ese tipo viajase en el mismo avión.

«La Suerte... Coryn...»

Entonces, de pronto, llegaron las notas. Sacó su cuaderno y escribió de un tirón las bases de tres melodías. Sonaban bien. Faltaban las letras, pero Kyle estaba demasiado confuso para verlas. Iban a tener que madurar en él antes de una eventual cosecha. El ciclo de la vida, a fin de cuentas. «Estamos en marzo, ¿no? En primavera.»

Patsi no estaba en el aeropuerto, y Kyle lo lamentó. Steve le explicó que se había puesto furiosa. Tuvo una clara visión de Patsi-poniéndose-furiosa.

—Dice que cada vez que vas a San Francisco después todo es una mierda.

—¡No entraba en mis planes atropellar a ese niño!

—Kyle... Tranqui, ¿vale? Yo no soy Patsi. Yo paso de mosquearme por nada. Del accidente ya hablaremos más tarde. En vista de tu careto, pilla un taxi y vete a dormir.

—¿Adónde vas?

—A ensayar.

—¿Estáis todos?

Steve miró a Kyle a los ojos.

—¿Dónde está?

—Donde le da la gana... Pero vendrá después.

—Voy.

—No. Tienes más necesidad de dormir que de ensayar.

—¿Estás seguro?

—Tan seguro como la jaqueca que tienes.

Steve cogió lo que su amigo había traído.

—Espero que no hayas olvidado su traje nuevo.

Kyle negó con la cabeza, añadió que se las había arreglado para recogerlo y que también tenía un regalo de parte de Billy. Un nuevo bajo que era una auténtica maravilla.

—¿Y tu guitarra?

—Los astros se han mostrado menos clementes conmigo.

—Acuéstate en cuanto llegues a casa.

Steve le dio una palmada en la espalda, y el cantante se fue en dirección a los taxis.

—¡Eh, Kyle! ¡Toma!

Kyle alargó los brazos para atrapar lo que Steve le lanzaba. Era blando y peludo. Inerte. Sintió ganas de tirarlo lejos de él, pero Steve le indicó que se lo pusiera en la cabeza.

—¡Pela más que en Bratislava! ¡Desde que llegamos ha caído más de un metro y medio de nieve!

Las calles de Moscú estaban, efectivamente, recubiertas de una nieve gris y sucia. El cielo encapotado se confundía con el asfalto. Kyle tenía la extraña impresión de que seguía en el avión, zarandeado por esa sensación de movimiento que se siente incluso en la cama. No habría sabido determinar con certeza el día y la hora. El taxista conducía como un loco, dando bandazos en medio de la calle. Kyle notó un nudo en el estómago y se acercó a él para exigirle que fuera más despacio. El tipo se encogió de hombros, farfulló algo incomprensible y al final aminoró la velocidad. El trayecto hasta el hotel duró más de una hora, pero a Kyle le daba igual. En Moscú seguro que había chiquillos que se soltaban de la mano de su madre para correr detrás de no se sabía qué...

En cuanto Kyle bajó del vehículo, el taxista salió disparado salpicando un chorro de agua negruzca y nieve que Kyle esquivó por los pelos. El músico entró en el vestíbulo. Habitación 312. La suite estaba desierta. Lanzó la ropa sobre una butaca antes de desplomarse en la cama. Estaba tan aterido que se durmió con la *shapka* en la cabeza.

15

—¿Qué hora es?

—Mediodía —dijo Patsi.

Estaba sentada en una butaca, enfrente de él, con las piernas cruzadas y los pies apoyados en el borde de la cama. Tenía las botas sucias y húmedas, pero detalles como ese la traían sin cuidado. Observó a Kyle mientras él miraba fijamente el techo altísimo y blanquísimo. Mucho más deslumbrante que la nieve del día anterior, aunque mucho menos que la lámpara de araña monumental cuyas bombillas funcionaban a plena potencia. Lo mismo que Patsi, a quien Kyle encontró muy guapa. Sin dejar de mirarlo, la joven dijo que el hotel databa del siglo XVIII y que la restauración de las molduras del techo, encargada a artesanos franceses, había costado un ojo de la cara a su millonario propietario, el cual, al parecer, encontraba útil mencionarlo en la primera página del folleto.

—Por no hablar de los frescos del vestíbulo y de los pasillos restaurados por italianos. Pero viendo tu cara, imagino que no habrás podido apreciarlos.

En lugar de responder, Kyle dijo:

—No has dormido aquí.

Ella lo miró.

—No.

—¿Dónde estabas?

—No soy la clase de mujer que se queda esperando.

—Eso ya lo sé, Patsi.

—¿Para qué esperar si sé que me encontraré a un zombi?

—¿De verdad piensas que podía no ir?

—Y eso ¿qué cambia? Ni siquiera has ido al entierro.

—Tenía que ir a San Francisco.

—Respuesta estúpida, Kyle. Lo repito: ¿qué cambia que hayas ido? Jane podría haber hecho perfectamente el papeleo por ti. Tiene tu autorización.

—Tenía que ver su nombre en la tumba con mis propios ojos.

—Como si eso fuera urgente.

—¡Patsi, mierda! ¡No hemos cancelado ningún concierto! No hemos perdido...

—No. Pero vuelves con tu careto de los buenos tiempos.

Kyle cogió la *shapka* que tenía al lado y se la tiró. Ella se la puso y dijo que sería profesional ensayar un mínimo antes del concierto de esa noche.

—¿Dónde estabas? —preguntó de nuevo Kyle.

—Donde me da la gana, como ha debido de decirte Steve. Y eso solo es asunto mío.

—Vivo contigo.

—Vivo con una sombra —replicó ella.

Kyle prefirió dejarlo correr. Patsi tenía razón. ¿Cuánto tiempo hacía que no habían mantenido una conversación? ¿Una conversación de verdad? ¡Oh! El sexo funcionaba entre ellos, desde luego. La química en el trabajo, también. Pero, al decir que vivía con una sombra, Patsi acababa de meter el dedo en la llaga, en eso que se había colado insidiosamente entre ambos cuando se encontraban a solas. Cara a cara. Kyle prefería el silencio al enfrentamiento. Ella prefería las batallas y las respuestas a las preguntas que él consideraba peligrosas de responder. Entonces, sí, por momentos, en ciertas circunstancias, Kyle se convertía en su propia sombra. Y a Patsi no le gustaba ir a tientas. La joven se levantó.

—Si me hubieras escuchado, no habrías ido al entierro y no habrías atropellado a ese niño —soltó, y pensó: «Sin duda».

Kyle se incorporó.

—Patsi, te lo ruego. Eso es lo último que me apetece oír.

—Lo mismo digo, créeme. Solo espero que los padres no nos hagan una publicidad mortal.

—No van de ese palo.

Kyle no estaba disgustado. Era normal que Patsi se lo preguntara. Hablaba en nombre del grupo y resumía el grueso de sus conversaciones durante su ausencia. Salió de la cama y fue al cuarto de baño. Ella lo siguió.

—Creo que esa gente no sabe quiénes somos ni lo que hacemos. No existimos para ellos —dijo Kyle.

Patsi lo miró sorprendida. La imagen de él reflejada en el espejo le respondió.

—Entonces las aguas vuelven a su cauce. Y nos viene bien al mismo tiempo.

Patsi dio media vuelta y anunció que iba a ver a los demás.

—Pídeme un café.

—¡Una mierda!

Después de ducharse, Kyle se puso dos jerséis, recogió *la shapka* tirada por el suelo y acudió a la suite de Steve, que siempre hacía las veces de sala de reuniones. Tocaba hacer balance de la situación. El colorido fresco del larguísimo pasillo se impuso. Dos angelotes rechonchos sentados sobre unas nubes más rechonchas aún mantenían un curioso combate con diablillos rococós bajo la mirada de una joven pastora y de un cazador con mallas y greñas rojizas y rizadas. Kyle pensó que los restauradores italianos debían de tener apetito porque las mejillas de la joven eran más redondas y rosadas que unos melocotones. Se le hizo un nudo en el estómago, que reclamaba una taza de café ardiendo. Apretó el paso y se encajó la *shapka*.

Los otros tres miembros del grupo miraban sin ver un debate político ruso en la tele. Con los brazos cruzados. Salvo Patsi, cuyas piernas también estaban cruzadas debajo de la mesa baja.

Kyle se sentó en el sofá que quedaba libre y empezó su relato. Lo contó todo. Todo lo que no les había explicado por teléfono. Fue preciso en los detalles. En el verde de la cazadora de Malcolm y en sus calcetines de Spiderman con una bonita araña azul sobre un fondo rojo. Habló del sargento O'Neal y del cinturón que debía de oprimirle los intestinos. Del olor acre que reinaba en la sala donde las enfermeras habían bombeado un litro de sangre. Lo soltó todo. Salvo lo que había sentido por Coryn. Lo que ella había removido en su interior. Eso estaba clasificado como secreto de Estado. Una carpeta oculta en lo más profundo de un pasillo de su corazón, sin ningún nombre escrito encima. Una carpeta que solo les pertenecía a ella y a él. «Nuestro secreto.»

—¿Y por qué se soltó de la mano de su madre el dichoso mocoso? —preguntó Jet.

—Dice que vio una ardilla, pero el poli encontró una pelota.

—¿Ese crío es un mentiroso? —preguntó Patsi.

—Nos la suda saber detrás de qué corría.

—Querrás decir que «te» la suda saber detrás de qué corría —corrigió ella subiendo un tono.

—Con cargarnos todas las ardillas de la tierra, asunto resuelto: los mocosos dejarán de estar en peligro —intervino Steve por probar algo divertido.

—¡Joder, Steve!

—¿Qué? ¿Por qué tienes que gritar siempre, Patsi?

—Porque te pensabas que, ahora, yo...

—Los periodistas no se enterarán —cortó Kyle—, si eso es lo que os preocupa. El sargento O'Neal me ha asegurado que será discreto.

—¿Y el personal del hospital?

—No he repartido fotos dedicadas y nadie, aparte del poli...

—¿Qué piensa Chuck? —interrumpió Jet.

El cantante no respondió nada, pero los miró uno a uno. Recordó los calcetines de Malcolm y supo lo que había que enviarle. Steve retomó la palabra:

—Chuck está pensando en un cheque de los gordos.

—No voy a dejar que os impliquéis. Yo estaba solo en el coche. Podéis imaginaros lo que queráis, pero por muy desafortunado que sea, no ha sido más que... un puto accidente. Y si la prensa llegase a saber algo, no hay nada escandaloso que publicar. Yo estaba sobrio y, por las conclusiones del poli, existían pocas posibilidades de que pudiera evitarlo. Chuck sabe lo que tiene que hacer. Confío en él.

—Entonces nada de juicios.

—No. En principio, no.

—¿En principio? —insistió Patsi.

—Eso no es del interés de nadie. Ese accidente solo me concierne a mí. Y punto.

El interrogatorio y sus divagaciones no asombraban a Kyle lo más mínimo. Un grupo es una empresa. Con una imagen que respetar, reuniones, desavenencias y debates para avanzar juntos.

—Bueno, ¿y si ahora hablásemos de cosas que nos conciernen a todos? —concluyó Jet apartando los pies de Patsi—. ¿No has dicho que tenías dos o tres ideas?

—Sí.

—A ver, cuéntanos qué se te ha pasado por la cabeza.

Kyle salió dando zancadas hacia su habitación en busca de su cuaderno. Volvió con la guitarra. Se sentó en una silla y tocó el primer tema que había compuesto en el avión. Luego los otros dos.

—¿Dónde has escrito eso, tío? —preguntó Steve.

—En el avión. ¿Podemos sacar algo de aquí? ¿Qué pensáis? —preguntó inquieto.

—Del primero, sí —afirmó Patsi levantándose—. Del segundo, puede. Pero del último, nada. Es muy muuuy triste. No, no, es muuuy sensibleeero.

—No estoy de acuerdo —dijo Jet—. Me gustan mucho los dos primeros. El tercero... Al tercero habría que hacerle un buen... *lifting*.

—¿Un *lifting*? ¡A la basura con él! O al retrete —confirmó Patsi—. Mientras viva, no tocaré eso jamás.

Los otros no respondieron, pero se sonrieron unos a otros, cómplices y divertidos. Los «mientras viva» de su colega se los conocían de memoria. Todos. Había para dar y vender. «Mientras viva, jamás iré de rosa. Solo las botas», «Mientras viva, no pienso cocinar y menos aún lavar la ropa», «Mientras viva, jamás plancharé ropa que no sea mía...».

—¿Y tú, Steve? —preguntó Kyle, y se volvió hacia el sabio del cuarteto.

—Me gustan los tres temas. Incluso el tercero, sí. Creo que podemos sacar algo de ese...

—Steve, eres una nena.

—Todavía no. Pero pienso en ellas. Es la clase de música que les gusta a las tías. A ver, a las «normales», no a las tipo Patsi-que-nos-da-la-lata-con-sus-mientras-viva-desde-hace-años...

Ella le dedicó una sonrisa que habría derretido a un regimiento y anunció que eran afortunados de que tuviese más sentido del humor que la mayoría de las tías «normales», y que ya era hora de ponerse en camino. Que el tiempo se les echaba encima y que el concierto no se retrasaría. Se volvieron hacia Kyle.

—No os preocupéis, estoy en forma.

—Date otra ducha y tómate un litro de café.

—Creo que sobre todo necesito comer.

—¿Qué te apetece?

—Lo que sea, con tal de que llene. ¿Habéis comido algo rico?

—¡Raviolis fríos! —respondieron riendo.

—¿Quedan?

Todos se prepararon mientras Kyle se zampaba deprisa y corriendo algo que pidió que le subieran de la cocina. Casi habría preferido una lata de raviolis a esa especie de papilla de carne indefinible y patatas infames.

—A ver, cuenta… —le dijo Steve acercándose a su oído cuando estuvieron solos en el pasillo.

—¿Qué?

—Antes, cuando Jet te ha preguntado qué se te había pasado por la cabeza, se ha colado. No se te ha pasado por la cabeza, sino por el corazón.

—¿Es una pregunta, Steve?

Sonrió.

—¿Desde cuándo he necesitado yo hacerte preguntas?

—¿Crees que se le puede sacar partido?

—Sí.

—Patsi nunca estará de acuerdo.

Steve se echó a reír.

—¿Desde cuándo han dejado de sudárnosla los «mientras viva…» de Patsi? Venga, ¡muévete! Nos están esperando.

16

La cuenta atrás había empezado. Faltaban unos minutos para la hora señalada. Cada uno de los miembros seguía su ritual de preparación antes de subir a escena. Cada cual respetaba el del otro. Steve leía apaciblemente en un sillón apartado. El libro era siempre el mismo desde su debut, y nadie había podido sonsacarle nunca si lo leía una y otra vez o hacía como que leía. Sus respuestas variaban de un día a otro, tanto que habían dejado de agobiarlo. Cuando Steve decidía callarse era más mudo que un muerto. Y tan testarudo como Patsi, que, por su parte, estaba radiante. Podía haber dormido diez horas o ninguna, pero antes de cada concierto estaba exultante con un traje nuevo. Exigía dos espejos de pie para admirar su lo-que-sea-confeccionado-con-precisión, de cara y de espaldas. «El escenario es mi vida.» Cuanto más se acercaba la hora, más serena se sentía. A Jet, en cambio, le aterrorizaba la idea de no tener suficientes baquetas de repuesto. Como si algo así fuera posible. ¿Cómo habrían podido desaparecer cajas enteras de baquetas nuevas? Comprobaba la calidad con lupa y, aparte de las que colocaba debajo de su taburete en el escenario, siempre se guardaba un par en el bolsillo trasero.

—Hay que comprobar la rueda de recambio por si acaso...

—¿Por si acaso qué, Jet?

—Pues ¡por si acaso! —se enervaba.

Sí, para poder enfrentarse al público, el batería necesitaba ese episodio de nerviosismo y comprobaciones, cuando Kyle, por el contrario, confiaba plenamente en los demás. Sabía que sus guitarras estarían preparadas según sus indicaciones. Colocadas en su emplazamiento exacto. Antes de la explosión, permanecía sentado en el habitual sofá de los camerinos y se masajeaba las sienes con los ojos cerrados. Repasaba el orden de las canciones, preguntándose si aún se las sabía. ¿Y si se equivocaba de notas? «¿Y si me quedo en blanco?» Kyle confiaba en los demás, pero se angustiaba, en silencio, cuando se trataba de él. Y, para calmarse, visualizaba una puerta. La puerta. La que le conducía al vacío absoluto. No tenía la menor idea de cómo lo conseguía, pero en esos momentos de extrema concentración —incluso inmerso en pleno nerviosismo ajeno— lograba encontrar un camino para alcanzar ese sitio oscuro y solitario donde podía olvidarse de todo.

El itinerario siempre era el mismo. La puerta estaba situada justo después del miedo a no ser capaz de dar el concierto. Según los días, el miedo era una fase de transición o un combate que librar. Pero indefectiblemente, al superar ese terror, Kyle Jenkins se transformaba en el Kyle-Mac-Logan-de-los-F... El artista. Artista que solo vivía durante las dos o tres horas que duraba el espectáculo.

Y como casi todas las noches, la señora Migraña se había invitado sola. En pleno éxtasis. Volcaba su dolor. Kyle conocía las reglas del juego y sabía que se ensañaría con él hasta el instante en que pusiera un pie en el escenario. Donde, por arte de magia, desaparecería. ¿Iría la señora Migraña a parlotear con el señor Miedo o se instalaría entre el público para escuchar y disfrutar del espectáculo? Después, satisfecha —o no, de hecho—, volvía «a casa» para disfrutar de su espacio de lunática.

Steve miró el reloj y dio una palmada como haría una maestra de escuela. Los otros tres desfilaron al momento por los sótanos laberínticos de la sala moscovita. Podría haber sido cualquier sala del planeta. Todos los sótanos se parecen. Por lo visto, bajo tierra, todos los arquitectos del mundo comparten la misma idea.

Como de costumbre, Steve abría la marcha con grandes zancadas, mientras que Patsi y Jet hablaban, alborotaban y reían. El cantante se colocaba siempre el último, silencioso. Concentrado. Con la sensación de recorrer kilómetros enteros por las entrañas de cemento antes de escabullirse, como un clandestino, hacia los brazos de la libertad.

Cuando la oscuridad se hacía absoluta al final de un pasillo sabían que solo quedaba la eterna escalera metálica previa al escenario. Kyle no oía resonar sus pisadas en los escalones, únicamente los latidos de su corazón, hasta que los aplausos y los gritos estallaran con la aparición de Jet y Steve. Amortiguaban todo lo demás. Patsi esperaba diez segundos antes de aparecer con las manos alzadas hacia el cielo. Desencadenaba chillidos de júbilo, agarraba su bajo y emitía notas colocadas a su manera. Entonces salía Kyle. Con una mirada y una felicidad tan profunda como infinita, Kyle Mac Logan abrazaba a la multitud. Por sí solo, ese instante duraba una eternidad y bastaba para explicar por qué se dedicaba a aquello. «Solo por esto.» Por ese instante de magia, ese encuentro único entre la espera de miles de corazones y la energía que tenía para ofrecerles.

Avanzó hasta el micro, lo cogió con una mano y con la otra blandió la guitarra.

—¡Buenas noches, Moscú! ¿Cómo estáis?

Los hurras y los gritos los envolvieron. Jet golpeó las baquetas tres veces y el espectáculo se electrizó. Bastaba una mirada cruzada entre Patsi, Jet y Steve para alargar a voluntad una canción, para modular lo que habían previsto y compartir entre los cuatro lo imprevisto y la intensidad del presente. La música los fusionaba, puede que incluso más que eso, algunas noches. «La libertad está en el escenario.»

Esa noche en concreto, en Moscú, nadie sospechó lo que Kyle tenía sobre el corazón y en el corazón. No dejó de sentir la ondulación de la melena de Coryn al resbalarle por los hombros... Cerró los ojos un poco más que de costumbre, su voz fue más grave y se aferró al micrófono con más firmeza. Para no ir a la deriva... «Porque zozobrar, eso ya está hecho.»

Supo que raras veces había alcanzado tanta intensidad emocional. Para llegar a ese nivel no bastaba el trabajo, ni tampoco el talento y la armonía. Ciertas heridas personales tenían que abrirse más profundamente y transportarlo a otra dimensión.

El concierto de Moscú fue casi místico. Y se hizo mítico. Sucedió algo que la prensa calificó al día siguiente de excepcional. Un periodista escribió que el espectáculo había sido «un momento de gracia. Memorable. El grupo logra un punto de madurez y explora con sutileza nuevas sendas. Kyle Mac Logan es definitivamente uno de los grandes». Y admitía que no encontraba otro calificativo para transmitir lo que había vivido.

Incluso Patsi, al bajar del escenario, le confesó que había

notado la diferencia. Susurró a Kyle al oído que, después de todo, ir a San Francisco le había sentado bien. Él la agarró del brazo para que no se fuera.

—¿Y si tenemos un hijo?

—Pero ¿qué te pasa? ¿Estás enfermo? —le respondió ella al tiempo que se apartaba.

Luego permaneció inmóvil, inquieta y aterrorizada.

—Te hablo en serio, Patsi. Cásate conmigo y dame un hijo.

Ella le dedicó una sonrisa divertida y murmuró que se lo pensaría... Por lo general, nunca se lo pensaba antes de dar una respuesta o una opinión. A decir verdad, estaba tan pasmada que no se le ocurrió preguntarle por qué. No todavía.

Quizá esa noche Kyle habría sido sincero. Le habría confesado que un hijo lo uniría a ella de por vida. Tendría una buena razón para no volver a pensar en Coryn.

Pero ¿era esa una buena razón?

17

El abogado de Kyle trató con el que Jack había solicitado en secreto. Conclusión: no habría juicio. Según los hechos, Malcolm había provocado el accidente. Era él quien había cruzado Maine Street sin mirar, saliéndose del paso de peatones. Quedó demostrado que Kyle no habría podido esquivarlo. Que su velocidad y su trayectoria eran normales. Chuck Gavin explicó claramente que un juicio empañaría para siempre la carrera del señor Brannigan en Estados Unidos y que tenía más que perder que el cantante. Jack echó pestes tras las paredes de la bonita casa, pero aceptó los coches, los puzles y el muñeco de Spiderman, así como el dinero enviado por el imbécil del músico. Lo puso en la cuenta de su hijo. Le gustaba ser legal con los números. Así era él. Justo, generoso pero, al mismo tiempo, cuando su mujer no llevaba en el vientre a su descendencia, le atizaba. Podía vivir con «eso» sin que «eso» lo perturbara.

Pedía perdón, ¿o no? Le hacía regalos, ¿o no? En las clases de educación religiosa le habían enseñado que el perdón hace bien a todo el mundo. «Al perdonado y al que perdona», decía su madre. Eso lo había retenido como una verdad de esas que se transmiten de generación en generación.

—Perdóname, mi amor. Te quiero. ¡Oh, si supieras cuánto te quiero…! Me moriría sin ti, Coryn. No lo hago adrede.

Es por ti, lo sabes muy bien. Te quiero, no volveré a hacerlo. Blablablá, blablablá, blablablá... Te he traído estas perlas...

¿Cuántas veces había perdonado Coryn sin razón? Demasiadas, sin duda. Había ignorado la vocecita que susurraba que todo «eso» eran sandeces. Porque hay cosas y personas que no cambian nunca. Jack no tenía la menor intención de hacerlo. Pedía perdón después de cada nuevo golpe. Un poco como quien paga el precio de algo... Un poco como si sus actos no tuvieran consecuencias.

¿Acaso habría podido vislumbrar ella que tendría una vida así? ¿Una sucesión de embarazos, de bofetadas, de puñetazos en el vientre, de piernas separadas, de preguntas insidiosas, todo mezclado con dulces promesas, regalos, confort de alta gama? Era sencillamente imposible. ¿Por qué? Porque las cosas son progresivas y nunca ocurren fuera de su contexto. Los días se suceden unos a otros y cada uno aporta su granito de arena, para construir una historia repleta de horrores. El mañana es portador de esperanza. Máxime cuando, durante los embarazos de Coryn, Jack se comportaba con normalidad. Es decir, no le llovían los golpes. Él dejaba escapar algunas palabras. Palabras abominables, pero menos dolorosas que un puñetazo en el vientre, porque la joven mujer no las escuchaba.

Y, además, el nacimiento de sus hijos conllevaba un desbarajuste hormonal y emocional intenso. Todas las alegrías cotidianas. Su olor. Sus bracitos alrededor del cuello. Su piel rozando la de ella. Sus sonrisas... Las promesas de Jack, su amor... Coryn se sabía aislada, dependiente y a merced de su marido, pero nunca se había preguntado si era normal aceptar «eso». No obstante, sensible y delicada como era, tendría que haber presentido que nada cambiaría y que Jack prometía lo que nunca sería capaz de cumplir. Sin embargo, creerlo habría sonado como una condena irrevocable... Estaban los niños. Y, ahora, también la voz de Kyle que le preguntaba: «¿Quiere a su marido?».

¿Era mejor escuchar a un Jack que prometía lo que no podía cumplir o a un Kyle que le pedía que almorzara con él, cosa que no podría hacer? «¿Qué quiere decir almorzar con un desconocido? ¿Quiere decir que le habría gustado tenerme entre sus brazos?»

18

Coryn resistió durante varios meses. Después, un día en que Malcolm estaba en clase y Jack visitando a unos clientes en Los Ángeles, empujó la puerta de la biblioteca del barrio, se fue derecha a la sección de música y encontró rápidamente los CD de los F... Le dio una pila de libros ilustrados a la pequeña Daisy, que se quedó maravillada, y ella se sentó en una de las butacas. Escogió el primer disco al azar, lo puso con cuidado en el reproductor y apretó el «play». En su casa, en Birginton, le encantaba escuchar música... A sus padres y sus hermanos les gustaba también. En particular cuando ella chillaba más fuerte que ellos. Pero a Jack no... «No, a Jack no. Pero no debo pensar en Jack ahora.»

Coryn mantuvo los ojos abiertos y escuchó atentamente. Con toda su concentración. No sabía muy bien si ella penetraba en la música o si era la música la que la poseía. Sonrió y cambió el CD, cuando una señora de cabellos canos sentada a unos metros de ella se le acercó.

—Una vez oí al personaje de una película decir: «La belleza de la música es esto: que no te la pueden quitar». Es del todo cierto, ¿verdad?

—Es una bonita manera de expresarlo —repuso la joven rubia, incómoda por haber sido descubierta.

La anciana le tocó la mano.

—A mi edad, por desgracia, pierdes la memoria y no recuerdas dónde has leído u oído algo. Al principio me sentí muy decepcionada porque me traicionara mi cuerpo. Luego, finalmente, me convencí de que no era para tanto. Lo importante es lo que te pasa aquí. —Se puso una mano bajo el pecho—. Le deseo un buen día, señora. Y que el bebé que tenga sea precioso...

Coryn comentó que le faltaba un mes, y la anciana se despidió de ella con una gracia elegante. La joven se preguntó, durante un breve instante, si esa aparición había sido un sueño. O no. Consultó el reloj. El tiempo había pasado volando. Solo quedaba una canción. Apretó el «play» y contuvo la respiración en cuanto sonaron las notas que Kyle había tarareado en el hospital.

«¿Quiero a Jack?»

Se quitó los cascos. No podía escuchar el resto. Era demasiado. Excesivo. Y le brotaron las lágrimas. Las malditas lágrimas que debía controlar a todas horas. Ella, que pensaba que tenía poder sobre sus lágrimas, en esos momentos la abrumaban. Entonces se pellizcó la nariz e inspiró para enviarlas al más profundo de los abismos.

19

La joven mujer rubia recorrió las calles en dirección a su casa empujando el cochecito de Daisy. Esa mañana el viento parecía primaveral. Viento de marzo. El tiempo en San Francisco es desconcertante... Borra las estaciones como Coryn había creído que podría olvidar al músico.

«¿Por qué he entrado en la biblioteca?»

¡Cuánto se lo reprochaba...! Tantos esfuerzos para nada. Días enteros acallando su corazón para terminar ahogándose en su propia pena. Jamás tendría que haber entrado. «¡Oh, jamás tendría que...» De repente, Coryn se dobló en dos. Su vientre se endureció como una piedra.

«¿Ya?»

A última hora del mediodía, cuando Jack aterrizó en San Francisco, encendió el móvil y vio que había recibido cuatro mensajes. Uno de Katy, su vecina. «¿Por qué me llama esa vaca gorda?» Respuesta de la vaca gorda:

—¡Buenas tardes, Jack! Le llamo para avisarle de que Coryn ha tenido que ir urgentemente a la maternidad. ¡Va a ser padre de nuevo! ¡Felicidades! ¡Uy, olvidaba decirle que Malcolm y Daisy están en mi casa! ¡No se preocupe, les daré de cenar!

Jack recogió su coche y marchó a toda prisa al hospital.

—¿Por qué no me has llamado tú?

Jack acababa de entrar en la habitación 432. Antes incluso de preguntar si el bebé estaba bien o cómo se encontraba su mujer, hizo esa maldita pregunta repleta de palabras inapropiadas. Coryn tuvo un presentimiento sombrío.

—No he tenido tiempo. Ha ido todo muy deprisa.

Se apresuró a añadir que había sido niña. Que estaba esperando a que él llegase para ponerle nombre. Jack tomó súbitamente conciencia de que el bebé estaba en una cuna junto a la cama. Se inclinó para mirar a la pequeña, que dormía con los puños cerrados contra la boca.

—Es morena como yo, pero guapa como tú.

Coryn se estremeció. Rogó con todas sus fuerzas que la pequeña no se le pareciera más adelante.

—¿Christa? ¿Eso habíamos dicho?

Coryn asintió.

—¿Dónde estabas cuando te has puesto de parto?

«Ya estamos. Vuelta a empezar.» Coryn escogió las palabras con prudencia y revivió rápidamente sus actos y sus gestos. ¿Se había cruzado con alguien que pudiera desmentirla? La anciana de cabello cano, claro, pero Jack no había entrado en una biblioteca en toda su vida.

—Daisy no conseguía dormirse y salí a pasearla antes de ir a buscar a Malcolm. Y el vientre se me puso duro.

—¿Dónde estabas?

—Cerca del colegio.

—¿Por qué no me has llamado?

—¡Estabas en Los Ángeles!

—Sí. Pero ¿por qué no me has llamado?

—No he podido, Jack. Cuando he llegado a casa apenas era capaz de caminar. Por suerte, Katy me ha visto. Ha llamado a urgencias. Ha ido todo muy muy rápido. He roto aguas incluso antes de llegar al hospital.

Jack suspiró y preguntó por qué Christa había nacido prematuramente.

—¿Cómo quieres que lo sepa?

—A los otros dos los tuviste con retraso. No podía imaginarme cuando me fui esta mañana que ibas a dar a luz hoy.

—Lo sé, Jack. Ha pasado así, y ella está muy bien.

La pequeña gruñó, y el nuevo papá la cogió en brazos.

—Me habría gustado que fuera chico.

Coryn se quedó paralizada. «¡Oh, no! Más niños, no.» No quería ser como su madre. ¡Ni siquiera había cumplido treinta años y ya tenía tres hijos!

—Quiero otro chico —afirmó su marido como si le hubiese leído el pensamiento.

Coryn murmuró «sí, Jack» con la mirada baja.

—¿Hasta cuándo tienes que estar aquí?

—Puedo irme pasado mañana por la mañana.

—Vendré a las nueve. ¿Cuánto pesa?

A las diez y cuarenta y ocho de la mañana Coryn abrió la puerta de la gran casa blanca si mirar el espejo. Jack no le preguntó cómo había ido el parto ni si los dolores habían sido más soportables que los anteriores. Katy llamó inmediatamente a la puerta, traía a Malcolm y a Daisy. A Coryn le parecieron enormes. Ante la amabilidad de su vecino, la vaca gorda no se demoró mucho, pero no se fue antes de informarse sobre la violencia de las contracciones.

—¡Es solo para recordarme que tengo que ser prudente y no olvidarme de tomar la píldora! —dijo acariciando la mejilla de Christa.

Jack escuchó sin oír. Se concedió tres días de permiso y la vida retomó su curso.

La joven mujer rubia seguía notando fuertes dolores en el bajo vientre. Más intensos que las veces anteriores. Pero no les prestó atención. En el hospital le habían dicho que podía ocurrir durante los primeros días del posparto. Salvo que el sufrimiento persistió, y le resultó insoportable cuando Jack la forzó a la noche siguiente. Soltó un grito que despertó al bebé y contrarió a Jack. Se levantó para coger a Christa y la dejó en brazos de su madre. Con una mirada de reproche. Luego, en una fracción de segundo, Coryn se dio cuenta de que se le pasaba el enfado. Le plantó un beso en la mejilla a la maravillosa-princesa-que-cada-vez-se-parecía-más-a-su-mamá y susurró al oído de su maravillosa-mujercita:

—Estoy contento de volver a verte.

Rodeó la cama otra vez, se acostó y se puso a roncar al instante. Feliz y satisfecho. Christa terminó de mamar y también se durmió enseguida. Coryn no. El vientre le dolía muchísimo. Cada vez más. Incluso cuando se levantó para ir al baño. Y fue peor cuando se tumbó de nuevo. Un dolor violento la atravesó y notó que una humedad cálida se derramaba en cascada entre sus piernas. Coryn solo tuvo tiempo de arañar el hombro de su marido antes de desmayarse.

La joven fue trasladada en ambulancia al Hospital General de San Francisco, donde habían operado a Malcolm. Perdía mucha sangre. Flotaba entre dos mundos y sentía que la vida se le escurría entre los dedos. «No, ahora no. No quiero...» Un médico con gafas redondas apareció. Le explicó que le inyectaba algo para anestesiarla. Que le haría efecto al cabo de uno o dos minutos. Que podía contar hacia atrás con él. Dijo «20, 19, 18...», pero Coryn no contó. Vio a Kyle, que preguntaba: «¿Y usted?». Luego su propio reflejo en las gafas del médico. Era el avestruz que Jack había ganado en el tiro al blanco y, si la nada no la hubiera engullido, habría respondido:

—No, no quiero a Jack como soñé que amaría a alguien.

20

Patsi despertó a Kyle. Todavía era de noche. Las bocinas sonaban a lo lejos en una ciudad cuyo nombre ignoraba. Como tampoco recordaba el del país o el continente donde habían tocado la noche anterior. Porque habían dado un concierto. Eso... lo sabía. Pero ¿a qué hora habían vuelto al hotel?

—No quiero tener hijos.

—¿Qué?

No sabía, tampoco, si estaba en plena pesadilla o violentamente proyectado a la realidad. Pero una cosa era cierta: Patsi de pie, medio desnuda, con los brazos cruzados sobre el pecho, mirándolo a los ojos.

—Respondo a tu pregunta.

—Pero ¿a qué pregunta?

—La que me hiciste en Moscú.

—¡Patsi! ¡Estoy durmiendo!

—Pues despierta.

Se sentó a su lado y lo zarandeó sin miramientos.

—Escúchame bien... No voy a tener ningún hijo. Y tampoco lo adoptaré.

Kyle se incorporó.

—¿Por qué?

—No quiero que un capullo lo atropelle el día en que se

suelte de mi mano para salir corriendo detrás de una maldita ardilla. Sería una madre indigna, insoportable, difícil de manejar, irresponsable. ¿Me ves, Kyle? Mírame. ¡A mí! Lo he pensado muy bien. Es sencillamente imposible.

—¿Y yo? ¿Y si fuera capaz de ser un buen padre?

Patsi le cogió una mano.

—Tú eres Kyle Mac Logan. Eres parte de los F… Siempre estás metido en tu música, en tus pensamientos, en tu mundo, al que no quiero que me arrastres… ¿Dónde encaja ahí un crío? ¡Sé sincero! ¡Reconócelo!

Kyle se dejó caer sobre una almohada y miró el techo.

—Estamos en la carretera el noventa por ciento del tiempo —continuó—. ¿Dónde cabe un niño? No bajaré del escenario para darle el pecho y no cederé mi sitio a nadie, ¿lo entiendes?

Se tumbó a su lado. Apoyó la cabeza en su hombro y añadió que sí, que lo había pensado muy bien.

—Un crío… No es posible. Ni para ti ni para mí. En fin, si no cambiamos de vida. Y yo no lo haré por nada del mundo.

Kyle sabía que Patsi no se equivocaba. Era exigente, pero también auténtica y realista. Segura de sus elecciones. Por eso mismo, Kyle la había querido. Había aterrizado en su cama solo cuando ella lo había decidido. Había dicho que no prometía nada. Ni sobre la duración. Ni sobre… nada.

—Cuando me harte de ti, me largaré —le había dicho.

—Las cosas no siempre funcionan así —había respondido él.

—Sí. Lo reafirmo. Te acuestas con alguien. Te largas. Lo quieres. Te quedas un momento. Luego te largas. Es la rueda que gira.

—Y «siempre», ¿eso no existe para ti?

—No. A ver, sí. Es posible cuando te enamoras a los noventa años y tienes un cáncer extendido.

—No estoy de acuerdo.

—Son las estadísticas. Los «siempre» tienen siempre un final. Aunque solo sea porque nos morimos...

—Te demostraré que el «siempre» existe.

—¡Si supieras lo poco que me importa...!

21

Kyle agradeció a Patsi su sinceridad. Ella se durmió en el acto como todas las noches, mientras que él se quedó contemplando el techo de una habitación que pertenecía a una ciudad cuyo nombre seguía ignorando. Se formaban sombras en él al capricho de los vehículos que pasaban. Como las nubes en pleno día, dibujaban caras y formas dantescas.

Se volvió hacia la ventana, pero su habitación estaba en la vigésima segunda planta. De eso estaba seguro. Había sido él quien había apretado el botón del ascensor al entrar. A esa altura, cero posibilidades de que un árbol viniese a rescatarlo con sus ramas. Volvió a pensar en el abedul del parque de Coryn.

Y... en la joven mujer rubia.

«¿Existe el "siempre"? Maldita sea, ¿y si Patsi tuviera razón?» Sus pensamientos divagaron un tiempo indefinido y suplicó a la señora Migraña que lo distrajera. Pero como una amante caprichosa, jugó al escondite con él. Solo quedaba Coryn... ¿Y si únicamente estaba ella?

¿Habría dado ya a luz? Su vientre despuntaba bajo su jersey, pero Kyle no habría sabido decir de cuántos meses estaba. No tenía ni idea del asunto. Todo lo que sabía era que el accidente había ocurrido el 23 de marzo y que estaba a... «¿Qué día, mierda?» Miró el techo sin moldura. Era más bajo y moderno que el de Moscú. Los muebles de la habitación, también. Eso sí que lo veía. Había notado la suavidad de la noche cuando el taxi los dejó en el hotel. «Estamos en junio.» Pero seguía sin saber el día. Catorce. Quince. «¿Dieciséis?» No existían notas de música que se llamaran así. Niños tampoco. ¿Sería niño o niña? Se preguntó cómo sería dar a luz. Llevar un niño dentro. Le habría gustado realmente tener uno, sí. Sin embargo, no era ni razonable ni posible. Coryn no era una opción razonable... «Ni posible.»

22

Aquella noche, como ninguna otra, Kyle tuvo ganas de verla. De ver sus ojos, de zambullirse en su mirada. Cuando al fin se confesó que, después de todo ese tiempo, las cosas no habían evolucionado ni un ápice y que seguía sintiendo el irresistible deseo de tenerla entre sus brazos, se durmió. Para despertarse sobresaltado una hora más tarde. Empapado en sudor. Sus visiones dantescas lo abandonaron en cuanto abrió los ojos, pero el malestar perduró, dejándole la desagradable sensación de estar rodeado de sangre. Como si la muerte se aproximara. Kyle se sentó para ahuyentar esas imágenes y se frotó las sienes. Habría querido que Patsi se despertara, pero dormía apaciblemente a su lado, con la cabeza oculta bajo las sábanas, dejando vislumbrar apenas unos mechones rojizos alborotados.

Pronto amanecería. Kyle salió de la cama y se acercó a la ventana. El sol asomaba con timidez detrás de unas nubes de lluvia. Rótulos de todos los colores relucían en las calles. Rótulos con ideogramas. Lo recordó de pronto. «Estoy en Osaka.» Se enfundó los vaqueros y el suéter tirados en el sofá y se quedó contemplando el cielo. Ya no había estrellas visibles y, sin embargo, no habían huido a la otra punta de la galaxia. Estaban allí. Solo el entorno era distinto. «No, las cosas no han cambiado.»

Esa pesadilla no lo abandonaría. Siempre había tenido un sueño ligero, difícil, a veces entrecortado por pesadillas abominables. Eran como la señora Migraña. Ya no luchaba contra ellas porque era inútil.

Había soñado ya con gritos en el vacío, aullidos mudos, muebles rotos, la clásica caída desde un precipicio, golpes… pero rara vez con sangre. Qué extraño. «¿Por qué con sangre?» Consultó el reloj que Patsi había dejado en la mesa. Las cinco de la mañana en Osaka. Mediodía en San Francisco. Marcó el número de Jane, quien respondió al primer timbrazo. Iba al volante y le pidió que no colgara mientras aparcaba. Oía a su hermano con tanta claridad como si lo tuviera en el asiento del copiloto.

—¿Te duele la cabeza?

—No.

—Por tu voz, diría que o no te has acostado o no puedes dormir.

Kyle no mencionó la pesadilla. Su hermana se habría inquietado.

—¿Qué tiempo hace en San?

—Por fin ha mejorado. ¿Seguís en Asia?

—Sí, en Osaka.

—¡Qué suerte!

—Vente.

—En otra vida.

Kyle guardó silencio y Jane se lanzó. Imaginaba el motivo de su llamada. Cuando permanecía así de callado, ella captaba el mensaje. Es más, le pareció que se había mostrado extremadamente paciente. Por lo general, Kyle la habría bombardeado a preguntas sobre cualquier otro asunto.

—Dan sigue con sus rondas, ¿sabes? Ha merodeado por

el barrio de día y de noche y, en principio, no ha constatado nada anormal.

—Mejor así —dijo Kyle—. Dale las gracias de mi parte.

—Claro, no te preocupes.

—Y tú, ¿todo bien? —enlazó Kyle.

—Sí. Tirando.

—¡Uy! ¿Cambiamos de etapa?

—Esta noche Dan me presenta a los futuros suegros de su hija Amy.

Kyle emitió un prolongado silbido.

—¡Uau! ¡Eso suena formal!

—Eso parece.

—¿Estás contenta?

—Sip —dijo Jane resoplando—. Como una adolescente que va a conocer a la familia de su novio.

—¿La ex de Dan irá a la boda?

Jane dejó transcurrir unos leves segundos. Que pesaron como una tonelada. El peso exacto de lo que había consentido para vivir su amor con Dan. El hecho de haber sido la amante, el duro divorcio aún en curso, las exigencias de Arla, que se negaba a que sus hijos pusieran un pie en La Casa...

—No quiere verme desde su sitio en la mesa, y me parece una buena idea, la verdad.

—¿Para cuándo es la boda?

—¡Dentro de dos semanas! ¡Y todavía no he elegido vestido! De hecho, iba de camino...

—Felicita a Dan por su hija y dale las gracias por las rondas. ¿No ha pensado en interrumpirlas?

La voz de Kyle dejó entrever algo que no asombró a Jane. La hermana pensó en decirle que más le valía olvidar a

Coryn... pero se contuvo. «Siempre hay que saber cerrar el pico a tiempo.»

En Osaka, el día ya amanecido por completo prometía nubes. Kyle cerró los ojos, la pesadilla era dura de roer. Pasó las hojas de su agenda. Se detuvo en la letra S. Sus ojos recorrieron la página hasta el Hospital General de San Francisco. Hizo la llamada. Y colgó a toda prisa como si Patsi lo hubiese pillado in fraganti. Se sirvió más café y dio un buen trago. Siguió de pie, dudando... Sopesando los pros y los contras. Consultó el reloj de nuevo. Las doce y diez. No solía faltarle valor. Era más bien directo. Hacía preguntas claras. ¿Para qué dudar y perder un tiempo valioso cuando se sabe que la vida es breve, incluso si se vive mucho? Dejó la taza en la mesa, se apartó el mechón del rostro y cogió otra vez el teléfono. Pulsó sobre el último número marcado y le respondió una operadora. Pidió que le pusieran con la señora Coryn Brannigan.

—¿Qué habitación?

—No lo sé.

—¿Qué unidad?

—La de maternidad, creo.

Lo mantuvieron en espera, y antes de que Kyle tuviese tiempo de reflexionar sobre lo que hacía, otra persona volvió a preguntarle el número de la habitación. Respondió otra vez que no lo sabía. La mujer le comunicó que en las listas de pacientes del día no figuraba nadie con ese nombre. Kyle se disponía a colgar cuando la mujer le informó de que lo transfería a ginecología.

—Nunca se sabe. A veces faltan camas en maternidad y

pasamos a las pacientes a ginecología. No cuelgue, por favor. ¡Oh! ¿Sabe cuándo ha dado a luz la señora Brannigan?

—Estos días.

«Respuesta idiota», se dijo Kyle, desamparado. Sin embargo, la enfermera no hizo ningún comentario y transfirió la llamada. Una vez más, permaneció a la espera. Sin pensar. Sobre todo, no debía razonar. Una tercera mujer —a la que imaginó vieja y cansada por el tono de su voz— le pidió que aguardara de nuevo. Luego Kyle repitió lo mismo y escuchó el clic de las teclas. Finalmente, la voz anunció con el mismo tono monocorde:

—No la ha pillado usted de milagro. La señora Brannigan acaba de marcharse a casa.

—¿Ha dado a luz?

—Eso, señor, no se lo puedo decir. Lo que veo en la pantalla es que ha dejado nuestro servicio esta mañana.

Kyle se apresuró a decir que era un amigo íntimo y que no conseguía ponerse en contacto con ella porque trabajaba en la otra punta del mundo, en Osaka, y que... La señora no escuchó el final.

—No debería decírselo, pero su amiga ha ingresado por una hemorragia.

—¿Una hemorragia? —repitió Kyle, estupefacto—. ¿Después del parto? ¿Y el bebé?

La mujer vaciló un instante, para luego afirmar que el niño y su madre estaban bien.

—¿Está segura?

—Señor, ¡no dejamos salir a los pacientes antes de que se curen!

—Gracias. Muchas gracias.

El músico se apresuró a colgar antes de que le preguntasen su nombre. «El niño y su madre están bien.» No pudo contener una sonrisa. Siempre había pensado que las conversaciones entre personas no se reducían a unas palabras. A unos gestos. Ni siquiera a unas miradas. Que las comunicaciones no solo se establecían a través de la red viaria, de la red telefónica o de internet. ¿Era lo que había dicho, el tono que había empleado, lo que esa mujer llevaba dentro o la alquimia de todo esto lo que la había decidido a darle esa información?

Como todo el mundo, Kyle no necesitaba pruebas pero le encantaba recibirlas. Y aquí estaba la prueba de que, a pesar de la distancia, Coryn y él seguían conectados. Se dijo que, de no haber colgado al primer intento, quizá hubiera podido oír su voz. «¿Y luego qué?»

Acto seguido el terror se apoderó de él. ¿Y si Jack se enteraba de que había llamado? Kyle miró el horizonte y sintió, del mismo modo que cuando sentía la música, que el Cabronazo no lo sabría. «Jamás.»

23

Coryn había olvidado su pasador de pelo en la habitación que acababa de abandonar. Cuando se dio cuenta, plantó a su marido ante las puertas del ascensor y fue a buscarlo a grandes pasos por el laberinto de pasillos. Jack gritó, ella respondió que volvía enseguida. Pasó por delante del mostrador de las enfermeras. La llamaron.

—¿Señora Brannigan?

—Sí —dijo Coryn volviéndose.

—Qué tonta, creí que ya se había ido.

—¡Oh! He olvidado una cosa en la habitación.

—Si lo hubiera sabido le habría dicho a ese señor, a su amigo —precisó—, que esperase al teléfono.

—¿Mi amigo?

Ningún amigo —ni ninguna amiga— la llamaba jamás. Ni siquiera sus padres, que aguardaban a que llamase ella.

—Su amigo de Osaka.

—¡Oh! —Coryn se sonrojó—. Gracias.

La enfermera arqueó las cejas.

—Quería saber si había dado a luz y le he dicho que…

—¡Oh! No pasa nada —la tranquilizó Coryn.

Se marchó tan pronto como pudo hacia la habitación que había ocupado. Con el ánimo demasiado agitado para calmar su corazón. «Mi amigo de Osaka…» Agradeció a san Olvido sus artimañas para que ella olvidara el pasador —y sobre todo haber dejado a Jack plantado con la maleta, Daisy de una mano y Christa en el otro brazo—. Abrió la puerta y se acercó a la mesilla de noche. Extrajo la última revista del cajón inferior. Página 32. La foto estaba un poco borrosa, pero Coryn la encontraba perfecta. Le había hecho gracia que la bibliotecaria del hospital le diera esa revista en concreto, entre un buen montón.

Había pasado las páginas leyendo cada uno de los artículos, había mirado las secciones de moda y se había preguntado qué aspecto tendría ella con aquellos trajes tan extraños como elegantes. Se había saltado las recetas de cocina —«Por piedad, recetas no…»— para dar con una fotografía. Se le humedecieron las manos. Así era como Kyle trabajaba. En la imagen se veía a los F… en el escenario. Y ante ellos una multitud, miles de brazos en alto. Se notaba la pasión y la energía del concierto.

Había leído el reportaje que consagraba al grupo. Se había enterado de cómo y cuándo se había formado, y de en qué momento el éxito les había tocado con sus dedos. Había mirado el par de fotos de su ascenso, había leído que Kyle y Patsi estaban «juntos» desde hacía cuatro años. La había encontrado magnífica. Patsi rezumaba libertad, y la joven mujer rubia se sorprendió envidiando a la joven mujer pelirroja.

De hecho, envidiaba a todas las mujeres que sabían imponerse. Se preguntaba de dónde sacaban el valor que a ella cruelmente le faltaba. Sí, Coryn había envidiado a Patsi por eso. Y por un sinfín de otras razones… «Sin duda.»

Coryn había camuflado esa revista entre otras en el último cajón de la mesilla de noche, empotrada detrás de la cuna de Christa. Era consciente de que se trataba de un pequeño acto de rebeldía —«¿de libertad?»—, algo más fácil de acallar que las vibraciones que notaba en su interior. Las buenas y las malas. La música y los gritos. Si Kyle tenía la suerte de ser talentoso, santa Naturaleza había dotado a Coryn de una memoria excelente. «Es mi único verdadero don en la vida», se decía en secreto. «¡Y qué don! No se me olvida nada.» Se negaba a ver su belleza porque la consideraba responsable de su destino. Creía que, de haber sido menos guapa, o incluso literalmente fea, su padre no habría tenido por qué casarla tan joven con Jack... Las cosas habrían sido distintas. Habría tenido un noviete majo con el que se habría instalado en Birginton. Habrían tenido un hijo. Puede que dos. Habría seguido trabajando en el Teddy's. Habría reído las gracias de los cocineros y organizado veladas con sus amigas. Sí, habría tenido amigas con las que habría vaciado pintas de cerveza. Habría ido a conciertos... «No habría conocido a Kyle.»

Coryn echó un vistazo por la ventana. «Qué vida...», pensó, sin saber a ciencia cierta si evocaba la del músico o la suya. «¿Qué tiempo hará en Osaka?» En San Francisco el viento azotaba los árboles. Se recogió rápidamente el pelo en una especie de moño y echó un último vistazo a la foto. Sonrió mientras volvía a leer al pie: «Concierto faraónico de los F... en Singapur. El grupo terminará su gira asiática en Osaka». Habían llegado, pues. «¿Qué hora será en Osaka?»

No se preguntó por qué Kyle había llamado. Solo importaba que lo hubiera hecho. Sí, la había llamado, y antes le había pedido que almorzara con él. «¿A lo mejor es mi único amigo?»

24

El músico dejó el teléfono y se quedó clavado en el sofá. Cogió la guitarra desenchufada y la abrazó. Tocó para las paredes. Tocó lo que había compuesto en el avión. El tema «tres». Había creado algo bueno, lo sabía. Estaba en lo cierto, y sabía por qué no le gustaba a Patsi. Eso a Kyle le daba igual esa mañana. Un solo y único pensamiento le impedía tener dolor de cabeza: «Coryn está bien».

Si en el universo existiera un contable encargado de llevar la cuenta del número de veces que Coryn y Kyle habían «sentido» al otro a miles de kilómetros de distancia, se habría marcado haciendo la suma final.

Los dos soñaban con el otro como si estuvieran juntos, pero los dos se lo negaban. A su manera. Con sus propias mentiras.

No veían sino un mundo de «imposibles» entre sus vidas y, sin embargo, habían tendido un puente. De una forma u otra, su encuentro había dado lugar a poderosos vínculos. Desestabilizantes. Terribles. Muy… tentadores. Esa mujer había puesto a prueba los límites de Kyle y este había abierto una brecha en la muralla de ella.

25

Coryn volvió junto a Jack, quien, plantado en el mismo sitio donde lo había dejado, la interrogó con sequedad por su tardanza. Coryn respondió que había tenido que buscar el pasador por toda la habitación.

—¿Qué tiene de particular?

—¡Malcolm me lo hizo para el día de la Madre! —dijo, sin añadir el «¿no te acuerdas?» que le ardía en los labios.

Pero un comentario así habría crispado sin duda los frágiles nervios de su marido.

La joven mujer rubia encontró la casa en orden, como de costumbre. Ningún médico había preguntado lo que había sucedido realmente, pues la sometieron a una revisión uterina de urgencia nada más ingresar en el hospital. Todo el personal se había concentrado en la evolución positiva de la situación, así como en el bienestar del adorable bebé y de su madre. Coryn tampoco había explicado nada.

Su marido volvía todas las tardes del sábado con flores frescas. Regaló a su cielo un reloj con dos diamantes incrustados en el extremo de las agujas. A Coryn le pareció feo, pero le dio las gracias. Jack evitó las relaciones sexuales como había ordenado con firmeza el médico. Se mostró paciente... «Forzosamente.»

Aguardó las seis semanas prescritas, ni un día más, y se desquitó. Exigió de nuevo que su mujer-con-cara-de-muñeca-y-piel-de-terciopelo se sometiera a él. Por primera vez en su vida, Coryn rogó con todas sus fuerzas a santa Fecundación no volver a quedarse embarazada, jamás, y una noche de extrema valentía, una noche en que se acordó de la foto de Patsi en el escenario, Coryn dijo «¿por qué?» cuando Jack encendió la radio al tiempo que se desabotonaba el pantalón.

Sin más explicaciones, Jack la agarró del pelo y la estampó contra la pared opuesta de la cocina. Coryn cayó de rodillas. El labio superior se le partió sobre los dientes incisivos, dejando escapar una gota de sangre rojo oscuro que estalló sobre las baldosas inmaculadas, seguida de decenas de otras gotas. Jack se arrodilló implorando su perdón. Con una dulzura infinita le limpió la sangre y articuló claramente en medio de un torrente de excusas que ella le pertenecía y que, puesto que le pertenecía, él podía decidirlo todo en su vida. Por su bien.

—No quería hacerte daño, pero me has obligado. Te lo suplico, perdóname. ¡Oh, mi amor, si supieras cuánto te quiero...!

Coryn disimulaba el corte con carmín y agachaba un poco más la cabeza por la calle. A Malcolm le dijo que se había golpeado cuando se disponía a coger una cuchara que se había caído al suelo. Su hijo sonrió y volvió corriendo a sus juegos. La joven supuso que el niño no había visto nada, en vez de pensar que le había mentido. Y el día a día retomó su curso. Coryn jamás volvió a preguntar «por qué». Jamás volvió a decir «no». Las cosas siguieron siendo desesperadamente idénticas mientras la joven esperaba que los días fueran muriendo.

«¿Hasta cuándo…?»

26

Los F… aprovecharon unos días de relax en un hotel al borde de la magnífica playa de Palm Beach, cerca de Sídney. Les quedaban cuatro antes de subirse al escenario en Tailandia. Desde hacía dos noches, Patsi se había largado a casa de «una amiga», dejando a Kyle solo en su lujosa habitación.

—¡Porque acabamos pisándonos el uno al otro en estos cuartuchos! ¡Porque me sacas de quicio! Porque pienso como Steve y Jet, y me apetece instalarme en Londres.

—¡He dicho que sí! —había respondido él.

Ella lo había mirado fijamente a los ojos.

—Dices que sí, pero piensas que no.

Dicho esto, dio un portazo. ¿Era el tema de Londres lo que la reventaba? ¿Era otra cuestión? Como en cualquier relación, las cosas empiezan a ir mal cuando A quiere algo de lo que B no quiere ni oír hablar, y eso que para A es fundamental. Los consejeros matrimoniales llaman a esto «un bache natural causado por la rutina del día a día». De cualquier día a día. Los psicólogos sostienen que guarda relación con un conflicto más profundo que aflora en un momento de adormecimiento de los sentimientos. Los sexólogos explican que un juego de ropa interior de encaje negro para la señora sería la solución o, eventualmente, un viaje a Venecia con la maleta llena de juguetes sexuales y otros… placeres.

Hay quienes explican, fundamentándose en pruebas, que, en cualquier caso, la culpa es de las respectivas madres. Los más sabios, como Steve, concluyen con un *«shit happens»* que resume con eficacia la situación.

El productor del grupo, Mike Beals de Crank Label, les había ofrecido poner a su exclusiva disposición el mítico estudio londinense The River, que acababa de adquirir, lo cual era tentador en extremo. Los músicos gozarían allí de todo lo necesario para crear a sus anchas.

Kyle fue el único que había mostrado reservas.

—Pero ¡si ya lo tenemos todo!

—No. Nos falta tiempo. Cada vez que grabamos nos quejamos de la falta de tiempo. ¿En cuántas ocasiones hemos suplicado tener un espacio propio? —había recordado Jet.

—A mí me va bien esta presión. Me gusta trabajar con esta especie de urgencia.

—¡No es eso lo que decías antes, Kyle!

—...

—Pero ¡si todavía estoy oyendo tus gritos diciendo que te habría salido mejor con más tiempo!

—Puede... ¿Y por qué no nos hacemos productores, ya de paso?

—¿Estás dispuesto a encargarte de eso?

Kyle y Jet se quedaron callados. Se miraron. Patsi, que se aplicaba la tercera capa de esmalte rojo, se sopló las uñas y miró a Steve. Jet se había vuelto hacia él.

—Tú que sabes contar más de tres ceros —intervino Jet con impaciencia—, recuerda a nuestro compañero lo que el contrato de Londres supondría para nosotros.

Steve suspiró. Odiaba que lo pusieran en el pellejo del

árbitro, pero se apartó la gorra a cuadros hacia atrás, se metió las manos en los bolsillos y, con el tono más neutro posible, resumió:

—Trabajar en Londres implica libertad para crear a nuestras anchas, además de reportarnos un buen fajo de dólares.

—¿Nos pagarán en dólares?

—¡Kyle! ¡Hostias! —reaccionó Jet—. ¿Lo haces adrede o qué? ¡Habría que ser imbécil para rechazar una oferta así!

El músico interrogó a Steve con la mirada.

—Yo también soy partidario. Mentiría si dijese que no sueño con algo así.

—Ya, pero de ahí a instalarse definitivamente donde te congelas...

—¿Es que en San no te congelas?

—Londres no tiene mar.

—Tiene el Táaamesis —respondieron los dos chicos a coro.

—¿Estás hablando del mar?

—¡Mierda, Kyle! ¡Crank nos ofrece un estudio! Para nosotros solitos. Y sabes qué estudio, ¿verdad?

—Desde el punto de vista económico, sería como si nos tocara la lotería —insistió Jet.

Patsi guardó silencio durante toda la conversación, cosa sorprendente. Kyle rozó sus botas de tacones vertiginosos con la punta de las suyas. La chica mascaba chicle y estallaba globos haciendo ruido, con los ojos cerrados. No los abrió cuando Kyle dijo:

—¿Podremos ir cuando queramos? ¿En serio?

—Sí. Está en el precontrato que no has leído —dijo Steve.

—Parece que habéis pensado mucho en mí —repuso, si

bien se arrepintió al instante de sus palabras, y del tono y la rapidez con que las había pronunciado.

—Depende de ti interesarte por nuestro progreso, Kyle —repuso Jet, cortante.

—El estudio no es «nuestro», pero tendremos las llaves todo el tiempo. Si eso te tranquiliza, está escrito negro sobre blanco. Aquí. Compruébalo tú mismo.

Steve señaló con el dedo los documentos amontonados sobre sus rodillas. Kyle habría jurado que se lo sabía de memoria.

—¿Y si nos apetece grabar en otros sitios? ¿En otros países? ¿Si la inspiración no me viene en el dichoso estudio?

—¡No veo por qué! ¡Siempre has dicho que te importaba un bledo el sitio donde creas! ¿Qué te pasa?

Patsi levantó sus falsas pestañas, que pesaban una tonelada. Los fulminó con la mirada mientras se enroscaba un rizo en los dedos con gesto irritado.

—Pasa que está lejos de Jane —soltó, y escupió el chicle en la papelera.

Después se levantó, cruzó la estancia y, excepcionalmente, salió sin dar un portazo. Jet y Steve miraron a Kyle. Lo entendían, pero también la entendían a ella. Patsi no sabía de la existencia de Coryn, pero había asimilado que San Francisco seguía teniendo implicaciones.

—Vaya, parece que la cosa está que arde.

—No sé si está que arde o si se enfría.

—Yo digo «*shit happens*». Y se acabó —esgrimió Steve.

—¿Para cuándo sería?

—Para cuando queramos, Kyle. Pero septiembre parece el momento ideal. Cuadraríamos varias fechas europeas.

—¿Y tu Lisa? ¿Qué piensa de todo esto?

—Lisa filma dos pelis al año y adora Londres —repuso Steve—. En cuanto a Jet...

Les hizo la peineta como punto final. El batería acababa de dar carpetazo a cinco años de «problemas» y no tenía ninguna intención de reabrir el caso.

Steve tenía razón. Se pasaban la vida en la carretera y en los aviones. El propio Kyle ya descontrolaba lugares y fechas. De hecho, si en ese instante le hubieran preguntado cuál era el color de los muebles de su cocina en Los Ángeles habría tenido serias dudas para responder. Bueno, de la cocina de la casa que había comprado con Patsi y donde, por lo visto, ella ya no tenía ganas de poner un pie. Después de todo, ¿qué más daba Londres o Los Ángeles? Respondió que Londres era la ciudad de la música.

—Puedes aprovechar para revisar tu armario —se congratuló Steve lanzando una mirada a Jet.

A los dos se les aflojó la misma risa que cuando salían del colegio e iban a la playa con sus guitarras y sus tablas de surf. Los dos se habían rendido a la moda, a lo que la chica que los acompañaba les hacía ponerse. Los dos, pero no Kyle. Él se vestía con lo primero que pillaba. Los espejos eran como las fotos o los artículos de prensa, nunca los miraba. Le robaba mucho tiempo... ¿Para qué demorarte en algo que, de todos modos, no puedes cambiar?

A decir verdad, la fugacidad del tiempo lo tenía obsesionado. Solo tenía treinta años, pero pensaba que una vida nunca podría ser lo bastante larga para verlo todo y hacerlo todo. Todo con lo que soñaba. Y sin embargo... tenía suerte. Era consciente de ello. Otros tenían menos ventajas. «¿Y Coryn?»

—¡Kyle! ¡Maldita sea! Despierta.

—¿Qué? ¿Qué pasa?

Steve estaba a cincuenta metros de él. Su inmenso cuerpo parecía ocupar por completo la estancia.

—Mike Beals ha llegado para la firma.

—¡Mierda! —exclamó el cantante saltando de la cama de un bote.

—Patsi está en mi cuarto. El café también.

Kyle se puso los vaqueros, la camiseta blanca, las Converse.

—¿Patsi…? —preguntó.

—Se ha quemado con el sol. *Shit happens!* —dijo con un guiño.

Kyle siguió a Steve. El pasillo verde chillón impactó en sus ojos como si lo viera por primera vez. Las bermudas de flores de su amigo, también. Patsi estaba conversando alegremente con Mike Beals. Reían. No lanzó ni una sola mirada en dirección a Kyle, quien cogió la taza que Jet le tendía. Todos se sentaron alrededor de la mesa. Mike releyó el contrato con ellos. El cantante no hizo ninguna pregunta. Firmaron y salieron a almorzar a un restaurante de la playa. El sol era tan intenso como el verde chillón del pasillo. El joven no se quitó las gafas oscuras y se maldijo por haberse puesto vaqueros. Los demás se burlaron de él.

—No soy yo quien programa las fechas en esta parte del mundo en esta época del año.

—Ahora que hablamos de fechas, la próxima vez, Mike, no nos cueles un hueco de una semana en esta parte del mundo —soltó Patsi.

—¿Por qué? ¿No tienen buenas cremas solares?

27

Patsi regresó a la habitación y a la cama de ambos. Hicieron el amor. Sin una palabra. Sin una explicación. Hicieron las maletas y viajaron en avión para dar otros conciertos. El trabajo les salía mejor que sus días *off*.

A Jane le pareció que Londres representaba una oportunidad formidable para Kyle.

—Eso no te impedirá venir por Navidad, ¿verdad?

—No.

—Se te ve cansado.

—Vuelvo del curro.

—Y no duermes...

—¿Cómo fue la boda de Amy? Cuéntame.

Jane evocó la sonrisa radiante de Dan cuando llevaba a su hija del brazo y la mirada asesina que le había dirigido Arla en los aseos cuando se habían cruzado desafortunadamente. Le habló del estupendo menú, de la última de Woody Allen, que le había encantado y, como siempre desde hacía unos meses, sin que Kyle le preguntase le informó de las rondas puntuales que Dan hacía en la calle de Coryn.

—La vio salir de casa con sus tres hijos. Sin novedad, Kyle.

Él no añadió nada y se dijo que, siendo así, Londres era una buena opción. Incluso excelente. Lo alejaría de San Francisco y de la tentación, de los días de soledad. Los días de viento en las ramas… Porque la pesadilla ensangrentada de Osaka aún no se había desvanecido. Tanto era así que, de vez en cuando, el rojo oscuro, casi negro, volvía a su mente. Idéntico. Angustioso. Frío. Kyle no lograba traducirlo en música para deshacerse de él. Como tampoco lograba hablar con Patsi. Le faltaba valor. Tenía un nudo en el estómago y había perdido dos o tres kilos. El músico habría querido ser un buen hombre. Sin esforzarse. Ser bueno de natural. Pero en los últimos tiempos tenía la desagradable sensación de no ser… «más que un tipo que espera y que no tiene las agallas de sincerarse con Patsi. O con Coryn».

Sin embargo, ¿dejar a Patsi era algo viable en esos momentos? La respuesta constaba de dos simples letras: N-O. Y llamar a Coryn, menos aún. Su intuición descargó un montón de malas razones. Para empezar, la lista de llamadas entrantes que figuraba en todas las facturas de teléfono, los horarios de Jack, las preguntas que podía hacer a Coryn sobre este o aquel prefijo, las consecuencias de esas preguntas… Kyle solo pensaba en protegerla. En tenerla entre sus brazos. Si la llamaba, la pondría en peligro.

Sí. Londres era una oportunidad. Aun así, había algo que Kyle Mac Logan no se cuestionaba: lo que había sentido respecto de Brannigan.

Con independencia de lo que Coryn le hubiera dicho de su marido en el parque.

28

Cuando Jack volvió a casa aquel mediodía, Coryn tembló en cuanto oyó que aparcaba el coche en la entrada. Fue corriendo junto a Christa y la despertó para darle el pecho. Se parapetó tras su hija. La pequeña se dejó, sorprendida. Miró a su madre y sonrió. «Dios mío, cuánto te quiero», pensó Coryn.

Su marido abrió la puerta del dormitorio con expresión triunfante. Agitaba unos documentos con la mano tendida. Fue su sonrisa, sin embargo, lo primero en lo que Coryn se fijó.

—A ver si adivinas lo que es.

—Desde aquí no lo distingo.

Estos cinco pedazos de papel son en realidad cinco billetes de avión.

—¡Oh! —murmuró ella, aturdida.

—¿No preguntas adónde vamos?

—Sí, sí.

Jack la atravesó con la mirada.

—Pues dilo.

Coryn tomó aire. Jack tenía ganas de jugar ese día. Si le hubiesen preguntado cuándo había empezado aquel jueguecito, no habría sabido responder si su marido lo había instaurado desde el principio o si ella se había dado cuenta hacía poco. En cualquier caso, no tenía más opción que participar. Por eso preguntó:

—¿Cuál es nuestro destino?

—Londres y Brighton.

—¿En serio? Londres...

Oyó que Jack anunciaba que era el «mejor vendedor del año» de toda la red mundial de la marca Jaguar. Lo condecorarían oficialmente en Brighton durante el congreso anual.

—He ganado. Y os llevo conmigo.

—¿A todos? —preguntó con una inflexión en la voz que lamentó de inmediato.

Jack sacó el puf y se sentó enfrente de Coryn, le acarició la mejilla y la nuca.

—No creerás que te voy a dejar sola en este país de salvajes. Os venís conmigo, y aprovecharemos para ver la casa de mis padres.

—¿Dormiremos allí?

—¡Coryn! Sabes de sobra que está alquilada.

Los ojos de Jack no decían que su mujer era idiota, no, aguardaban a que preguntase dónde iban a dormir.

—¿Dónde nos alojaremos?

—En un hotel precioso.

Coryn se esmeró por pronunciar la pregunta de mil puntos que su marido quería oír.

—¿Cuál?

Jack recogió los puntos y sonrió.

—En el Barley House de Londres, ese que te gustó tanto.

—¡Oh! El Barley House —repitió Coryn sin dejar de mirar a Jack, que esperaba ya la pregunta de los diez mil puntos.

La joven la veía claramente bailando en el negro de sus

iris. Tuvo el fulgurante deseo de no formularla y decir en cambio: «¡Fantástico! ¡Iré a ver a mis padres y a mis hermanos!». Pero esa clase de iniciativa podía resultar muy dolorosa. Por eso, como una buena mujercita, preguntó con un bonito punto de interrogación que le formó un nudo en la garganta:

—¿Y podremos visitar a mi familia?

—Podremos, en efecto.

Coryn sonrió. Había utilizado todos los puntos que él esperaba. La besó en los labios.

—Tus padres nunca han visto a las niñas. Y Malcolm está muy mayor ya.

Y después, exactamente con el mismo tono, añadió:

—¿Me perdonas?

Coryn dijo «sí». Esas dos letritas valían dos millones de puntos. Coryn agachó la cabeza para susurrarle la buena noticia a Christa. Jack tuvo que arrodillarse para ver los ojos de su maravillosa mujercita. Se sentía tan seguro de sí mismo como el día de la pedida de mano... Coryn reprimió al instante cualquier idea de rebelión porque «no tengo agallas para cambiar de vida». Dio las gracias a su marido.

—¿Cuándo nos vamos?

—Dentro de dos semanas.

—Malcolm faltará a clase.

—¿Y qué? ¡Ya sabe leer y contar!

—¿Quieres decírselo tú a la maestra o quieres que lo haga yo?

Jack respondió que eso era cosa suya y se fue a su despacho con la sonrisa en los labios. Coryn tuvo el súbito deseo de ver su cara y lo que expresaban sus ojos cuando estaba solo. Luego apartó de sí esa idea y pensó en sus padres. Sintió un escalofrío. ¿No habían sido ellos quienes la habían casado con Jack? Lo mejor para ella. Que terminó siendo lo peor. Sin embargo, la dicha de volver a ver a Timmy la embargó. Sí, si Londres era una recompensa para su marido, ¿por qué no iba a ser un regalo para ella? «Volver a ver a Timmy será mi regalo. Tengo tanto que contarle...»

29

Cuando el Boeing de la familia Brannigan aterrizó en suelo londinense hacía muy poco que el de Kyle había llegado de Bangkok. Por una razón misteriosa y que incordió al noventa y siete por ciento de los pasajeros del vuelo de Coryn, estos últimos tuvieron que esperar dentro del avión. Algunos, como Jack, exigieron bajar en el acto.

La tripulación hizo como que atendía sus demandas, pero no los invitó a salir hasta que se recibió luz verde desde el aeropuerto. Todos se dirigieron apresuradamente al control de aduana. Había niños que lloraban. Mujeres mayores que amenazaban con presentar una queja y hombres de negocios que juraban que rescindirían su abono anual. Pero Malcolm, Daisy y Christa no se quejaron. Habían heredado la paciencia de su madre y sabían esperar. Siguieron en silencio la fila hasta Inmigración, donde los pasajeros del vuelo procedente de San Francisco divisaron a una multitud acalorada a lo lejos, al otro lado de los cristales. Muy pronto corrió el rumor de que había una «estrella».

Las reivindicaciones anteriores se desvanecieron, sustituidas por la curiosidad. Los nombres pasaban de boca en boca. Coryn oyó el de Sharon Stone, el de Angelina Jolie y hasta el de George Clooney. Todos intentaban averiguar el nombre exacto para poder repetirlo de todas las formas imaginables. Fue imposible. Porque el personal no decía ni mu. Invitaron cortésmente a los pasajeros a que fuesen a recoger sus maletas.

—¡Qué panda de inútiles! —exclamó Jack empujando a Coryn delante de él—. Espérame aquí con los niños.

Ella obedeció. Estaba cada vez más estresada por la idea de volver a ver a su familia.

Desde que su marido le anunciara el viaje, la joven había concebido mil planes a fin de estar preparada para todas las decepciones posibles. Las alegrías... No hay necesidad de revisarlas. Puedes recibirlas por sorpresa. Pero las anti-alegrías... Más vale anticiparlas para digerirlas. Son como las bofetadas en la cara. Las más duras son las que no ves venir.

Jack volvió empujando el carrito cargado con todas las maletas. Incluido el doble cochecito, que no desplegó porque Christa dormía como una bendita en los brazos de Coryn. Cargó a Malcolm y luego a Daisy, que instaló cómodamente entre las piernas de su hermano, y la familia cruzó la aduana en un tiempo récord. Jack los dejó solos para ir a por las llaves del coche «¡que tiene ese imbécil incapaz de levantar la pancarta como es debido!». Habían gratificado al mejor vendedor con el coche más grande. El más bonito. El más blanco. «Y el más difícil de encontrar.»

La joven aguardó con los niños y las maletas en el vestíbulo, feliz de poder sentarse cinco minutos. Se sintió extenuada de repente. Durante las últimas semanas solo había podido dormir dos horas seguidas. Y en ese instante, con el desfase horario, apenas sentía las piernas. Daisy dormitaba encima de su hermano, «que dentro de dos minutos caerá rendido también», pensó Coryn cuando volvieron a oírse gritos y pisadas apresuradas desde el fondo de la terminal.

Policías, agentes y curiosos rodeaban... «¿A quién rodeaban?» Pensó un instante en Kyle y su grupo, pero pronto alejó de su mente esa idea. «Ridículo. Aunque romántico.»

Malcolm preguntó qué pasaba. Coryn le acarició la mejilla e, inclinándose sobre él, dijo que no lo sabía. La espesa melena le resbaló por la espalda.

Y Kyle tuvo la impresión de... No, en verdad divisó entre aquellos hombros a modo de cortina una melena rubia, larga y fluida. Se quedó de piedra. Uno de los gigantes que los rodeaban apoyó una mano en su hombro y los conminó a seguir avanzando. «¿Qué iba a hacer Coryn aquí?», se dijo sonriendo para sí. «Ridículo. Aunque romántico.» Sintió una punzada en el estómago. «Vengo aquí para dejar de pensar en ella, y en cuanto veo una chica rubia estiro el cuello.»

30

Habían reservado al campeón de los vendedores de coches la mejor suite en el hotel «extraconfortable» que él había exigido. «Para mi mujer.» Coryn agradeció a Jack el detalle, deshizo las maletas y lo observó mientras se iba a la oficina de Londres. Su marido se había negado, claro está, a que fuera sola a casa de sus padres, pero transigió en que saliera a tomar el aire con los niños por la tarde. Había localizado por internet un parque cercano, así sabría dónde encontrarla... por si acaso. Patsi habría preguntado «por si acaso ¿qué?», pero no Coryn. De todos modos, se caía de cansancio, los niños se caían de cansancio, acababa de ponerse a llover y todos se durmieron incluso antes de que Jack cruzase la puerta.

Por fortuna, Clark Benton telefoneó y supo convencer a su yerno de que los llevase a casa lo antes posible para poder disfrutar de sus nietos. Al máximo.

—Es que tengo una reunión en la sede...

—Bueno, ¡pues ven cuando hayas terminado! Cenaremos en familia.

Cuando Coryn bajó del coche le costó un poco reconocer a Lewis y Jessy, los gemelos de Brian, el número dos de la hermandad Benton. Su mujer, Jenna, había sufrido poco después de darlos a luz un cáncer de útero. Había tardado años en recuperarse. Sus hijos tenían tres años más que Malcolm, y para la ocasión no habían ido a clase. Llegaron corriendo, con el pelo enmarañado, chorreando sudor de tanto jugar en el jardín, que se parecía más a un campo de minas que al césped perfectamente cuidado de los vecinos. Habría sido imposible definir el color exacto de sus zapatillas, pero sus mejillas estaban como para comérselas. Olían a aire fresco, transpiración y hierba. Tenían los ojos de los Benton, sin dudarlo. Azules, profundos y vivos. «Se parecen a los de Malcolm», se dijo Coryn mientras abrazaba a los niños.

—¿Vienes a jugar?

—¿Puedo? —Malcolm miró a su padre.

—¿Por qué preguntas? —exclamó Clark, y empujó al chiquillo hacia los otros.

Clark estrechó a su hija contra él. En fin, como pudo, porque Christa se acurrucaba contra su madre. El abuelo se acercó susurrándole arrumacos. La niña lo fulminó con la mirada, pero no lloró cuando la cogió en brazos. El abuelo se echó a reír. La pequeña abrió mucho los ojos y lo examinó. Luego sonrió. El abuelo se volvió hacia Coryn, la felicitó por haber hecho un buen «trabajo» y después se inclinó hacia Daisy.

—Hola, preciosa. Eres tan rubia como tu hermana es morena.

—Hola, abuelo.

—Pero ¡mira qué bien hablas!

—Coryn se ocupa muy bien de nuestros hijos.

Clark se incorporó y dijo:

—Eso no lo he dudado nunca, hijo.

El abuelo fue hacia el coche —último modelo— con Christa en brazos, Daisy pegada a sus talones y, tras ellos, Jack, quien cogió de la mano a Coryn. Los dos hombres se extasiaron con los acabados. El suegro miró a su yerno con todo el respeto que le merecía y guiñó un ojo a su vecino preferido, que andaba de capa caída desde que su hija, «la pobre», se había divorciado. Coryn preguntó cómo estaba Brian.

—Está saliendo del pozo y creo que está viendo a alguien...

—¿Y los demás?

Clark habló con detalle de cada uno de sus hijos. Trabajaban todos, y eso que ninguno había cursado estudios superiores.

—El trabajo significa mucho para un hombre. Hasta Timmy, con sus artículos para el periódico, se las apaña sin nosotros.

Añadió que todos acudirían esa noche, excepto Ben, que vivía en Manchester, y Jamy, que había seguido a una pelirroja-con-carácter-de-solterona hasta Dublín.

Los sobrinos de Coryn, acompañados de Malcolm, que ya tenía el pelo alborotado, se pegaron al coche de Jack como imanes.

Jack miró el reloj. Tenía que ir a la sede. Quiso entrar a saludar a su suegra, pero Clark explicó que la enfermera le estaba haciendo la cura en las piernas y que, de todos modos, la vería durante la cena.

—¡Coryn! ¿Te quedas con tus padres? —ordenó más que preguntó.

—¿Adónde quieres que vaya? ¡Hace siglos que no veo a mi hija!

Brannigan apoyó una mano en la nuca de su mujer. La llamaría a lo largo del día. Ella dijo «de acuerdo» y pensó «como de costumbre». Su padre le susurró al oído:

—Vives lejos de la familia, pero tienes una suerte envidiable de haber conocido a Jack, ¿eh?

Las palabras que Coryn había esperado decir se quedaron atascadas en su garganta. Y eso que había repasado infinidad de réplicas. Se las sabía de memoria. Incluso se había entrenado, repitiendo: «Jack me pega, papá», «Jack me fuerza cuando no quiero, mamá», «Jack juega a un juego extraño, Timmy». Pero en ese instante supo que ninguno de los sonidos que podrían formar esas palabras saldría jamás de su boca. De la angustia, sonrió para deleite de su padre. Y bajó los ojos. El padre la llevó detrás de la casa.

—Venid, niños, voy a enseñaros el sitio preferido de vuestra madre cuando tenía vuestra edad.

—¡Oh, sigue en pie! —exclamó Coryn mordiéndose el interior de las mejillas ante el viejo sauce llorón.

Cuando los leñadores quisieron cortarlo, Timmy se cogió tal berrinche que el padre de Coryn tuvo que detenerlos. Les pidió que podasen la parte enferma y curasen el árbol que todos creían destinado a una muerte certera. El árbol había resistido contra lo que quería destruirlo y el duro viento del invierno. A la primavera siguiente, tres insignificantes hojas de un verde plateado sorprendieron a todo el mundo.

—Y desde entonces, mira —dijo Clark apartando una rama—, ¡parece que nos va a enterrar a todos!

Coryn acarició las largas hojas aterciopeladas.

—Te estoy viendo cuando tenías cinco o seis años y te columpiabas en las ramas. Tu pelo volaba al viento.

La joven mujer se refugió bajo el follaje que caía hasta el

suelo. Apoyó una mano en el tronco. Tantos caminos errados... Su padre solo había querido protegerla. ¿Cómo iba a echarle nada en cara? ¿No albergaba también ella los mismos temores? ¿Cómo destrozas los sueños de alguien? «¿Con qué derecho?»

No tenía el valor de hacer una cosa así. No en ese momento, cuando oyó la voz estridente de la señora Benton:

—¿Coryn?

—Ahora... ahora voy —contestó.

Su padre se fue con Daisy de la mano y Christa en brazos. Coryn se apoyó en el tronco. El corazón le latía desbocado. «¿Qué hago para salir de esta?»

Era la primera vez que Coryn se lo planteaba. Sí, su vida había experimentado una ligera inflexión desde el accidente de Malcolm. Desde Kyle. La órbita que recorría día tras día se desviaba de forma casi imperceptible, pero los científicos que saben medir ese tipo de cosas lo habrían probado, cálculos en mano. Se salía de su recorrido, sin duda, y si esos señores hubiesen despegado la nariz de sus cuadernos repletos de cifras habrían aconsejado a la joven mujer que se inclinara un poco más y lanzase llamadas de socorro para acelerar los acontecimientos.

Pero no contaban con la madre de Coryn.

31

—Hija mía, estás radiante. El matrimonio y San Francisco te sientan bien. Estás más guapa que nunca.

¡Pues sí! Algunas cosas no varían lo más mínimo y siguen en el mismo lugar. Por más que Coryn hubiera fantaseado con poder hablar con su madre y con que esta la entendiera, en esos momentos ya podía concluir que el tiempo y la distancia son traicioneros. Deforman los recuerdos. La realidad sigue siendo la que es.

—¡Ven a mostrarme esa cosita que se esconde entre tus brazos!

Desde hacía dos años la señora Benton vivía pegada a una silla de ruedas, con las articulaciones de las rodillas definitivamente destrozadas por los innumerables kilos acumulados embarazo tras embarazo. Tenía las piernas hinchadas y las varices la torturaban, pero no se quejaba. Decía que ser mujer era saber sufrir. «Todos los meses el cuerpo nos tortura. Entra en el orden natural de las cosas, gimotear no arregla nada.» Para ella era ir en contra de la voluntad de Dios. Coryn sabía muy bien que era imposible demostrar a su madre que Dios no existía en el verdadero mundo de los hombres. La señora Benton tenía fe y su hija no la tenía. No hablaban la misma lengua. «Entonces ¿para qué desatar una guerra?»

—¿Cómo estás, mamá?

—¡Como una mujer vieja! Sígueme —dijo accionando su silla con destreza—. Tenemos trabajo por delante. ¡Esta noche hay fiesta, niños!

En cuanto Coryn cruzó el umbral de la cocina su madre le comunicó el programa que le tenía reservado. Había dicho a Jenny que se tomara el día libre.

—Como estás tú aquí, no voy a pagar a alguien para que te mire mientras trabajas. Vas a prepararnos dos magníficos pavos, como antes. ¿Te acuerdas?

«Claro, ¿cómo no iba a acordarme de las horas que he pasado en tu cocina?» No solo las cosas no habían cambiado, sino que era inútil y desesperante creer que cambiarían *some day*. Era imposible corregir la imagen que tenían de Jack. Del mismo modo que era ridículo que Coryn dijese que había soñado con una vida totalmente distinta… en la que todos los Jack del mundo regresaban al estado embrionario por la santa Selección natural.

—Pero al principio lo querías, ¿no? —habría respondido la señora Benton con los puños cerrados y los ojos cargados como fusiles de asalto.

Sí, era cierto. Coryn se había enamorado de Jack. Sí, había sucumbido a él como su padre, su madre, Wanda, sus hermanos y todo el mundo. No había prestado atención a los comentarios de Lenny, el cocinero del Teddy's. Su marido era… imprevisible. Sí, se había convencido de que lo que existía entre Jack y ella era amor. Y luego, sin comerlo ni beberlo, ocurrió el accidente. Había conocido a Kyle… «¿Qué hago para salir de esta?»

—Pero ¡qué suerte la tuya! —exclamó la madre cogiéndole la mano izquierda, donde brillaban los diamantes del reloj y los del anillo de compromiso.

La madre se puso las gafas, jugó con los reflejos y después añadió que Jack cumplía su contrato matrimonial colmándola siempre con joyas espléndidas.

«Diré a mis hijas que desconfíen de los diamantes.» Que es mejor un tipo que regala una vulgar piedra recogida del jardín. Incluso uno que se vaya de pesca con sus amigotes durante varios días, incluso uno que vuelva a casa borracho como una cuba y sucio como un cerdo, riendo.

—¿Le has contado a Timmy que yo venía hoy?

—¡Uy! Tu hermano está haciendo un reportaje en el norte de Londres, pero ha prometido que vendrá esta noche. Los demás también. En fin, los que puedan.

—¿Con sus novias?

—No. Los que vienen no tienen novia… o no la tienen ya.

—¿Y Timmy?

—Timmy no explica nada, ya lo sabes.

Era mentira. Era el que más explicaba, pero no a ella. Solo hablaba con quienes sabían escucharlo. Y tenía suerte de haber nacido en esa familia siendo varón.

—De todos nuestros hijos, aparte de Brian, que-el-pobre-ha-perdido-a-su-mujer-que-descanse-en-paz, tú eres la única que se ha casado «como está mandado». Eres la única que ha seguido mi ejemplo.

Coryn abrió la puerta del frigorífico y buscó lo que nunca encontraría dentro.

—Pero no te creas que vamos a ser menos esta noche —continuó su madre al tiempo que cerraba el frigorífico con un golpe seco—. Y más vale que te des prisa. ¡Hay que asar estos pavos y que queden bien dorados!

Coryn dejó a Christa en su balancín, en un rincón de la cocina, y se volvió hacia las dos enormes aves que reposaban en la mesa. Era como si llevaran años esperándola. Sin una palabra, se puso el inmenso delantal y se dispuso a pelar los kilos de cebollas. Se le escaparon unas lágrimas, pero las lágrimas de cebolla «no cuentan».

La señora Benton se sentó a la mesa y se puso a pelar la montaña de patatas mientras pasaba revista a la vida del barrio. Que si fulanita de tal hacía esto, que si la señora Bowie comentaba aquello, que si la señora Z… A Coryn le importaban poco sus historias de supermercado, pero escuchaba, porque su madre apostillaba «¿no te parece?», «¿no crees?», preguntas a las que tenía que responder, porque, de lo contrario, la madre la miraba con ojos inquisitivos y de reprobación. Todo ello sin dejar de mover con el pie el balancín de Christa.

Coryn pensó que, curiosamente, su madre había conservado cierta finura de tobillos, a pesar de que sus pantorrillas estaban recorridas por miles de venas cuya visión le arrancaba deseos de gritar. Pensó también que la miraba como se mira a una extraña. «Tantos caminos errados…»

Comieron rápidamente, hablaron de las tiendas donde Coryn hacía sus compras, del colegio. «¿Vas montado en un autobús amarillo?» Malcolm respondió que iba andando. «El colegio y la guardería no quedan lejos de casa.» «¿Estudias mucho?», «¿Es simpática tu maestra?», «¡Oh!, ¿es muy vieja?», «La señora Bowie dice que la maestra de su hijo pequeño es demasiado joven», «Tampoco viene mal tener experiencia…»

El resto del día se ahogó en preguntas sin importancia, olores de relleno y de asado. John fue el primero en llegar. A Coryn le desconcertó ver que se había echado encima treinta kilos de más. «Treinta y ocho», puntualizó él. La abrazó y, como todo el mundo, le dijo que había tenido suerte de haber salido de allí. Trabajaba de cocinero en un restaurante de mala muerte de Londres. Era su día de descanso, así que la ayudó a preparar los eternos *crumbles*, porque daban un programa en la tele que su madre no podía perderse. No dijeron nada aparte de cosas tipo «pásame la mantequilla», «¿has puesto bastante azúcar?», «abre el horno». John no tenía novia desde…

—Claro… —dijo—. Me dejó porque estaba demasiado gordo y de pronto gané más peso.

—¿Lo pasas mal? —preguntó Coryn.

—¿Por qué? ¿Por los kilos o por la guarra esa?

—Tú dirás.

—Creo que, después de todo, prefiero el papeo —dijo, y se largó al comedor.

32

Jack llegó bastante tarde, al mismo tiempo que sus cuñados. Permanecieron un momento en el jardín comentando los éxitos profesionales de Brannigan y luego entraron con los niños, que gritaron que tenían hambre y sed. Se produjo tal alboroto de repente que Coryn tuvo que ir con Christa a su dormitorio en la buhardilla para darle el pecho. La pequeña no dejaba de moverse. «¿Qué diablos hace Timmy?»

Subió la escalera de madera y cerró tantas puertas como pudo detrás de ella. El olor a polvo y los tenaces efluvios de la cocina eran los mismos que en su recuerdo. A medida que ascendía, las imágenes le venían en ráfagas. Los gritos, los juegos de pilla-pilla del sótano al granero, las risas, los lloros, las alegrías, los calcetines desparejados por ordenar... Christa se durmió y Coryn la puso en el capacho que sus padres habían preparado. Se sentó en la cama y se dijo que su infancia había sido feliz. Que Jack era «un accidente...».

Y entonces la puerta se entreabrió y Timmy asomó la cabeza. De un salto, Coryn se levantó y apretó a su hermano contra ella. Permanecieron así un buen rato. El uno contra el otro. Había crecido unos centímetros y estaba excesivamente delgado.

—¿No comes nada?

—¡No tengo tiempo! ¡Voy todo el día de un lado a otro!

—¿Detrás de qué?

—De la pasta. Como todo el mundo.

Christa se removió, pero sin abrir los ojos. Timmy y su hermana se sentaron y se miraron un buen rato. El chico bajó la voz y le explicó emocionado que, de momento, solo era un simple articulista del *Times*, pero que no perdía la esperanza de convertirse cualquier día en un periodista de renombre. Corría de aquí para allá para cubrir todos los campos.

—No sé si está bien, pero hago lo posible para que me vean en todas partes. Y para que se acuerden de mí.

—Pareces contento.

—Me encanta lo que hago. Me siento libre. Como el viento que mueve nuestro viejo sauce.

Coryn no dijo nada.

—¿Tienes novia?

Timmy esbozó una sonrisa.

—¿Sales con chicas?

—¿Tú qué crees? ¡Pues claro! Pero escojo mis objetivos.

—Puramente sexuales.

—Exclusivamente sexuales —puntualizó—. Quiero disfrutar de mi juventud.

Coryn iba a decirle lo mucho que lo envidiaba cuando la puerta se abrió y apareció Jack. Ella se agachó para tapar a Christa y salió al pasillo notando la mirada de Timmy. Su marido hizo una maniobra de distracción. Felicitó al joven por su ambición, alabada por su padre, y le preguntó cuánto le reportaban al mes sus palabras.

—¿Hablas de libras esterlinas o del placer de hacer lo que me gusta?

—Sabes de sobra que yo solo hablo de billetes, como todos los vendedores.

—He oído que eres el mejor del año.

—Lo soy. ¡Y espero tus felicitaciones, Timmy!

Cuando llegaron a la mesa, Malcolm estaba contando su famosa operación de brazo.

—Al parecer, fue el cantante de los F... quien te atropelló, ¿no? —preguntó el periodista mientras se sentaba a su lado.

Coryn contuvo la respiración.

—Sip. Pero no me acuerdo —respondió el niño.

—Se dice «sí», Malcolm, y no «sip» —le corrigió Coryn.

—¿Y tú? ¿Lo viste? —insistió Timmy volviéndose hacia su hermana.

—¿A quién? —respondió ella.

—¡A Kyle Mac Logan! ¡Al mismísimo Kyle Mac Logan!

—Sí, pero no sabía quién era.

—¡Qué dices, no me lo puedo creer! Mi hermana habría podido pedir un autógrafo a mi grupo favorito... pero no sabe quién es Kyle Mac Logan. ¡Ya te vale, qué negada!

—¡Coryn no es ninguna negada! Le dan igual esos imbéciles —intervino Jack.

—¿Te habría gustado partirle la cara o qué? —volvió al ataque Timmy, muy en forma.

La mirada oscura de Jack se demoró sobre su cuñado, que seguía sonriendo como un crío.

—Eso me habría aliviado, en efecto.

—¡De todas formas, me envió un montón de juguetes! —exclamó Malcolm.

—Podrá compensarte como le plazca, pero eso no quita que siga siendo un imbécil.

—¿Quiénes son esos, los F...? —preguntó John—. ¿No son ingleses?

—Son unos gandules que dan la vuelta al mundo cantando —respondió Jack.

—Quizá sean «gandules» —repuso Timmy—, pero ganan más pasta de la que tú serás capaz de hacer en tu vida.

Jack taladró de nuevo con los ojos los de su joven cuñado, esquivos y juguetones. Coryn notó como si un viento fresco le barriera la cara. Aspiró una bocanada de aire vivificante, pero se limitó a mordisquear el pan mirando su plato para no estallar de risa.

—¡Eso no durará!

—Yo no me preocuparía mucho por ellos.

—¡A mí también me encantan! —exclamó Jessy—. Me regalaron su último CD por mi cumpleaños, ¿y sabéis qué?

—¡Caray! Pero ¿quiénes son? —insistió John—. ¿Qué cantan?

—Entra en Google y lo verás —intervino Jack.

—¡Oh! ¡Les has investigado!

A Coryn se le heló la sangre.

—¿Qué pensabas? Tampoco iba a tragarme la versión de su abogado sin comprobarla. Para tu información, John, el tipo que atropelló a mi hijo es el cantante...

—... guitarrista y compositor...

—... de un grupo de rock. Tres tíos y una... muñeca, digamos.

—¡Patsi es genial!

—No es muy apetecible, en cualquier caso. No sueñes, Timmy, está casada con el cantante.

—No. Patsi está en contra del matrimonio. Pero tienes razón en algo: el cantante y ella están juntos. Desde hace años.

Uno de los sobrinos de Coryn preguntó si Malcolm había cobrado. La señora Benton, el señor Benton, John, Brian, Mark y casi todos los demás preguntaron:

—¿Cuánto?

—Una bonita suma que he colocado en una cuenta bloqueada. Malcolm podrá disponer de ella cuando cumpla la mayoría de edad.

Coryn no solo descubría cosas que Jack se había guardado de compartir con ella, sino que además no le gustaba nada el rumbo que estaba tomando la conversación.

—¿Han comprado vuestro silencio? —quiso saber el padre de Coryn.

—Mi hijo provocó el accidente —repuso Jack marcando una pausa que evidenció lo mucho que le agobiaba el asunto—. Es un niño, y los peritajes han demostrado que el otro imbécil conducía a la velocidad autorizada. Y, por desgracia, no hubo testigos.

—¿Tú no viste nada, Coryn?

Jack respondió que estaba muy lejos.

—¡Tendríais que haberlos llevado a juicio! Nunca se sabe...

—David contra Goliat —comentó Timmy.

Brannigan se volvió francamente molesto hacia el periodista.

—Nadie tiene interés en ver su carrera manchada. Ni ellos ni yo. Ni tú. Por eso agradecería que todos os mordieseis la lengua como me he comprometido a hacer yo.

—Es una charla familiar, Jack —se defendió Timmy.

—Es culpa mía —intervino la joven mujer para evitar que aquello se les fuera de las manos—. No pude retener a Malcolm.

—No —interrumpió el niño—. Yo me solté de la mano de mamá.

—Pero ¿por qué? —preguntó el abuelo.

Malcolm se volvió hacia él.

—Vi una ardilla y la perseguí. Pero es culpa mía —volvió a asegurar con una autoridad que hizo que todos lo mirasen fijamente—. Se lo dije al policía.

—¿Y por qué perseguiste a esa ardilla? —preguntó Jessy—. ¡Una ardilla, menuda gilipollez!

—¡Jessy! ¡Tu vocabulario!

Malcolm se encogió de hombros y respondió que no lo sabía.

—¡Clark! ¿No dices nada?

Clark siguió haciéndose el sordo.

—¡Bueno! Como vuestro abuelo parece duro de oído —soltó su esposa golpeando con la palma de la mano la mesa en señal de que había perdido la paciencia—, ¿podemos cambiar de tema de una vez, por favor? Porque lo único importante es que el niño está bien. ¡Coryn! ¡Ve a buscar los pavos!

—¡Por fin! —dijo Clark recobrando el oído de repente.

La joven obedeció mientras que su madre se quejaba a Jack de que su marido no estaba sordo como una tapia sino que padecía senilidad prematura.

—Te acompaño, Coryn —corearon Timmy y John.

Los tres se afanaron para colocar los pavos asados en grandes bandejas y fueron recibidos con hurras hambrientos. El tintineo de los cuchillos y los tenedores sustituyó a las palabras durante largos minutos, hasta que Timmy dijo con picardía:

—Si queréis una exclusiva, al parecer los F... se instalan en Inglaterra.

—¿Cómo sabes eso? —inquirió Jack.

Coryn apretó el cuchillo con los dedos, y el joven sonrió, angelical.

—Imagínate, han llegado el mismo día que vosotros.

—¡Ah! ¡Así que por eso había tanto jaleo en el aeropuerto! ¡Maldita sea! ¡Podría haber aprovechado para acercarme a partirle la cara! —añadió Jack con sarcasmo—. ¿Y cómo es que aparecen el mismo día que nosotros?

Timmy puso su mirada de vencedor, la que le había valido un buen número de sopapos de pequeño.

—¿Crees que han programado su calendario en función del tuyo?

Jack tuvo que negar con la cabeza. Forzosamente. Él había elegido las fechas, comprado los billetes y organizado el viaje.

—Pues habrá sido por pura coincidencia.

—Pero dime, Timmy-el-articulista, ¿por qué no estabas tú en el aeropuerto?

El articulista suspiró decepcionado.

—¿Puedes creer que no han dado publicidad a su llegada? Me he enterado por casualidad de vuelta al periódico, hace un rato. Pero espero tener la ocasión de entrevistarlos uno de estos días.

—¿Y para preguntarles qué?

—¡Si la pava de tu mujer estaba buena, por ejemplo! —soltó John.

Hubo una carcajada general. Jack dejó sus cubiertos en

la mesa. El padre de Coryn apoyó una mano en su brazo, pues habían reservado expresamente a su yerno el asiento a su derecha. Clark Benton dijo con una voz que imponía respeto a todos:

—A nadie le importa lo más mínimo saber quién envió a Malcolm al hospital. Por desgracia, es algo que nos puede pasar a cualquiera de nosotros. Tú incluido, Jack. Lo importante, y lo único importante de verdad, como ha señalado juiciosamente mi mujer, es que el pequeño está bien.

—Y lo que a mí me gustaría —continuó la señora Benton— es que felicitéis a mi hija, a quien he educado tan bien, ¡por sus maravillosos pavos! ¿Alguien quiere repetir?

John fue el primero en tender su plato con un «yo» goloso y la boca llena. Un verdadero «yo» que apaciguó los ánimos.

Todos reconocieron que Coryn no había «perdido la mano» y Brannigan mantuvo su mal humor bajo control. Pero estaba confundido. Coryn sabía ya lo que le diría en cuanto tomaran la primera curva al final de la calle. Esa visita sería la última. Se callaba por pura educación, porque, si bien pegaba a su mujer cuando sus nervios lo sacaban de quicio, por el contrario respetaba a los adultos y los modales. No daría una segunda oportunidad al padre de Coryn para ridiculizarlo. Al día siguiente, alegaría como pretexto que los niños debían descansar tranquilos en el hotel, en vez de ir a jugar allí... Por eso la joven mujer miró a cada uno de sus hermanos con una atención particular. En lo más hondo de su ser sabía que no volvería a verlos probablemente en... «una santa eternidad».

La conversación retomó su curso normal. Coryn se fijó en que Jack consultaba varias veces su reloj con discreción, buscando una excusa para volver al hotel, pero Timmy tuvo la genial idea de preguntarle si podía entrevistarlo y escribir un artículo sobre su carrera. Como el cuervo de la fábula de La Fontaine, Jack cedió sin resistencia al halago y el periodista se citó con él al día siguiente en la oficina de Londres.

—Admiro tu habilidad —le dijo Coryn mientras lavaba la vajilla en la cocina—. Eres muy fuerte.

—No tiene nada que ver con la fuerza. Todavía no he conocido a nadie que se niegue a ver su reluciente imagen en el periódico.

Timmy cogió el plato que Coryn le tendía y no pudo evitar preguntarle lo que había pensado de Kyle.

—Nada —respondió ella en voz baja.

—Pero hablaste con él, ¿no? ¿Es simpático? Tiene pinta de ser un tío simpático.

Coryn sonrió ante la sonrisa de su hermano. Escogió con cuidado las palabras. No porque no confiase en él, sino porque los errores o los deslices involuntarios siempre eran posibles.

—Creo que es... un buen hombre.

Jack abrió la puerta de la cocina.

—¿Qué estáis tramando vosotros dos?

—Tramamos limpieza —dijo Timmy colocándole una pila de platos sucios en las manos—. ¿A qué hora te viene bien mañana?

Coryn dijo que se las arreglarían muy bien sin ella. Levantó el primer *crumble* y huyó hacia el reconfortante alboroto del comedor.

—¡Creo que es la primera vez que comemos tarta en una ocasión que no es un cumpleaños! —dijo Mark.

—No sé cómo se las ha apañado la santa Naturaleza —dijo Benton padre—, pero todos mis hijos nacieron en diciembre o en enero.

—¡No es obra de la Naturaleza ni del Señor! —dijo una voz que nadie tuvo tiempo de identificar.

—¡Nada de blasfemias en la mesa! —interrumpió la madre—. Además, Coryn nació en marzo.

—Coryn es una excepción —dijo Jack cogiéndole la mano—. Es una princesa. Mi princesa.

Todo el mundo aplaudió. Bravo. «Jack es de lo que no hay.» A ojos de su familia era y sería un hombre que no solo había logrado una exitosa carrera al otro lado del Atlántico sino, además, quien había transformado a la criada en...

La joven se excusó y se levantó de la mesa. Subió los escalones de cuatro en cuatro para refugiarse junto a Christa.

33

Cuando Coryn salió desmaquillada del cuarto de baño de su magnífica habitación londinense no se sorprendió al ver que su marido la esperaba desnudo en la cama. Jack dijo sonriendo que no había tomado postre. Que no le volvía loco el *crumble*. Le hizo el amor en silencio. En fin, a la manera de Jack, mientras ella pensaba en una serie desordenada de cosas y, por primera vez, en el futuro. En un futuro que sería suyo. Jack experimentó placer y ella, algo nuevo. Pero tan fugaz como lo de su marido.

Sí, irse era la respuesta a la pregunta que se había hecho ese mediodía. Era una respuesta fácil. Difícil de poner en marcha, porque necesitaría un destino. Un refugio. Un sitio a donde ir. «¿Cuál?» En cualquier caso, no a casa de sus padres ni de sus hermanos, porque la devolverían en el acto a su maravilloso príncipe. ¿Y cómo atendería sus necesidades? ¿Las necesidades de todos? Porque no abandonaría a sus hijos. «Jamás.» Aun en el caso de que consiguiera el divorcio, no sabía hacer nada. Y todavía sería peor si Jack le negaba la custodia de los niños... «¡Oh, no! Eso no.»

Y si Timmy... ¿tuviese la solución? ¿Al menos una solución? «No. Timmy tiene sus propios sueños.»

Quedaba Kyle. «¿Y si solo tenía a Kyle?» Se estremeció, y

Jack la tapó con la colcha. «No. Solo es santa Coincidencia, que se divierte con sus peones en el tablero.»

Coryn no conciliaba el sueño y se sintió casi aliviada cuando, a las cuatro de la madrugada, se levantó para dar el pecho a Christa porque la niña gimió. Malcolm roncaba, su pelo rizado aún estaba enmarañado. Como los rizos de Daisy, que apretaba en el hueco del brazo a su conejo verde. Después de haber cambiado al bebé, la joven la acostó en la cuna del hotel. La pequeña miró los dibujos del dosel estrellado como si los viera por primera vez. Movió brazos y piernas, y, contra todo pronóstico, cerró los ojos en cuanto notó la colcha sobre ella. Sus negras pestañas se alargaban hasta el infinito. Coryn bostezó. ¿El sueño la reclamaba por fin? Se deslizó bajo las sábanas, y soñó con cometas y con Venus. Planetas y cálculos de trayectorias. Números interminables trazados a toda velocidad con una tiza azul sobre un mapa gigantesco por sus sobrinos, que reían mientras su madre contaba y recontaba las libras esterlinas y los paquetes sorpresa que Malcolm sacaba de enormes maletas.

34

Como estaba previsto, Jack se fue a la sede. La jornada se anunciaba intensa y le alegraba hacer una «bonita» entrevista. A mediodía Coryn salió al parque cercano al hotel. Jack había repetido «este de aquí». Avanzó con sigilo empujando el cochecito, y exigió a Malcolm y a Daisy que se agarraran a él. Caminaba despacio. Hacía un tiempo radiante, el cielo era un cielo ideal de septiembre. Los niños corrieron a tirarse por el tobogán y ella se dejó caer en un banco. «¿Qué haría Kyle en un parque infantil?», se preguntó cuando una mamá más o menos de su edad se sentó a su lado. Tenía el pelo cortísimo y de punta, una falda negra casi igual de corta y unas mallas de color rosa chillón. La mujer se percató de la mirada discreta que Coryn dirigía hacia sus piernas y dijo con una sonrisa segura:

—¡Por esto hoy el sol está de buen humor!

La joven mujer trabó rápidamente conversación con ella y le contó con un humor inesperado cómo se había visto sola después de comunicar la nueva al padre, quien le había dado dos opciones: 1) abortar; 2) observar con qué rapidez se daba el piro.

—Marqué la opción número tres: largarme yo sola.

Coryn dejó escapar una risa.

—Lo sé. Estamos todos más o menos solos en este curioso planeta, pero al menos… Me habría gustado ofrecerle una verdadera familia a mi hijo. Y tu marido ¿en qué trabaja?

«¡Oh! ¿Mi marido? Pues mira…» Le sonó el móvil y Jack anunció que pronto estaría de vuelta en el hotel. «Con Timmy.»

—Tengo que irme. Mi esposo está a punto de regresar.

—¿Ya? Pero ¡si acabamos de hacernos amigas!

—Es que tengo que irme.

—¿Vuelves mañana?

—Mañana me voy.

—¿Ya?

—Jack, mi marido, nos lleva a Brighton.

—¿Tenéis familia allí?

—No. Tiene un seminario.

—*Cool!* ¡Eso quiere decir buena comida!

—Para nosotros no.

—¿Por el bebé?

Coryn asintió.

—¿Vuelves a Londres después?

—Sí, pero tenemos el avión de regreso a San Francisco.

—¡Uau! Vives allí, ya veo… —dijo la joven mujer poniéndose en pie de un salto—. Te acompaño.

Coryn intentó calcular el tiempo que Jack tardaría en reunirse con ellas. Se odió, y tiró sus miedos de avestruz a la primera papelera que vio. Escuchaba a su nueva amiga, que le decía que se llamaba Mary Twinston y que había nacido en Glasgow un 14 de febrero, a los siete meses y siete días. «Extraño, ¿no?»

Relató mil historias graciosas y patéticas de su vida. Su trabajo de grafista, que le permitía estar cerca de su hijo alérgico a todo, los libros que devoraba, su amiga Julia, que era modelo en la Escuela de Bellas Artes... Londres le parecía la ciudad más genial del mundo, incluso si había que luchar por hacerse un hueco cuando se era madre soltera.

—¡Con que mis padres no hubieran regresado a Glasgow...! Pero... ¿Te estoy aburriendo? —preguntó interrumpiéndose en mitad de la frase.

—No. Eres graciosa. Bueno, eres... valiente.

Coryn se detuvo. Habían llegado al hotel. Mary levantó los ojos y se quedó literalmente boquiabierta contemplando la fachada.

—¡Caray! ¡Qué nivel! ¡No me has dicho todavía a qué se dedica tu marido para pagarte un sitio así!

—Vende coches de lujo.

—¡Mierda! ¡Vivan los carros! ¿Sabes que tienes suerte?

—Me acordaré de ti —dijo Coryn, y añadió que le habría gustado verla de nuevo si se hubiera quedado más tiempo.

—Y a mí. Nos habríamos hecho superamigas y habríamos salido de tiendas como auténticas londinenses. Te habrías comprado joyas de pacotilla a la moda. No como ese brazalete que llevas. Pero ¡mira! —dijo sujetándole la muñeca—. Debe de valer una pequeña fortuna.

Coryn se encogió de hombros. Esa joya tenía el valor exacto de su primer puñetazo en el vientre.

—Te habría puesto música de verdad mientras nos tomábamos unas cervezas. Buena cerveza inglesa que te embriaga como ninguna otra y...

—... habríamos celebrado juntas los cumpleaños de nuestros hijos... —continuó Coryn.

—... y te habría contado mis problemas y tú a mí los tuyos. Porque imagino que también los tienes. Incluso si tu vida de princesa es para dar envidia.

—Sí... —Coryn suspiró—. Me habría gustado que fuéramos amigas.

—Pero ¿qué dices? Somos amigas ya, ¿no?

—¡Sí!

—¡Mierda! ¡San Francisco nada menos! —repitió Mary dándole un codazo.

—El tiempo es frío y húmedo allí, mucho más de lo que se suele pensar.

—Al final tengo suerte de vivir aquí y todo, ¿verdad?

—Más bien.

Coryn sonrió cuando vio a Mary rebuscando en su inmenso bolso.

Sacó un viejo libro sin tapa que todavía llevaba en el canto restos de un montón de adhesivos. Pasó las páginas como si se las supiese de memoria y lo partió por un sitio preciso. Le dio la primera parte a Coryn, quien, en un acto reflejo, miró si Malcolm lo había visto. Pero estaba en cuclillas a unos metros con Daisy con la nariz pegada al suelo.

—Toma. Quiero que te quedes esto como recuerdo mío. ¡Como recuerdo de nuestra laaarga amistad!

La joven mujer rubia leyó: «*Rita Hayworth y la redención de Shawshank* de Stephen King».

—Es una historia bonita. Y pareces una chica a la que les gustan las historias bonitas.

Coryn se sorprendió abrazando a Mary. Con un gesto rápido deslizó en su bolsillo el brazalete de oro, tan brillante como pesado. Y demasiado grande. Nunca habría tenido el valor de «regalarlo» de otra manera. Su nueva amiga era de esas mujeres que entenderían el mensaje. Y si Jack empezaba a incordiarla con preguntas, le diría que lo más seguro es que estuviera en algún sitio de la gran casa de San Francisco. A riesgo de recibir otro puñetazo en el vientre. Ese valdría su precio.

—Léelo. Y piensa en mí. Y piensa en Andy Dufresne.

—¿Quién es Andy Dufresne?

—Ya lo verás… Un buen tío.

Coryn metió el libro en su bolso. El regalo de una amiga no se rechazaba. Pero ya estaba pensando en un escondite idóneo del que Jack no sospecharía. Llamó a sus hijos y los cuatro entraron en el vestíbulo del hotel. Malcolm dijo que las hormigas de Londres eran más gordas que las de San Francisco.

—¿Ah, sí? —respondió ella mirándolo fijamente a los ojos.

Su hijo sonrió a su vez y entró en el ascensor. Una pareja de ancianos les pidieron que les sujetaran la puerta, lo que el niño hizo, maravillando al señor y a la señora Watson. Malcolm respondió con eficacia a la doble avalancha de preguntas de aquellos dos maestros de escuela retirados que aún no tenían la increíble suerte de ser abuelos.

Cuando Coryn cerró la puerta de su habitación, su hijo se volvió hacia ella, abrió los ojos de par en par, arqueó las cejas y dijo que esperaba que los abuelitos Benton no lo «acribillaran así la próxima vez que volvieran». Coryn respondió que había pocas posibilidades de que las preguntas fuesen las mismas y se contuvo a tiempo de decir «o que haya una próxima vez». El chiquillo se lanzó sobre el sofá, se hizo con el mando a distancia de la tele y empezó a cambiar de canales. Luego, sin despegar los ojos de un programa sobre animales, dijo que le gustaría tener la misma tele en San Francisco, justo cuando su padre entró, todo sonrisas, seguido de Timmy.

35

Después de besar a Coryn y a los niños, los dos hombres siguieron parloteando como dos viejos colegas y no escucharon a Malcolm cuando les contó que las palomas inglesas corrían muy deprisa en el parque. Que no conseguía atraparlas con Daisy y que las hormigas...

Coryn se llevó enseguida a su hijo al cuarto de baño y lo duchó por segunda vez ese día. El niño preguntó «por qué».

—Por la contaminación... —pretextó la madre.

—¿Es peor que en San Francisco?

—Sí. Y mañana no tendré tiempo antes de irnos a Brighton.

—Mamá...

—Sí —dijo ella distraídamente mientras lo enjabonaba.

—Mamá...

Su voz había bajado un tono. Ella alzó los ojos, Malcolm tenía una expresión seria. ¿Había visto que Mary le había dado el libro? Pero el niño se abrazó a su cuello y la apretó muy fuerte.

—Te quiero, mamá.

Coryn se sintió contrariada. Su hijo estaba contrariado. ¿Se daba cuenta de las cosas? Crecía. «El infierno es una gangrena. Atrapará a Malcolm. Luego a Daisy. A Christa...» Se le erizó la piel y la puerta se abrió. Era Jack.

—Daos prisa. Os llevo al restaurante.

—¿Por qué? —preguntó Malcolm.

—Para dar las gracias a mi cuñado.

Lo cual implicaba que este se había mostrado mucho más sutil y, sobre todo, mucho más hábil de lo que Coryn podía imaginar. Terminó de vestir a los niños. Malcolm, a solas, en la habitación. Malcolm que le sonreía tranquilo. Como si la contrariedad nunca hubiese existido. Coryn se puso la máscara de siempre y participó con naturalidad en la conversación.

Durante el postre Timmy anunció que había decidido marcharse como corresponsal de guerra a Afganistán. Sus padres no sabían nada aún y, la verdad, mataba el tiempo como podía.

—Nos has embaucado bien, ¿eh? —dijo Jack—. ¡Enhorabuena!

—Pero ¿por qué? —preguntó Coryn aterrada—. ¿No pensarás cubrir... los horrores de la guerra?

—Eso es justo lo que pienso hacer.

—Te has vuelvo loco. Loco de remat...

—Necesitamos personas que luchen por defender las libertades —la cortó Jack con un aplomo que pasmó a Coryn.

—Pero ¿es realmente para defender la libertad? —dejó escapar Coryn.

—¿Quién lo duda? —repuso Jack sin percibir la ironía en la pregunta de su mujer.

—Es que... es peligroso.

—El peligro no me disgusta —afirmó Timmy.

—¡No te entiendo! ¿Cómo puedes irte allí y...?

—Quiero ir para denunciar lo que los hombres hacen a otros hombres. Tiene que llegar el día en que tomemos conciencia de que todo esto tiene que parar.

Coryn no pudo añadir nada más sin desplomarse. Y, de hecho, todos guardaron silencio. Timmy fue el primero en despegar los ojos de su plato. Dijo que allí hacían falta personas como él, libres y sin compromiso.

—Conseguirás que te maten —dijo ella.

—Seré prudente.

—¡Coryn! ¿A qué estás jugando? Tu hermano necesita apoyo, no pájaros de mal agüero. Me parece muy valiente que se atreva. Es una oportunidad para su carrera.

El periodista dio las gracias a su cuñado y cogió su cámara fotográfica.

—¿Me dejáis que os haga una foto a todos?

Jack se negó categóricamente. No explicó el porqué. Se levantó y dijo que era hora de acostarse. Al día siguiente debían madrugar para ir a Brighton.

Se despidieron con abrazos en el vestíbulo del hotel y Timmy los acompañó hasta el ascensor. Entraron dos desconocidos, Jack los siguió con los niños. Coryn iba a entrar, pero las puertas se cerraron, dejando a su marido boquiabierto.

—Puede que cuando tenga bastante pasta gracias a mis reportajes me pague un maldito viaje para ir a verte.

—No me gusta tu proyecto —afirmó Coryn mientras apretaba el botón por inercia.

—Nada de lo que digas podrá hacerme cambiar de opinión. Pero voy a echarte de menos.

—Yo también.

Miró a su hermano. Algo atravesó a Timmy, y frunció el

ceño. Ella lo abrazó y dijo que pensaría en él todos los días. El ascensor llegó y se coló dentro.

—Si veo a Kyle, ¿quieres que lo salude de tu parte? —dijo él guiñándole un ojo.

—No lo verás. —Coryn sonrió.

—¿Tan poco me conoces? Lee el *Times*. Van a saltar chispas.

Las puertas emitieron un clic sedoso, y Coryn desapareció. Meses después, Timmy no se perdonaría no haber reaccionado a la extraña sensación que lo había atravesado. Pero en aquel momento hizo caso omiso de ese pequeño desconcierto. Y lo olvidó.

Durante las primeras horas de la noche no dejó de llover. Jack, Malcolm, Daisy y Christa no se dieron cuenta. La joven mujer, por su parte, estaba en el mismo estado que si hubiera ingerido litros de cafeína. Tenía ganas de leer. Ganas de leer un buen libro. Se levantó con el sigilo de un gato y corrió riesgos innecesarios para recuperar el regalo de Mary, que había lanzado a lo alto del armario del dormitorio de los niños. Lo alcanzó desplegando una percha de alambre y ahogó un gritito de victoria cuando sus dedos lo asieron. Encontró refugio en el cuarto de baño, a la entrada de la suite. Se sentó en la moqueta con la espalda contra la puerta. El temor de que Jack la sorprendiera le pareció infundado. Durante todos sus años de matrimonio ni una sola vez la había visto levantarse, ni siquiera para ir a orinar.

Bajo el título había una frase escrita en letras violetas: «Este maravilloso libro pertenece a M. Twinston». Coryn se sumió en la lectura. Desde las primeras líneas quedó atrapada por el mundo de Andy, injustamente encarcelado... Que doblaba la espalda, como ella. Que sufría humillaciones y golpes, «como yo», pero él esperaba su hora sin renunciar a su sueño, sin renunciar a Zihuatanejo. Coryn devoraba las palabras. Eran deliciosas. Doblemente deliciosas, porque ese libro había pasado de las manos de Mary a las suyas justo cuando se preguntaba «qué hacer para salir de esta».

36

El artículo sobre Jaguar y sobre Jack-the-best-entre-todos-los-best se publicó durante la estancia de los Brannigan en Brighton, pero hizo el trayecto en el portafolio de Jack hasta San Francisco. Su retrato fascinó al excelente vendedor, quien lo leyó y releyó de pie en su salón. Impasible. Coryn pensó que su hermano era realmente hábil, sutil y talentoso. «No puede marcharse a Afganistán.» Se prometió que lo llamaría para disuadirlo, pero con el desfase horario y la vuelta a la rutina no lo hizo.

En San Francisco las cosas eran decididamente distintas. En San Francisco Coryn pensaba en la tarjeta que Kyle le había dado en el parque.

Sin embargo, transcurrieron muchos días sin que encontrase el valor necesario para... «¿Para qué?» Incluso dar forma a su pensamiento era difícil. Era como tener un deseo y balbucearlo. Era querer y tener miedo. «No es el momento», concluía, y las tareas cotidianas le ocupaban el resto del tiempo. Como el *Times* que la joven compraba con regularidad para saber lo que hacía Timmy, aunque existiera un desfase entre el momento en que él «abordaba un tema» y el momento en que Coryn lo descubría.

Jack, cuyo ego había recibido recientemente un buen golpe de *shining*, aceptó que el trabajo de su genial-cuñado formase parte de las conversaciones en la gran casa blanca. Las lisonjas habían tenido repercusiones y habían generado otros artículos en la prensa estadounidense. Y, desde luego, Jack no era insensible a los halagos.

Cada vez que encontraba un artículo de Timmy, su hermana lo recortaba con esmero y lo pegaba bien recto en un cuaderno que había comprado a tal efecto. Jack no decía nada. No, no había cambiado, pero es que su artículo ocupaba las tres primeras páginas del gran cuaderno...

¡Oh! ¡Cuánto le gustaba a Jack ser el primero en todo!

Llegaron los últimos días de octubre y de buen tiempo en el hemisferio norte. Se levantó un viento poderoso, que anunciaba la llegada del invierno.

En Londres y en San Francisco se instaló la lluvia. Pronto el frío entumecería al mundo y desfiguraría los árboles. Las ramas quedarían desnudas. Solo un ciego no podría ver que revelaban la arquitectura de su esqueleto.

En Londres y en San Francisco, Mary y Coryn pensaban de vez en cuando en Andy Dufresne. En su valentía, en su tenacidad, en la fuerza de la Suerte y en la convicción de Andy de que un día caminaría descalzo por su sueño.

Mary no descubrió el brazalete enseguida. Tenía abrigos de todos los colores y no fue hasta varios modelos después cuando volvió a ponerse el famoso blazer.

—¡Qué idiota! —dijo temblando y tapando al bebé con la manta—. Mi pobre chiquitín, ¡tu mamá ve un rayo de sol y se pone una chaqueta ligera! Deberías vigilarme más de cerca.

Metió la mano izquierda en el bolsillo, frunció el ceño y sacó un objeto metálico y frío. «La madre que...» Se sentó, con las piernas entumecidas, en el primer banco que vio.

Contempló un buen rato la joya en la palma de la mano y miró a su hijo.

—¿Y qué hago ahora? ¿Sabes?, algo así... debe de valer una fortuna.

A decir verdad, Mary Twinston no estaba tan sorprendida. En cualquier caso, no por cómo Coryn le había hecho el regalo.

—Tengo que darle las gracias.

Fue en metro hasta el Barley House, donde Coryn se había hospedado, y fue al mostrador. «Gracias a Dios, el conserje es un hombre mayor y no un mocoso.» Mostró una sonrisa sincera y explicó que había extraviado su agenda y que tenía que enviar sin falta una cosa a su amiga, la señora Brannigan, y que necesitaba su dirección...

—No estoy autorizado a facilitarla. Pero si me entrega su «cosa», puedo hacérsela llegar a su amiga.

—¿Haría eso por mí?

—Entra en mis funciones, señora.

—¿Tiene algo para escribir?

El conserje le dio papel de carta y un sobre. La joven escribió: «¡Zihuatanejo! Un millón de dólares de gracias. Te quiero. Mary».

38

Como en cada una de sus sesiones de firma de autógrafos, los F... atraían a las masas. Los medios de comunicación no dejaban de «mediatizar», pero el grupo no había concedido ninguna entrevista desde su llegada a Londres. Timmy seguía soñando con escribir su artículo. Por eso, feliz de haber descubierto el paradero de los músicos ese mismo día, se coló entre los espectadores que se apiñaban en la gran tienda. Había gente de todas las edades. Había fans que hablaban de todos los conciertos que habían visto. En varias fechas. En varios países. En varios años. Su conversación tenía algo de fascinante y también de terrorífico. Eran una mina de oro en detalles. Timmy localizó a cuatro Patsi con solo mirar al frente. Ninguna era la Patsi que quería ver. Finalmente entrevió su melena pelirroja. Su vestido con corpiño rojo. Sus hombros tatuados. Pero fue su sonrisa la que lo atrapó. Era tan luminosa como encandiladora. Una chica joven a su derecha le preguntó si sería tan amable de sacar una foto con su iPhone porque él era alto.

—¿Qué edad tienes? —preguntó Timmy tras devolverle el móvil.

—Dieciocho.

El joven la escrutó.

—No pongas la foto en Facebook.

—Mi madre no sabe cómo funciona.

—Un consejo: no te fíes de las madres.

La chica sonrió y, bruscamente, sin darse cuenta, Timmy se vio propulsado ante Kyle. Le tendió su CD para pedirle una dedicatoria, le dio las gracias y le dejó una tarjeta profesional.

—Me encantaría hacerles una entrevista.

Steve respondió que no concedían ninguna por el momento. Su agenda no les permitía… Por inercia, Kyle miró la tarjeta. «Tim Benton.» En los últimos tiempos el músico tenía sus dudas sobre lugares y fechas, pero una memoria excelente para las notas, los nombres y las caras. De inmediato le vino un recuerdo preciso. Coryn se llamaba Benton antes de casarse con aquel capullo. Levantó la cabeza. Tenía el corazón acelerado. Al joven de la camisa roja ya lo había engullido la multitud. Kyle se levantó y lo descubrió a unos metros, alejándose. Sin reflexionar, fue tras él.

—Dígame, ¿no será por casualidad pariente de Coryn Benton? A ver, quiero decir, de Coryn Brannigan.

—Es mi hermana —respondió Timmy sin reprimir una sonrisa.

—Tendrá su entrevista.

—¿En exclusiva?

—En exclusiva —confirmó Kyle—. Lo llamaré mañana.

Al día siguiente telefoneó a Timmy. Se dieron cita e hicieron la entrevista. El músico había sabido convencer a los otros miembros del grupo de que tendría «gracia» hacerla. No les dijo que Tim Benton era el tío del niño que había enviado al hospital. Y mintió sin escrúpulos, afirmando que el periodista era el amigo del amigo de un amigo y que esperaba que el reportaje abriese a ese joven algunas puertas.

—Sabemos lo que es la Suerte, ¿no?

De entrada, los tres estuvieron de acuerdo. «Sin duda.» Estaban bien situados para saber lo que era un relevo. ¿Y qué se hacía en un relevo?

—Concentrarnos en la mano que se tiende.

Timmy se mostró contundente, encantador y cordial. Prometió a Kyle que nunca contaría nada del accidente y que quedaría «en familia». La expresión gustó al músico. Cuando lo acompañó a solas hasta el ascensor del hotel, el periodista no pudo contenerse y le dijo que lo saludaba de parte de su hermana.

—Oh... —dijo Kyle, como si hubiese tropezado.

—Coryn ha pasado unos días en Londres con su marido y los niños. Llegaron el mismo día que ustedes. Tiene gracia, ¿verdad?

A Kyle se le escapó una sonrisa al acordarse de la melena rubia que había entrevisto en el vestíbulo del aeropuerto. «La vida...», se dijo con una emoción que le subió como una flecha al corazón. Miró a Timmy a los ojos y le encargó que devolviera el saludo a su hermana.

—Discretamente —puntualizó.

—¡Ah! Usted también se ha dado cuenta de que su marido es un poco... nervioso.

—¿Un poco? —repitió Kyle, sin saber qué más añadir.

—Si supiera de dónde venimos, se inclinaría a pensar que Coryn ha sido afortunada. Somos once hermanos, y ella es la única chica. No le ocultaré que mis padres se han aprovechado de ella muchísimo.

—Entiendo.

La voz atronadora de Patsi les llegó desde el extremo del pasillo.

—¡Kyle! ¡Teléfono! Jaaane…

—Mi hermana —dijo el músico con un guiño cómplice.

El periodista le dio una palmada en el hombro y también las gracias antes de desaparecer en el ascensor. Estaba más que satisfecho. Kyle estaba más que contento. La entrevista sería buena y Kyle tenía el número de Timmy. «¿Para qué?», le preguntó su conciencia. «¡Para añadirlo como un adoquín más al camino de las pruebas!»

Los demás no supieron nunca quién era Timmy. ¿Para qué? «La vida…», se dijo de nuevo Kyle mientras recordaba el leve balanceo de la melena de Coryn. La luz que desprendía. La música que había sentido.

39

Hay días en que los astros toman conciencia de que existes y deciden inclinarse sobre ti. De hecho, para demostrarlo, te conceden una lluvia de acontecimientos. Felices o infelices. Que te salvan o que te sacrifican. O las dos cosas a la vez...

Ese 29 de noviembre los astros se las ingeniaron para que Coryn recibiese varias noticias que imprimieron un serio acelerón al cambio iniciado en el curso de su vida.

Aquella mañana, mientras se peinaba en el cuarto de baño, Malcolm empujó la puerta y se quedó tras ella con los brazos a los costados, sin moverse. Coryn se volvió. Su hijo tenía en sus ojos claros una sombra que la dejó helada.

—No había ardilla.

Ella se arrodilló.

—¿Y qué perseguías?

—Mi pelota. Pero le dije al policía que no era mía.

—¿Por qué?

El niño se encogió de hombros.

—¿Por qué no lo explicaste?

—Papá me prohibió que la sacara a la calle —murmuró abrazándose al cuello de Coryn—. No se lo contarás, ¿verdad?

—Te lo prometo, Malcolm. Nunca se lo contaré.

La joven mujer siempre había vigilado con el rabillo del

ojo la relación de Jack con sus hijos. Ni una sola vez había visto que les levantara la mano. Era estricto y severo con ellos, pero justo. Sin embargo, esa mañana comprendió que había olvidado algo esencial. Había olvidado mirar en los ojos de su hijo. Y lo que vio —esa sombra— la sobrecogió.

—¿Era de esto de lo que querías hablar conmigo en el cuarto de baño del hotel, en Londres?

—Sí.

Coryn recibió su primera descarga eléctrica del día. Se sintió culpable. Ciega. Egoísta. Malcolm había callado esa mentira demasiado tiempo, lo que implicaba que Jack le daba miedo de una forma u otra. Porque esa sombra no era solo el temor a recibir una bronca, sino algo más negro. Mucho más de lo que había imaginado. Miró a su hijo a los ojos y prometió que lo protegería. Siempre. Malcolm se abrazó de nuevo a ella y se fue corriendo a cambiarse porque esa mañana esperaban a un payaso en el colegio con una máquina para hacer pompas muy grandes.

—¿Me lo contarás?

—Sí.

—¿Todo?

—Sí, mamá.

«¿Qué podemos hacer para salir de esta?»

40

La segunda descarga eléctrica la recibió Coryn poco después de dejar a su hijo en el colegio y a Daisy en la guardería. La joven pasó por el Sweety Market, que tenía el privilegio de vender pan francés y numerosos periódicos extranjeros. Entre ellos, el *Times*, gracias al cual Jack podía presumir en su despacho hablando del estupendo artículo con la firma de su cuñado.

A Coryn le gustaba ir al Sweety Market. «Necesariamente...» Esa mañana pensó que, en efecto, había algo «tierno» entre sus paredes. Compró dos *baguettes*, unos espárragos frescos, el periódico. Pasó por caja, pensaba en Malcolm. Christa dormía en el portabebés de mano que Jack le había regalado. «¿Y Daisy? ¿Tendrá miedo ella también?» Coryn se detuvo en el paso de peatones. Abrió el periódico, hojeó las páginas, una, dos, tres, cuatro, cinco, y no cruzó.

Un largo artículo y dos fotos ocupaban una página entera. Miró al final de la hoja y leyó: «Escrito por Tim Benton». El corazón le dio un vuelco. Todo a una se dijo: «Así que mi hermano lo ha conseguido» y «Voy a volver a ver a Kyle». Ese segundo pensamiento, que se le escapó directamente del corazón, la impulsó a cerrar el periódico, sonrojándose por haber formulado esa idea y feliz de haberla tenido. ¡Qué audacia!

Cruzó la calle, levantó la cabeza y dejó que el viento peinara su melena hacia atrás. Olía a mar y a lejanía. Olía a viaje y a sal. Aportaba sabor a su vida. Desvanecía sus negros pensamientos como nubes inútiles, y el sol pálido de ese día de noviembre tuvo de pronto un fulgor inesperado.

Lo mismo que la cartera que, en la calzada, le dio el correo en mano. Por lo general, y así era desde hacía cuatro años, aquella mujer de uniforme que se movía como una sombra se limitaba a echar las cartas al buzón. La joven aceleró el paso para coger los sobres y le dio las gracias por haberla esperado.

—Que tenga un buen día, señora Brannigan.

Coryn se fijó en el sello inglés que destacaba sobre todo lo demás. Una carta a la atención de la señora Coryn Brannigan... Tercera descarga eléctrica. Una carta que no habían escrito sus padres ni Timmy. Una carta que lucía en el borde izquierdo el logo del hotel londinense donde se habían alojado... Coryn sacó las llaves. Temblaba tanto que le costó abrir la cerradura.

«¿Será...? No. Es imposible...»

41

Coryn ya no se permitía pensar cualquier cosa. Cerró la puerta blindada, dejó a Christa en el balancín del salón y, sin siquiera quitarse el abrigo, desgarró el sobre. Dentro había una hoja plegada en cuatro. Leyó, temblando, las escasas palabras escritas con letras alargadas de trazo grueso en el centro.

El mensaje que el conserje del hotel había enviado por correo una semana antes tenía la misma intensidad que cuando fue redactado. Coryn pronunció en voz alta «Zihuatanejo», y tuvo la sensación de que Mary estaba con ella en su salón blanco.

Era inútil escribir nada más. Cuando las palabras son superfluas, saben desaparecer. Se dijo que el tiempo y el espacio no eran dimensiones inmutables en el universo. Es más, ese día se asemejaba a un día de Navidad. Coryn había recibido los regalos con los que soñaba y que no osaba pedir. El artículo de Timmy y la carta de Mary. Dos regalos. «Bueno, tres, si cuento la sonrisa de la cartera», se dijo divertida antes de quedarse petrificada. Porque también había recibido una advertencia. Malcolm tenía miedo de su padre... El cual, y no podía venirle mejor, estaba de viaje. Casi un regalo complementario. «Solo que vuelve esta noche.»

La joven echó más leña al fuego de la chimenea, tapó a

Christa con la manta y se sentó en el sofá. Los espárragos captaron su mirada. Estuvo en un tris de levantarse para meterlos en el frigorífico, pero no lo hizo. Abrió el periódico y leyó la entrevista de Timmy. Estaba bien hecha, era ocurrente e impactante. Las últimas líneas la conmovieron:

—«No voy a preguntarle cuáles son sus fuentes de inspiración, pero me gustaría saber a qué se aferra cuando, como todo el mundo, pasa un mal trance en su vida».

Kyle había respondido:

—«A las ramas de los árboles. En particular, de un abedul».

Eran las últimas palabras de la entrevista. «En particular, de un abedul.» Palabras escogidas para hacer diana. «Dios mío», se dijo Coryn. Miró las dos fotos. En la más grande salían los tres chicos sosteniendo en los brazos a Patsi, tumbada a lo largo. Era sencillamente magnífica. Y la segunda… la segunda era una fotografía de Kyle sentado en un sofá. Solo. Se había apartado el mechón y miraba al objetivo. A Coryn le pareció que tenía la misma expresión que cuando le había preguntado si quería almorzar con él. ¡Oh! Le habría gustado tanto… Le habría gustado tanto oír de nuevo su voz. ¿Le habría dicho Timmy que era su hermano?

Sí, ese artículo, su contenido, era un regalo suplementario. Lo que sumaba un total de… Coryn cerró los ojos. Quizá se quedó dormida. Pero estuvo soñando, eso seguro, hasta que Christa despertó.

42

Metió a la pequeña ya saciada en su cama, y aguardó a que su respiración fuera regular y fluida para bajar al salón. Buscó las tijeras y tuvo cuidado de cortar con esmero las fotos. Cuando destapó la cola, tuvo un sobresalto. «¿Qué estoy haciendo? ¡No voy a estar tan tarada como para poner este artículo en el cuaderno!» Porque, sí, habría que ser totalmente estúpida y suicida para burlarse así de Jack.

Tenía que... que... esconderlo. Habría podido echarlo al fuego. Pero ¿cómo iba a rechazar un regalo? Solo quedaba la posibilidad de ocultarlo. Se levantó y consideró hasta el último rincón del salón. Luego todos los de la cocina, el cuarto de baño, el garaje y el resto de las habitaciones. Cada vez que posaba la mirada en un sitio, al instante consideraba que no era lo bastante seguro. «Pero tengo que encontrarlo», se alarmó, y rogó a santa Buena Idea que la iluminara. Transcurrieron los minutos sin descubrir el escondite idóneo y el péndulo del salón vomitó de súbito tres golpes sordos.

Un frenesí se apoderó de la joven. Las tres. Debía apresurarse para llegar a tiempo a la salida de clase. «¿Cómo he podido perder tanto tiempo?» Guardó la cola y las tijeras en el sitio de costumbre y subió deprisa al dormitorio donde estaba Christa. Metió el artículo en el último cajón de la cómoda, bajo el papel de seda que separaba el fondo de la ropa del bebé. En el mismo sitio donde escondía el libro de Mary. Era el escondite más fiable. Jack no guardaba la ropa de los niños... «Para empezar, deja la suya tirada por ahí cuando se la quita.»

Christa dormía tan profundamente que no se despertó cuando su madre la instaló en el cochecito. No la vio ponerse el abrigo con prisa, recoger el periódico, los recortes caídos al suelo impecable y la carta de Mary allí en medio. Como tampoco la vio salir al trote hacia el colegio.

El viento era más frío y soplaba más fuerte que por la mañana. Coryn bajó la capota del cochecito al máximo y se sintió atravesada por un terror súbito. ¿Y si Jack leía el *Times* en el avión? No, era algo improbable en un vuelo doméstico. «¿Y si me pregunta si lo he comprado hoy? Mentiré», se dijo tirando el ejemplar a una papelera de la calle. «Diré que no había. O que lo he olvidado. Pero ¿qué he hecho... aparte de soñar?»

Retuvo hasta el último momento la carta de Mary, la invadió el pánico, titubeó, y luego leyó atentamente la dirección antes de tirarla también. «¡Oh! Perdóname», pensó retomando la carrera. La joven mujer estaba tan confusa que le costaba concebir una idea coherente. «El día de hoy está demasiado lleno de demasiadas cosas.» Tantos regalos de Navidad para una chica que nunca había esperado ninguno. De pronto le habría gustado... «retroceder unos meses. Para volver a vivirlo todo». Le brotaron las lágrimas. Se pellizcó la nariz con fuerza.

Coryn vio otra vez las cifras azules y en cursiva escritas en la tarjeta que Kyle le había tendido en el parque, no muy lejos de allí. «(415) 501 7206.» La dirección no la había retenido. ¿Demasiadas emociones? No. El día que Kyle quiso dársela, ella no se había atrevido a leer nada más que el número de teléfono.

Ese número representaba la esperanza, tan loca como insensata. Existía. Como una respuesta a la pregunta que la atormentaba desde Inglaterra.

«¿Qué podemos hacer para salir de esta?»

43

En Londres, el agua que circulaba ruidosamente por las cañerías de la ducha no despertó a Kyle. La señora Migraña lo saludaba con un buenos días. Esa mañana la muy zorra era discreta, cortés y casi amable, pero el músico sabía que eso nunca era una promesa. Migraña era una compañera imprevisible. Se volvía malvada, cruel y devastadora cuando se le antojaba. Si quería. Antes de que las cosas terminaran en drama. Kyle se levantó a por café. Litros de café mientras el agua seguía gorgoteando. Se terminó la tostada en el momento en que dejó de oírse el agua. Luego una segunda, una tercera, y una manzana, sin ver a Patsi aparecer.

Cuando abrió la puerta del cuarto de baño, Patsi estaba a punto de salir y lo apartó de su camino.

—¿Ya estás vestida?

No hubo respuesta. Solo una mirada. Sombría. Muda. En la que Kyle captó que él no estaba listo para la visita de un enésimo apartamento.

—¿A qué hora tenemos la cita?

—Tengo la cita, porque yo sí estoy preparada —dijo poniéndose el abrigo de color amarillo canario—. Tú llegas tarde y te quedas aquí.

—De todos modos eso no cambia nada, porque siempre eres tú quien decide.

—Decido yo porque a ti te la pela saber dónde vamos a vivir.

Impasible, se apretó el cinturón al máximo. Kyle la retuvo por la muñeca.

—Estoy cansado.

—Te repites, Kyle. Y me cansas.

Se soltó el brazo con un gesto seco y abrió la puerta del pasillo diciendo que…

—… es hora, ya es hora, de que veas a un matasanos y a un psicólogo. Te facilitaría la vida… Y a mí también, por cierto.

Luego, antes de que Kyle abriera la boca, recapacitó.

—Es verdad, lo olvidaba, te gusta sufrir.

—Cierra el pico, Patsi.

—¡No! —explotó ella—. ¡No tengo ganas de cerrar el pico! No me hace gracia ver cómo te regodeas en tu dolor y ya no me hace gracia vivir con un tío que no deja de flagelarse por no haber podido salvar a su madre.

Kyle no supo si esas últimas palabras habían sido escogidas para fustigarlo o si formaban parte de la gran familia de los lapsos. Pidió a Patsi que lo dejara en paz. Lo que ella no hizo. «Necesariamente.» Se quedó mirándolo un minuto entero, con los brazos cruzados.

—Sabes que tengo razón.

—No estoy dispuesto a escucharlo.

—Te doy dos minutos para que te vistas, si no…

Se censuró ella sola.

—Si no ¿qué? ¿Harás que pongan el piso a tu nombre? Así, cuando estés harta de mí, de mis migrañas y de mis estados de ánimo, ¿podrás echarme?

—¡Qué perspicacia! Bravo.

—Me vuelvo a la cama.

Dicho y hecho. Cerró los ojos y se los cubrió con un brazo.

Oyó que Patsi se acercaba con paso tranquilo.

—Ya no me quieres.

—Sí.

—Mientes —afirmó ella.

Kyle abrió los ojos. Patsi expresaba el problema por fin. Lo había visto acercarse y alejarse. Lo había traducido incluso extraña y cobardemente por un «hazme un hijo». Era inevitable que un día u otro el problema que pesaba como un cielo plomizo de noviembre reventara. Patsi era la más valiente de los cuatro.

—Yo —continuó la chica— no sé si sigo queriéndote y no sé si tengo más ganas de ti en mi cama.

Kyle se sentó.

—Entonces tenemos que hablar en serio.

—Ahora no —repuso ella—. Tengo cita para ver un piso que promete. Me gusta que las cosas sean claras y limpias, y odio la ciénaga en la que nadamos.

—Patsi...

Lo miró y dijo que no dormiría allí esa noche. Kyle tuvo ganas de preguntarle adónde pensaba ir, pero no lo hizo. Ella salió de la suite sin dar portazo. Y sin cerrar las puertas.

Era una mujer lúcida y resuelta. Había entendido que su camino había llegado a una encrucijada, mientras que él se preguntaba cuándo —y por qué— las cosas habían empezado a desgastarse. ¿Había sido después de conocer a Coryn? ¿Antes? Kyle era incapaz de distinguirlo. Patsi y él habían pasado tantos años de vida juntos, de trabajo juntos, de amarse, admirarse, discutir por una nota, un acorde, una variación de tono... Se conocían al dedillo y acaso demasiado. A Steve y Jet les parecía normal. Visto desde fuera, Kyle y Patsi se comportaban como era su costumbre; pero visto desde dentro, se observaban y analizaban de otra manera. Uno contra el otro, ya no en equipo. Patsi había aborrecido lo que Kyle había escrito a su vuelta, tras la muerte del Cabrón. Seguramente apreció en su música esa ínfima diferencia. De hecho, por algo había dicho y repetido hasta la saciedad:

—No tocaré jamás ese tema.

Pero ¿cuándo se consume el amor? ¿Te das cuenta enseguida o hace falta tiempo para que las cosas afloren de una vez? Ni el uno ni el otro habrían sabido responder a eso. Si Jane hubiese estado allí, habría añadido que lo mismo pasaba con la violencia. Patsi aborrecía a Jane. Las dos mujeres no se entendían. La artista consideraba que trazar una raya sobre el pasado era la única vía de supervivencia. Enfrentarse a él de raíz como hacía su «casi cuñada» era sencillamente incomprensible. Sufrir como Kyle era suicida. Ni él ni Jane lo habían pretendido nunca.

Kyle se puso de lado para huir de la luz blanca que se colaba entre las cortinas mal corridas. La señora Migraña cobró intensidad, y él se precipitó al baño para vomitar. Expulsar de su cuerpo lo que no digería. Siempre el mismo ritual. Siempre los mismos calambres. Siempre meter la cabeza bajo el agua para lavarse. El efecto sería calmante durante unos minutos. Los necesarios para volverse a la cama y hundirse en ella.

Patsi. Coryn. Patsi. Coryn... Migraña. Migraña. Migraña.

Las horas siguientes le ofrecieron el vacío total que necesitaba. La zorra se retiró. Acaso aspirada por el agujero negro que había engendrado. Durante unos instantes furtivos solo permaneció su ausencia. Como cuando recortas a un personaje de una foto. Kyle se sintió solo, perdido y con la sensación frustrante de no tener ya poder sobre nada. De ver que se le escapaba la vida. Inevitablemente, lo asaltó la imagen de su madre con su vestido de flores saliendo del cuarto de baño, con las gafas de sol puestas y diciendo en voz alta: «Me encantaría volver al instante preciso en que los destinos se cruzan...». Kyle nunca supo si hablaba para sí o si le estaba lanzando una llamada de socorro. Sí estaba seguro, en cambio, de que él había estado allí, junto a ella, y no había hecho nada. ¡Oh! Kyle sabía que solo tenía entonces cinco años. Aun así, algunos días habría deseado volver atrás en el tiempo y comprobar si había sido negligente. O no. Si habría podido hacer algo. O no. Si era culpable. O no. «¡Mierda! Patsi, tienes razón.»

44

Eran las diez y cuarenta minutos de la mañana en Londres y las seis y cuarenta minutos de la tarde en San Francisco. Patsi no había vuelto por la noche. Y Coryn estaba a miles de kilómetros…

Kyle se prometió que en Navidad encontraría el medio de volver a verla. De una forma u otra, tenía que zanjar la cuestión. «De una vez por todas.» Aún no sabía qué le diría, pero la decisión estaba tomada. Volvería a ver a Coryn. Le diría lo que sentía de corazón. Sus inquietudes. Sus temores. Y el trastorno que ella le había ocasionado. Ese algo precioso y frágil que atesoraba y del que se alimentaba.

La espera ya no sería muy larga. Unas jornadas más de actividad en aquel estudio de Londres que, al final, había acabado por gustarle. Ese día estaría allí solo. Era perfecto. Al siguiente… grabarían y el trabajo se impondría.

A miles de kilómetros, salvando un océano y al borde de otro, Coryn sintió exactamente el mismo alivio que proporciona tomar una decisión.

«Hay días en que los astros…»

45

«¿Cuánto tiempo tengo hasta que vuelva Jack?», se planteó la joven mujer rubia mirando el reloj. Era factible... Acaso incluso posible. «¿Y si hoy fuera mi única oportunidad?»

Fue a la planta de arriba a toda prisa, comprobó que sus hijos dormían plácidamente y se puso la chaqueta negra sobre el pantalón negro. Se subió la cremallera mirándose en el espejo de la entrada. Cogió la gorra negra que Jack se ponía para salir a correr los fines de semana. Se remetió en ella la larga y rubia cabellera. Sacó dos cuartos de dólar del monedero. Abrió la puerta de la entrada y observó la calle. Ni un solo coche circulaba por Elm Street. Cerró con llave, bajó el camino de la entrada, dejó la basura en el sitio donde Jack solía hacerlo, miró a la izquierda y luego a la derecha. Luego una vez más a la izquierda y salió a paso de carrera. El viento, a esas horas glacial, le quemaba los pulmones. Los músculos de sus muslos parecían desplegarse, y desde el colegio nunca había corrido tan rápido. Recorrió su calle y giró a la izquierda por Dickson Road.

La cabina telefónica estaba a unos cuatrocientos o quinientos metros de su casa. Coryn apenas podía respirar. Descolgó el teléfono antes de reflexionar sobre lo que estaba haciendo. Introdujo una moneda, que rodó con un ruido infernal que pareció resonar hasta la luna. Lanzó una mirada alrededor y marcó el «(415) 501 7206». Al primer timbrazo, una voz femenina respondió:

—La Casa.

—...

La joven mujer abrió la boca, pero no pudo articular sonido alguno. La respiración, el valor, la voz le fallaron de pronto. Estaba a punto de colgar cuando la voz dijo:

—1918 de Boyden Street. Coja un taxi. Pagaremos la carrera.

Colgó el teléfono. Tenía las manos húmedas. Sintió vértigo y apoyó la espalda en la pared. Los músculos de sus muslos estaban desgarrados. Fue consciente de que había cruzado la puerta dibujada por Kyle unos meses antes. Acababa de entrar en un mundo donde comprendían lo que ella estaba viviendo. Un mundo donde le tendían la mano.

Un coche pasó a lo lejos y le recordó la fragilidad de las cosas. Coryn se recobró de inmediato. Salió de la cabina, miró a su alrededor, subió por Dickson hasta su calle. Nadie. Corrió lo más rápido que le fue posible hasta su casa.

No se habría ausentado más de cuatro o cinco minutos. No era mucho pero... sí el tiempo suficiente para que Jack hubiese vuelto por el otro lado. Aminoró el paso al ver el Jaguar blanco aparcado en la entrada con los faros apagados.

La puerta de la entrada debía de estar cerrada con llave. Como la del garaje... Solo le quedaba una solución. Llamar a la puerta. Mentir. Y esperar los golpes.

LIBRO TERCERO

1

Pasaron los días desde la noche de la cabina telefónica. Coryn no recibió ninguna maldita paliza. Tiró la gorra lejos entre los arbustos y pretextó que había salido a buscar el peluche de Christa, que no encontraba en casa. «He sacado la basura también. Como volvías tarde...» Jack la miró con incredulidad, pero Coryn se puso de rodillas... y él olvidó la basura y el peluche.

La joven mujer tenía el doble de cuidado. Y de paciencia. De dudas. Cambiar de vida es... «¿Sería posible de verdad?» Urdió planes. Los descartó. Los rescató. «Tengo que encontrar trabajo.» Pero ¿dónde? ¿Dónde vivir? En el fondo, una sola pregunta la frenaba.

«¿Y si me quita a los niños?»

Esa pregunta le hizo perder tiempo. La Navidad se acercaba... A Jack le gustaba recorrer las tiendas abarrotadas para comprar regalos. Le gustaban los juguetes, los envoltorios, los nudos, los lazos dorados y las joyas que su mujer resaltaba, sublimaba. Le gustaba ir de la mano de su sublime esposa y mirar a quien la miraba. En concreto, cómo los hombres la miraban y cómo esos hombres lo miraban y cómo ella, «mi mujer», agachaba la cabeza haciendo el silencioso recuento de los días hasta el «pronto».

«Quizá después de Navidad...»

2

Era el último día de colegio de Malcolm antes de las vacaciones. Daisy estaba en la guardería. La joven mujer rubia dejó el periódico —neutro— en la mesa del salón. Jack podría comprobar por sí mismo que Timmy no había publicado nada. De hecho, desde hacía un tiempo Coryn no había vuelto a leer nada de su hermano. «Con tal de que no esté ya en Afganistán...», se dijo. Consideró la idea de «pedir permiso» para telefonearle. ¿Y si lo llamaba desde la cabina? Harían falta muchas monedas, y Jack hacía —pedía— las cuentas todos los días. O al día siguiente... «¿O el día de Navidad?»

Terminó de guardar los platos y las tazas del desayuno y se afanó con la colada, para la cual «no necesito el permiso de Jack», pensó. Desde su escapada a la cabina de teléfono la asaltaba esa clase de ideas. Sí, Coryn seguía confeccionando listas, pero listas precisas de lo que no tenía derecho a hacer como las jóvenes mujeres con las que se cruzaba a la puerta del colegio de Malcolm.

En ese instante, mientras doblaba la ropa tras la colada, pensó en las prendas que debería seleccionar. Subió la primera pila al cuarto de Malcolm. La guardó, y se dijo que el niño necesitaba pantalones nuevos.

Fue con la segunda pila al cuarto de Daisy y luego abrió

la puerta de Christa con el mayor sigilo posible. La pequeña dormía como un ángel, con los brazos encima de la cabeza. Coryn puso los petos en el primer cajón, los suéteres en el segundo y, por último, tiró del tercero para guardar los pijamas, pero... se quedó con el tirador en la mano. Le fue imposible abrir el cajón. El pánico se apoderó de ella. Desde luego no podría pedir a Jack que la ayudara a arreglarlo. Si para ello tenía que volcar el contenido, descubriría inevitablemente el libro de Mary y el artículo de Timmy. Solo se fijaría en la foto de Kyle. «Dios mío», se dijo mientras corría al garaje para buscar el destornillador adecuado. Destornillador que no encontró en el banco. Ni en todo el garaje. Ni en el segundo coche. Pero sí en el jardín, donde su marido lo había usado dos días antes para reparar el columpio. Coryn lo cogió, desanduvo el camino a toda velocidad, abrió la puerta que daba a la entrada y se topó de bruces con Jack. Llevaba un ramo de rosas en la mano; ella, el destornillador adecuado.

—¡Uy! ¿Estás arreglando algo?

—Quería...

Jack se inclinó:

—Como estoy aquí, ya lo hago yo. ¿Qué es lo que hay que atornillar?

Coryn vaciló medio segundo. De más. Enseguida el tono de voz de Jack pasó a ser seco y cortante.

—¿Qué es?

La joven mujer permaneció inmóvil y Jack le arrebató lo que escondía en la otra mano. Reconoció el tirador de la cómoda. Subió al dormitorio. No se quitó el abrigo ni los guantes. Si Christa no hubiese estado durmiendo en su cama, Coryn habría huido en el acto. Habría cogido las llaves que

Jack había dejado en el mueble de la entrada, habría cruzado «la puerta» de la libertad, se habría sentado al volante del precioso Jaguar y habría ido a toda velocidad al colegio y luego a la guardería. Habría sido libre. «Libre...»

Pero su bebé dormía en la primera planta, y Coryn subió la escalera. Cuando llegó al dormitorio, Jack estaba de rodillas, destornillador en mano. No la miró ni una sola vez, pero tiró del asidero del cajón. Sacó una a una todas las prendas que había en él. Ella aguardó junto a la puerta. Pensó inútilmente en el revólver que llevaba, en una funda, bajo su chaqueta. ¿Cómo hacerse con él? ¿Y qué habría hecho de todas formas?

Jack la miró. Coryn se quedó petrificada. Cuando él tenía esos ojos, la joven entraba en otro mundo. Las paredes se cernían sobre ella y solo le quedaba esperar las manos que la molerían a palos. Miró a Christa dormidita...

—Vaya, vaya, vaya... —dijo Jack levantando el libro y el artículo de Timmy—. Esto es lo que mi adorada mujercita esconde en la habitación de su inocente hija.

Se levantó. Estaba a unos centímetros de ella. No gritaría. ¿Para qué?

—¿De dónde has sacado este libro?

—De Londres. Conocí a una chica en un parque y me lo regaló...

El puño de Jack golpeó directamente el vientre de Coryn, quien cayó de rodillas.

—¿Te crees que voy a tragarme eso? Escondes un artículo del desgraciado ese y un libro partido que, según tú, te han dado en Londres, cuando yo sé que él estaba justo en Londres. Espero una explicación, mi amor.

Coryn se asfixiaba y miraba los zapatos de Jack. Estaban

246

perfectamente lustrados y anudados. Los lazos de los cordones debían de medir casi lo mismo al milímetro. Tarde o temprano, recibiría un golpe con la punta de uno de ellos en alguna zona de su cuerpo.

Jack la agarró del pelo y la puso en pie. Le apretaba el brazo, y todo lo que ella pensó fue: «Va a pasar hoy. Hoy es el último día». Alzó la cabeza y miró a su marido a los ojos.

—El libro pertenece a Mary Twinston, a la que conocí en Londres, y el artículo es de Timmy.

—¿Sobre quién?

—Sobre Kyle Mac Logan y su grupo.

—¡Léelo! —le ordenó.

—...

La mano de Jack le golpeó la cara, y este repitió con frialdad:

—Léelo.

«Va a pasar hoy.» Coryn empezó a leer mientras Jack se paseaba arriba y abajo por el dormitorio. Suplicarle que parase era inútil. Jack no se transformaba en otro Jack. Era ese hombre voluble y violento. Coryn sabía que lo que le hacía era inexcusable. Inexplicable. Imperdonable. Y que ella nunca había tenido el valor necesario ni la posibilidad de huir de él. Leía y controlaba su respiración. Su voz. Y Jack se le acercó, sin avisar, sin asestarle un solo golpe. Pero con un giro rápido apretó con una mano el cuello a su mujer. Por primera vez.

—¿Y por qué lo escondes?

—Me haces daño, Jack.

—¿Por qué lo escondes?

—Porque no me dejas vivir.

Los golpes que siguieron fueron tan fuertes que Coryn

fue incapaz de luchar. Cayó al suelo en varias ocasiones, encogida. Como un animal. El párpado derecho se le hinchó tanto que no podía abrirlo. La sangre perlaba la moqueta rosa. Jack seguía estirándole del pelo para tumbarla del todo unos metros más allá. Y otra vez y otra vez y otra vez y otra vez y otra vez y otra vez y otra vez y otra vez y... una última vez.

Se quedó inmóvil. Junto a la cama. Entrevió a Christa a través de los barrotes. La pequeña lloraba. Su hija lloraba, pero sus gritos no le llegaban. «Va a pasar hoy.» Jack se arrodilló encima de ella y le apretó la garganta con una de sus manazas mientras se desabrochaba el pantalón con la otra.

—No eres más que una guarra mentirosa y una zorra —murmuró aplastándole el cuerpo—. Siempre lo he sabido. Siempre he sabido que me escondías cosas. Como también sé que no saliste a buscar el puto peluche porque olvidaste quitar tus pelos de mi gorra. Esta vez se acabó, Coryn.

Le faltó el aire. Alzó la vista cuanto pudo para ver a su hija por última vez. Pero todo lo que Coryn vio fue el botón rojo del pesado magnetófono que los niños habían encontrado en la cabaña del jardín entre las herramientas. Esa misma mañana Malcolm y Daisy habían estado jugando con el aparato. Se habían grabado mientras cantaban y le habían hecho escuchar el resultado a Christa. Se habían reído todos juntos... «¡Oh! Cuánto se habían reído...»

3

Kyle llegó por fin a casa de Jane. Solo.

Patsi se había marchado unos días antes para no viajar con él y los otros miembros de los F..., eludiendo de paso una entrevista para una cadena de televisión. Su madre se encontraba mal. Lo cual no era del todo falso: Marion se había caído por la escalera de su casa y, como consecuencia, le habían inmovilizado un tobillo.

Sin embargo, por culpa de las nevadas imprevistas, Kyle no pudo despegar hasta la mañana del 24 de diciembre, feliz de encontrar asiento en uno de los escasos vuelos programados para ese día. Como todos los años, pasaría la Nochebuena y el día de Navidad en La Casa con Jane. Esa noche tocaría él solo para un público exclusivo. Tendría unos días por delante para encontrar la forma de hablar con Coryn. Había leído en internet que «el concesionario Jaguar de San Francisco tiene la satisfacción de acogerlos durante las fiestas para que sean unas fiestas de verdad. Jack Brannigan los recibirá en persona». Kyle lo interpretó como una señal. Su razón le había recordado que si Jack trabajaba, los niños estarían de vacaciones... «Tiene que ocurrírseme alguna idea», se dijo con toda la concentración de que era capaz.

El avión de Kyle había salido con bastante retraso, pero

gracias a eso el cantante pudo dormir durante buena parte del vuelo. Algo inaudito en sus viajes a San Francisco. «El Cabrón está muerto. Que mi alma descanse en paz.»

El aeropuerto estaba casi desierto porque la Nochebuena acaparaba a todo el mundo. Salvo a quienes estaban de servicio. A Kyle le gustaba tocar en Navidad para el puñado de supervivientes exiliadas en la residencia de su hermana, y por nada del mundo habría faltado a su deber. De modo que sí, esa noche el músico consideraba que también él estaba «de servicio».

Marcó el código de acceso a La Casa, entró y se dio un apretón de manos con Dick, el conserje.

—¡Contento de verte al fin!

—¡Contengo de haber llegado al fin!

—He escuchado el parte meteorológico y, según parece, en Londres hace peor tiempo que aquí.

—Créeme, es peor tooodos los días.

Dick lo despojó de su maleta, su guitarra y su abrigo, y Kyle recorrió el largo pasillo. Le llegaron las voces desde el gran salón. Como todos los años, habían decorado el techo con guirnaldas. Dibujos de Papá Noel jalonaban las paredes y parecían guiar los pasos de quien era esperado.

Habrían puesto velas en las mesas, y el pino más grande que hubieran encontrado, por deseo expreso de Jane, presidiría el salón. Cuidaría de los paquetes de lazos multicolores, escucharía las risas de los niños que tenían la desgracia —o la fortuna— de hallarse allí en esa época del año. Los observaría desgarrando los envoltorios, indiferentes a todo lo demás. Era Navidad, y Jane insistía en recrear una fiesta en familia con desconocidos que, sin embargo, tenían algo en común.

Kyle llegó con tanto retraso que todo el mundo estaba ya sentado a la mesa, o más bien terminando de cenar. Jane les había avisado de la llegada de la estrella, pero guardarían el secreto. No le cabía la menor duda.

En cuanto el músico abrió la gran puerta lo recibieron los aplausos. Un poco como cuando salía a escena. Algunas mujeres chillaron, recuperando al instante sus quince años. Kyle, por su parte, tenía simplemente la sensación de volver a casa. A la casa donde había crecido. Pero, como siempre, la mesa se le antojó más grande que en su recuerdo.

Todos los años, al abrir la puerta esperaba como un tonto encontrar a su hermana cenando en privado con Dan. Jane le diría que La Casa cerraba. Que el negocio tocaba a su fin. Que se marchaba a abrir un restaurante en la playa. En cualquier playa de arenas blancas y finas. Donde hiciera buen tiempo todos los días y las aguas del mar fueran cálidas. Pero Kyle sabía de sobra que aquello no terminaría nunca.

—Os presento a Kyle, mi hermano pequeño y la estrella de la familia...

De nuevo, todo el mundo aplaudió. Al músico le costó llegar hasta su hermana. Se detenía con una palabra para todos, a derecha y a izquierda, para aquellos niños que quedarían marcados para siempre por eso. «Eso que, sin embargo, nunca debería haber entrado en sus vidas.» Kyle hizo como si nada, como si solo fuera «el» cantante, y se sentó en la silla libre junto a Jane. Su hermana le tendió un plato lleno y, por primera vez desde hacía mucho tiempo, Kyle dijo:

—Tengo hambre.

—¡Espera! Está frío. Voy a calentarlo.

—Ya voy yo —dijo una voz detrás de ellos.

251

Kyle se levantó para darle el plato a la señora morena y sonriente cuando, por el rabillo del ojo, divisó en la última silla, al extremo de la inmensa mesa, a una mujer que llevaba a un bebé en brazos. La luz de la sala era pobre y la mujer tenía el pelo corto. Pero Kyle no tuvo la menor duda.

Fue un segundo después cuando el miedo a que no fuese ella se apoderó de él. La mujer volvió imperceptiblemente la cabeza hacia Kyle. Esbozó una leve sonrisa. Kyle comprendió que iba a acostar al bebé y la siguió con la mirada hasta que desapareció por el pasillo. Malcolm y la pequeña Daisy iban trotando tras ella. Kyle pensó, sorprendido, que la niña pequeña que había tenido en brazos en el hospital ya sabía correr. Pero más le sorprendió la pura felicidad que lo embargó. Le entumeció las piernas.

Si Coryn estaba allí, era porque él había estado en lo cierto y ella había reunido el valor. ¿Acaso no estaban en Nochebuena?

—Llegó hace dos días —dijo Jane en voz baja—. Tarde.

—¿Por qué no me llamaste?

—Fue un poco complicado.

Lo cual significaba, en el lenguaje de Jane, extremadamente difícil.

—¿Cómo está?

—Solo puede estar mejor. —Lo miró a los ojos—. Tenías razón, Kyle.

—¿Dónde está ese Cabronazo de su marido?

—Entre rejas.

Jane apoyó su mano en la de Kyle y July dejó el plato ardiendo bajo sus narices.

—El asado lo he preparado yo. Ya verá, estoy hecha una gran chef.

—No me cabe ninguna duda. Huele muy bien.

July sonrió. Ella también recordaba sus quince años, y Kyle devoró el plato bajo la mirada divertida de todas las presentes, que se esforzaron por reanudar con normalidad el hilo de sus conversaciones. Él no dejó de mirar el reloj. Coryn no volvía…

—¿Qué habitación? —preguntó a Jane con el último bocado.

Su hermana lo miró con una ceja arqueada. Kyle repitió la pregunta con firmeza.

—Veintitrés.

Kyle empujó su silla hacia atrás y salió por la puerta que se encontraba justo a su espalda. Recorrió a grandes zancadas el pasillo hasta la habitación de Coryn, con el corazón en un puño, y llamó con suavidad. Oyó unos pasos que se acercaban de puntillas. La manija se movió y Coryn entreabrió la puerta. Kyle entró en la penumbra de su refugio.

—Acaban de dormirse —musitó ella de perfil.

Kyle preguntó si los niños estaban bien. Coryn asintió y le hizo entrar. Los dos, uno al lado del otro y lo bastante cerca para sentir el calor mutuo, contemplaron a los tres críos dormidos.

—¿Es una niña?

—Sí.

—Nació en junio, ¿verdad? —susurró Kyle, que recordaba muy bien el día de su llamada al hospital.

Coryn asintió. Ella también recordaba muy bien el mensaje de la secretaria. Dijo que se llamaba Christa.

—Es adorable.

El bebé arrugó su pequeña nariz, y salieron del cuarto. La joven mujer cruzó el suyo y salió enseguida al pasillo, por miedo y por reflejo. Jack no estaba por allí, pero ella seguía temiendo que la sorprendiera en una situación comprometida.

Coryn forcejeó con la puerta para cerrarla con llave, manteniendo obstinadamente la cabeza gacha. De perfil. Kyle la observaba. Le temblaban las manos.

—No estoy acostumbrada a esta cerradura.

En el momento en que el joven se acercó a ayudarla fue cuando vio su ojo izquierdo. Entonces comprendió por qué evitaba mirarlo de frente. Apoyó los dedos en su barbilla. Ella no opuso resistencia. Sus miradas se cruzaron. Se comprendieron. Kyle lo vio todo. El párpado hinchado, la herida en el pómulo, el labio hendido y las marcas oscuras que sobresalían bajo el pañuelo con el que se cubría el cuello. Así como las que no eran visibles. Coryn se tapó la cara con las manos. ¡Oh! No por coquetería. Ni por el deseo de desaparecer y no tener que explicar por qué había aceptado sufrir aquello. No. Tan solo quería contener el mar de lágrimas que le resultaba imposible reprimir un segundo más. Entonces Kyle hizo lo que había deseado hacer desde su primer encuentro. Atrajo a Coryn hacia sí y la abrazó.

«Hold you in my arms…»

4

Coryn lloró durante minutos enteros. Despacio y sin ruido. Ninguno de los dos se movió. Y Kyle no pensó en nada más que en protegerla.

5

—Su camisa está empapada —dijo ella finalmente.

—¿De qué sirven las camisas si no es para enjugar las lágrimas de las chicas?

Ella sabía por qué fingía desenvoltura. Le llegó a lo más hondo del alma. Kyle la encontró radiante. Serena. Terriblemente hermosa.

La puerta del pasillo se abrió con un ruido, recordándoles que el presente era la realidad que tocaba vivir. Apareció Jane y se detuvo, comprendiendo en el acto que no podía ser más inoportuna.

—Kyle, cuando estés listo… Quiero decir que te estamos esperando. Les había prometido…

—Ya vamos.

Jane desapareció con la misma rapidez con la había aparecido, y Coryn pensó en las palabras que Kyle acababa de pronunciar. «Ya vamos» y no «ya voy». La miró con expresión interrogante. Ella le indicó que estaba preparada.

Sin una palabra, sin ningún malestar, sin romper el vínculo que los había retenido uno al lado del otro, avanzaron por el pasillo con una conciencia precisa de la intensidad del instante que acababan de compartir. Felices. Conmovidos. Abrumados y perplejos por estar allí, juntos.

Antes de abrir la puerta del salón, el músico dijo que

volvería junto a ella después de tocar. Coryn sonrió, pero no lo siguió con la mirada cuando él se abrió camino entre las sillas. Los gritos lo engulleron. «Necesariamente.» Una estrella… ¡de carne y hueso! Y que esa noche, a menos de cinco metros de las primeras filas, se convertía en regalo.

Todos los asientos estaban ocupados. Coryn tuvo que sentarse encima de una de las mesas que habían arrimado a la pared del fondo. Kyle subió al escenario improvisado y lo iluminó. «El escenario es su vida», pensó la joven. Era tan evidente como natural. Kyle se sentó al piano, colocando el taburete en el sitio preciso que debía ocupar. Porque el lugar de las cosas siempre debe ser preciso, ¿o no? Un dedo que resbala es una nota equivocada. Una presión demasiado fuerte y la emoción se esfuma… Huye y desaparece. La sutileza muere y la banalidad sustituye lo excepcional. Lo mágico. «No hace falta mucho para cambiarlo todo…»

Kyle arrancó dos o tres notas al piano. Sus dedos se deslizaron sobre las teclas como si le pertenecieran y entonó canciones para la ocasión.

—Parece ser que Papá Noel las oye —dijo con un guiño a los niños—. Si pensamos en él con fuerza…

La música inundó la sala y su voz envolvió a todo el mundo. Coryn dejó su mente en blanco —como las otras personas allí presentes— y no dejó espacio para nada más. Estaba segura de que todos se preguntaban si el artista era consciente de sus dones. Cantar y tocar tan maravillosamente bien y con tanta precisión emocional era… mágico. ¿Qué otra palabra podía expresarlo? Sí, Kyle debía de ser un poco mago. De hecho, ¿no había captado lo que le pasaba a ella? Algo de magia tenía por fuerza ese hombre para poder percibir lo que nadie había sospechado jamás.

Kyle se separó del piano y dijo sonriendo que se había calentado... y que ya era hora de pasar a la guitarra. Tocó y cantó de nuevo. Estaba en otro universo. «Me gustaría ir a donde él va...»

Dos o tres veces —en verdad, muchas más— Coryn supo que el músico la miraba. A ella. «A mí.» Faltaban unos minutos para que ya fuera Navidad. Coryn no pudo evitar pensar en sus hijos... En el juicio venidero. En el siguiente y aterrador enfrentamiento. En el divorcio, que la arrastró a otro mundo. El suyo. Coryn no volvió a la realidad hasta que una de las mujeres de la primera fila pidió una canción en particular... Kyle respondió que no podía tocarla solo, sin los otros miembros del grupo. Otra persona del público preguntó si Patsi y él habían hablado de matrimonio. Él sonrió y dijo que su gira actual era muy exigente.

—Tienes razón —soltó una de las espectadoras—. ¡Hay que pensarse mucho lo de casarse! ¿A que sí, chicas?

Cayeron otras preguntas extremadamente personales, y Coryn se sintió más incómoda que él. Bajó de la mesa y se fue a su cuarto.

«Mi concierto ha terminado.»

6

Jack estaba de pie junto a la ventana de su celda cuando el guardia exigió que se acostara.

—Ni lo sueñes, colega. Puede que sea Navidad desde hace unos minutos, pero nadie se ha escapado nunca de aquí.

El preso se plegó a sus órdenes e hizo como que no veía las llaves relucientes que colgaban de su cintura y que entonaban la dulce melodía de la libertad. Canturreó para sus adentros que «un buen día...».

—A propósito, Brannigan, mañana tendrás compañía.

—¿Es mi regalo de Navidad?

El guardia soltó una risita.

—Pse. En fin, yo que tú tendría cuidado de no jugar demasiado con él. Es un regalo nervioso, qué digo, explosivo.

Jack subió al catre bajo la mirada tórrida del guardia, quien le deseó con guasa una muy «feliz Navidad». A lo cual repuso:

—Lo mismo digo, señor.

Le dolía tanto la cabeza que se quedó sentado repasando una a una las palabras que había dicho a los policías y a su abogado durante los interrogatorios. Volvió a pensar en lo que había callado. En Mac Logan y en el artículo que la estúpida de su mujer había hecho desaparecer juiciosamente del dormitorio. «Eres astuta. Yo también, mi amor. Y te agradezco de antemano que me hayas dado carta blanca para arrancarle la piel con toda libertad.»

Jack habría sido un excelente ajedrecista si hubiese tenido inclinación por el juego. En fin, por ese juego. La inexistencia del artículo significaba que Coryn no diría nada. «Para proteger al desgraciado de su cantante.» Así que Jack haría lo mismo. «Para no atraer la atención hacia el punto exacto donde quiero golpear.»

¡Oh! ¡Y tanto que sí! ¡Esa era la noche de Navidad y de los deseos! Brannigan hizo su lista como un niño mimado. Jugaría sus cartas con finura y sería muy prudente. No como la araña descerebrada que tuvo la inconsciencia de cruzar el techo justo por encima de un Jack entre rejas. La aplastó con la palma de la mano.

—Feliz Navidad, zorra.

7

Lo inefable. Los secretos. Las cosas que no contamos por pudor. Las cosas que nos guardamos por miedo. Las cosas que callamos a propósito. Las que no podemos revelar por imposibilidad.

¿Dónde metemos todos estos horrores? ¿En qué se convierten? ¿Deciden nuestra vida?

8

Tres golpes secretos. Como tres notas de música. Coryn abrió la puerta. Kyle estaba allí, con una botella de champán en la mano.

—¡Feliz Navidad! También traigo zumo de naranja.

—Gracias.

—Tenía miedo de que te hubieses acostado ya.

—No —dijo—. He... he...

No pudo confesarle que se había quedado dando vueltas por su cuarto, tratando de ordenar racionalmente sus locos pensamientos. Se había tomado dos vasos grandes de agua y había abierto la ventana para dejar que el frío mordaz desinfectara la estancia de sus ideas negras. Mil veces había dudado si volver al comedor. Pero asistir al despliegue de curiosidad no era decente para la joven mujer rubia. De manera que no se le había ocurrido nada mejor que recorrer los doce metros cuadrados de su habitación-salón torturándose el espíritu.

Y en eso Kyle había llamado a su puerta y estaba allí. En su habitación. Sonriendo.

—¿Puedo? —preguntó él señalando el sofá que había junto a la pared.

—Sí, sí.

Se sentó y llenó una copa de champán hasta el borde y

después otra de zumo de naranja. Sus gestos eran seguros. No tembló cuando levantó las copas, y Coryn se dijo que notaba que algo fluía entre ambos, como cuando se habían conocido. La ausencia de extrañeza en presencia del otro, un sentimiento que le hacía sentirse natural. Bien. «¿Completa?»

Kyle le dedicó una sonrisa; una invitación. Ella se sentó a su lado y aceptó la copa de zumo que le tendía.

—Pide un deseo. Uno gordo, hermoso. Irracional.

—Creo que ya me ha sido concedido.

—Pide otro —añadió mirándola a los ojos.

Coryn agachó la cabeza.

—Jamás habría imaginado que un día tendría la fuerza de... —Cerró los ojos.

¡Oh! ¡Las malditas lágrimas!

—Sin ti, yo...

—Sin ti y sin tu valentía, Coryn, no estarías aquí. Tenlo por seguro.

No quedaba nada que añadir. Los dos lo sabían. Ella dio un largo trago a la copa de Kyle, notando el estallido de cada una de las burbujas contra sus mejillas, y su sabor y hasta su música. Kyle le pasó el brazo por los hombros, apagó la luz y la estrechó contra sí con la mayor de las delicadezas para no despertar ninguna de sus heridas. ¿O fue ella la que se reclinó sobre él? ¿Cómo saberlo? ¡Y qué más daba, al fin y al cabo! ¿Era o no era Navidad? Y todo lo que Kyle deseaba esa noche era tener a aquella mujer entre sus brazos. Habría querido tener el poder de aliviar sus dolores. De borrarlos. O incluso de absorberlos. Tenía suficiente fuerza para ello. Pero sabía que era desesperantemente imposible.

La luna tuvo tiempo de jugar al escondite con las nubes antes de que los músculos de Coryn se relajaran. Entonces, de forma apenas audible, empezó a hablar. Del instante preciso en que Jack había aparcado su coche deslumbrante a la entrada del Teddy's.

—Yo acababa de cumplir diecisiete años... y Jack llamaba tanto la atención... En mi casa...

Su voz quedó suspendida y Kyle murmuró «lo sé». Durante largos minutos ella no dijo nada más. Kyle se sumió en su silencio, en su mundo, como Coryn se había sumido en el suyo. La imaginó entrando en la iglesia del brazo de su padre. Debía de llevar la melena recogida en un moño, y su velo, danzar al viento. Había dicho «sí» y había firmado. Seguramente había jugueteado con la alianza en su dedo durante el banquete... ¿Pensaba ella en su noche de bodas?

Kyle volvió a la realidad cuando Coryn evocó sus sentimientos mientras esperaba la llegada de Malcolm. Había aceptado... el resto. Como contrapartida, porque ya era demasiado tarde.

—Lo sé. Es una idiotez. Pero olía tan bien y parecía tan lleno de vida, tan vigoroso, que me dije que había que pagar un precio por tener un bebé tan guapo.

Por su parte, Kyle pensó que ese niño debía llegar. Y no otro. De lo contrario esa noche Coryn no estaría allí, entre sus brazos. A salvo.

«La vida...»

La joven no dijo nada de la primera bofetada de Jack. Ni de las demás. Ni de los puñetazos. Ni de las patadas. Ni de las veces que la había tumbado sobre la mesa de la cocina o sobre la lavadora... Ni de lo que ella veía en sus ojos cuando tenía ganas de jugar. Kyle no preguntó nada ni dejó entrever nada. Coryn debía exteriorizar lo que estuviera dispuesta a contarle. Él quería escuchar lo que ella decidiese decir. Quería sus palabras. Aun así, una rabia asfixiante le corroía cada vez más las entrañas. Rabia que venía a sumarse a la que ya se arrastraba en las profundidades de su ser y se negaba a abandonarlo.

Cuando Coryn le contó lo del cajón y el destornillador, le habló del libro que había ocultado. Kyle supo que si Jack pudiera entrar en ese mismo momento en la habitación donde estaban... «sería capaz de matarlo».

—... Y entonces vi los ojos de Christa. Y la luz roja del magnetófono. Alargué el brazo al máximo y le sacudí con todas mis fuerzas.

9

Coryn tampoco dijo que se había quedado mirando a Jack cuando cayó desplomado, sin conocimiento, sobre la gruesa moqueta rosa. Ni que le había quitado el arma que guardaba bajo la axila y lo había apuntado con ella. Que durante unos segundos había tenido el poder de decidir sobre su vida o su muerte. Matarlo la habría enviado directamente a la cárcel. Sin sus hijos. Tampoco dijo que en ese preciso minuto había deseado su sufrimiento. ¿No había repetido Jack una y otra vez «yo sin ti me muero»? No dijo nada del artículo de Timmy que había tirado al fuego por instinto. Pero contó que había cogido a Christa y las llaves del bonito Jaguar blanco. Había rascado la impecable pintura de las dos portezuelas derechas contra las enormes piedras que señalaban el principio de la entrada de la casa. No se había detenido a atar a su pequeña en su sillita, se la había sentado entre las rodillas.

Había bajado a todo gas a la guardería y había recogido a Daisy sin decir palabra, bajo la mirada atónita del personal. Luego fue directa al colegio y llamó tan fuerte a la puerta que la directora en persona fue a abrir.

Entonces, solo entonces, se desmoronó. Sintió un repentino e intenso dolor en la cara, el cuello, el vientre, la espalda, pero exigió que la condujeran al 1918 de Boyden Street.

Un policía que patrullaba por el vecindario llegó a los pocos minutos y la convenció para ir a urgencias. Allí fue a buscarla Jane, quien se ocupó de los niños durante los exámenes y los cuidados médicos. Luego se sucedieron los interrogatorios. Y de madrugada Jane los llevó a La Casa. Coryn no derramó ni una sola lágrima. Lo contó todo. O casi.

Cuando por fin Jane le dio la llave de su habitación, la joven mujer reclamó unas tijeras.

—¿Tijeras? Pero...

—Para cortarme el pelo.

Jane se las llevó y, mirándola a los ojos, le dijo que confiaba en ella. Lo que significaba «nada de tonterías ni...».

—Solo quiero cortarme el pelo. Solo el pelo. Las dejaré delante de la puerta dentro de unos minutos.

Jane volvió a pasar «unos minutos» más tarde. En efecto, en el pasillo había una cantidad increíble de cabellos rubios y sedosos, y las tijeras colocadas cuidadosamente encima.

Como se filtraba luz por debajo de la puerta, Jane llamó para comunicarle que habían encontrado a Brannigan errando por el vecindario y que...

—... lo han detenido. Si quieres, mañana podemos acompañarte a tu casa para que cojas algunas cosas.

—No quiero volver nunca más a esa casa.

—Yo me encargaré de todo.

—¿Ha hablado? —preguntó Coryn, inquieta.

—Dice que no se acuerda de nada. De nada en absoluto.

—Miente.

—Sin duda. Todos dicen lo mismo. Afirman que han perdido la cabeza en el sentido literal y figurado. Porque les conviene.

«Solo que yo le he golpeado.» Coryn comprendió enseguida la táctica de Jack. Aprovechaba que ella le había dado varios golpes en la cabeza para sostener que no tenía ningún recuerdo, pero también para no mencionar el artículo de su cuñado ni el libro de Mary. Le tocaría a Coryn explicar el motivo de la pelea. Demostrar que había habido otras. Explicar los golpes y todo lo demás. De entrada, supo que el juicio sería tenso, pero ese hecho no afectó su decisión de no decir nada sobre el artículo. Nadie debía sospechar que Kyle había dejado huellas.

—Kyle me había contado lo tuyo.

Coryn no reaccionó.

—Después del accidente de Malcolm estaba muy afectado. Me habló de ti. Es decir, de lo que temía por ti.

La joven mujer permaneció en silencio, pero escuchó atentamente las palabras de Jane, quien hizo un breve resumen de su vida y concluyó así:

—Quiero que sepas que tengo un amigo policía, un muy buen amigo, que hizo rondas por tu calle de forma discreta. Por desgracia, nunca vio nada que nos hubiese permitido actuar.

—Nada se filtraba al exterior.

—Lo siento en el alma —confesó Jane cogiéndole una mano—. Y sobre todo siento rabia. Habría podido...

Coryn la interrumpió y dijo que ella misma había tardado demasiado tiempo en admitirlo. Que Kyle la había salvado cuando quiso darle la tarjeta de La Casa.

—Pero cuando los policías me han interrogado —añadió mirándola a los ojos— les he contado que consulté la guía telefónica después de la hemorragia y que el nombre La Casa me había dado seguridad.

—Si alguna vez cambias de idea, estoy segura de que mi hermano aceptará ser testigo.

—No quiero hablar de Kyle. No quiero que Jack tenga un solo motivo para justificarse. Si lo saco a relucir...

—Es mejor, estoy de acuerdo. No podemos permitir que su abogado pueda insinuar que tu marido tenía razones para «perder la cabeza».

—Nunca he hecho nada malo —repuso la joven con una firmeza desconocida para ella—. Cuando empezó a pegarme, Jack no tenía ningún motivo. Se arrogó ese derecho.

—Puedes estar tranquila, Coryn. No diré nada, y voy a encargarme de que vayan a por tu ropa.

10

Kyle se despidió de Coryn poco después de las tres de la madrugada. Sí, era mejor que volviese a su habitación. En cuanto a dormir... ¿Cómo hacerlo después de semejante noche? Después de lo que ella le había contado y lo que él había sentido. Mucha rabia y muchas —demasiadas— emociones.

Pasó por delante del cuarto de Jane. La puerta estaba entornada. Llamó. Ella abrió, con el teléfono pegado a la oreja. Su voz tenía la «tonalidad-Dan». Kyle se dejó caer en el sofá y escuchó distraídamente los últimos retazos de la conversación.

—¿Dónde está a estas horas? —le preguntó cuando hubo colgado.

—De servicio.

Jane se encogió de hombros y dijo que Dan los visitaría al día siguiente.

—Y tú, ¿dónde estabas?

—Con Coryn.

—¿Y...?

—Y nada. Hemos hablado.

—¿Qué te ha contado? —preguntó Jane, que no quería traicionar la confianza de la joven mujer.

—Me ha hablado de su infancia, de cuando conoció al Cabronazo. De sus hijos. De su aislamiento. De su soledad...

y de la lucecita roja del magnetófono. No me ha dado detalles del «resto».

—Muchas no consiguen verbalizarlo. Necesitan tiempo para comprender, necesitan tiempo para admitir los hechos y… necesitan tiempo para rehacer su vida.

Kyle y Jane se miraron. Lo sabían mejor que nadie, recuperarse era como olvidar: un deseo en el vacío. Kyle se apartó el mechón de la frente.

—Me pongo enfermo. Tendría que haber…

—Nos lo decimos todos, Kyle.

Jane se sentó al lado de su hermano en el sofá. Notaba su rabia, pero también lo demás. Kyle extendió piernas y brazos. Dejó escapar un interminable suspiro. ¡Oh! Sabía muy bien lo que Jane estaba pensando.

—La respuesta es «puede» —afirmó cerrando los ojos.

—Te estás metiendo donde no debes.

—Jane… Cállate, por favor.

—No me gusta que hables así.

Abrió los ojos y le recordó que ella había sido la amante de Dan durante casi doce años sin que él hiciera el más mínimo comentario.

—«No eliges a quien amas.» ¿No es tuya esta frase?

—¿Y Patsi…?

Tras un silencio, Kyle dijo con voz grave:

—Pues… para resumir las cosas, estamos en plena fase de reflexión sobre nuestro futuro. No profesional, te lo aseguro.

—¿Por culpa de Coryn?

—Patsi no sabe nada de Coryn.

Jane habría dicho que es mejor desconfiar de lo inefable, de las cosas que ocultamos y de las que callamos… Pero ella también se contuvo.

—¿Por qué no me habías contado nada?

Kyle se encogió de hombros.

—Acabas de decir que necesitamos tiempo para entender las cosas, ¿no?

—Patsi las entiende rápido.

—Patsi tiene suerte.

Añadió que no sabía muy bien en qué punto se encontraba. Estaba tan seguro de que Coryn lo perturbaba como de que no haría...

—... nada que no fuera ayudarla. Porque es simplemente imposible. ¿Sabes lo que soy y la vida que llevo? Y lo que Coryn necesita nunca será un tipo que evoluciona en un mundo paralelo y se pasa la vida en la carretera.

Miró de nuevo a su hermana un buen rato y concluyó:

—¿Ves? Lo sé. Mi vida no es compatible con la suya.

Jane lo miró a los ojos. Tenían una expresión sincera y luminosa. «Casi sin sombras.»

—Pero...

—Pero ¿qué?

—Estoy esperando el «pero» que casi veo en tu frente.

—Pero... —confesó— eso no cambia en absoluto el hecho de que podría haber funcionado entre nosotros. En otra vida.

Jane no preguntó cómo podía estar tan seguro. «Pregunta idiota», habría respondido él. Parece tonto decirlo, pero cuando estás atento tienes certezas como esa.

Kyle siguió hablando, y su voz adoptó esa vez una tonalidad que, en otras circunstancias, habría arrancado una carcajada sincera a su hermana.

—Tiene esa sutileza, esa finura, esa elegancia... que me acompañarán y me faltarán durante el resto de mis días.

Jane apretó su mano y afirmó con tanta convicción como pudo que hacía bien en «mostrarse razonable».

—Pero, maldita sea, espero que ese capullo siga entre rejas los años suficientes para que ella rehaga su vida con un tipo decente.

—¡Oh! No deberías preocuparte por eso.

Kyle se incorporó y preguntó con una inquietud apenas disimulada si Jane insinuaba que Coryn ya había conocido a alguien.

—Aparte de ti, nadie que yo sepa.

—Me muero de risa.

—Lo que quiero decir —siguió ella— es que, en general, la jueza Mac Henry es quien lleva esta clase de asuntos. No es una mujer complaciente y ese «capullo» no debería salir de prisión mañana.

—¿Y si su abogado demuestra que tuvo una infancia terrible? ¿Que su padre le pegaba?

—No creo que sea el caso.

—¿Cómo lo sabes? ¿Has investigado?

—No.

—¿Qué sabes de él entonces?

Jane suspiró.

—No gran cosa.

—¡Jane! Te lo ruego —suplicó Kyle.

—Lo que sé, lo que Dan ha podido ver de su informe, es que Jack Brannigan no se ha quejado, como la mayoría de los tipos de su calaña, de haber sufrido violencia durante su infancia. De su madre, en particular. Él mismo afirma que creció como hijo único en una familia sin problemas y acomodada. Su padre era médico y su madre se ocupaba de él. Parece que no tiene gran cosa que reprochar a ninguno de los dos.

—¿Intentas demostrarme que nada es hereditario?

Jane negó con la cabeza. ¡Oh! Sabía muy bien lo que su hermano insinuaba.

—¿Están muertos?

—Sí, desde hace años. Su padre sufrió un cáncer de pulmón y su madre un paro cardíaco poco después. Coryn ni siquiera los ha conocido.

—Entonces intentará que parezca pasional.

—¡Kyle! ¡No seas pájaro de mal agüero! ¿Te estás volviendo un pirado?

—Yo no, Jane. El pirado es él. Aunque tratarlo de pirado sería excusarlo.

—No te preocupes. Nadie va a buscarle circunstancias atenuantes cuando no las hay.

—Si es necesario, testificaré. Diré que noté… algo cuando hablé con Coryn en el hospital. Es más, habría que buscar también a aquel chico del aparcamiento, porque…

—¡Kyle! —lo interrumpió Jane negando otra vez con la cabeza—. Coryn no quiere que hablemos del asunto. Y tiene razón.

—¿Eso te ha dicho? ¿Por qué?

—Sí, eso me ha dicho. Y no, más vale que no te impliques en esta historia, más allá del accidente de Malcolm. Hay que evitar ponerla en una situación embarazosa. —Miró a Kyle—. No sabes qué puede suponer la defensa. Si apareces en su vida como algo más que el tío que envió a su hijo al hospital, harán todo lo posible por desacreditarla. Repito: todo. Podrías hasta legitimar a ojos de algunos los golpes que ha recibido.

Kyle permaneció inmóvil y en silencio.

—No olvides que la interrogarán para intentar que meta

la pata. Si consiguen sembrar en el jurado la sospecha de que albergaba la más mínima sombra de atracción hacia ti, el caso estará perdido.

—¿Y qué pasa con esta residencia?

—Coryn se las ingenió para salir del paso cuando le preguntaron. Dijo que miró en el listín telefónico cuando tuvo la hemorragia y que el nombre, La Casa, le dio seguridad. Los azares de la vida han hecho el resto.

Kyle sonrió, si es que podía llamarse sonrisa a aquella especie de mueca.

—Pero aquí nadie sabe lo del accidente de Malcolm, así que sería conveniente que fuéramos discretos. Esta casa es grande...

—Tomo nota. Nadie me ha visto entrar o salir de su habitación.

Jane asintió.

—Sin embargo, tenéis que poneros de acuerdo en que no habéis vuelto a veros entre el día del accidente y hoy. Y ahora estoy pensando que sería mejor que no te pusieras en contacto con ella hasta el final del juicio. Lo que quiero decir es que no cometas la «tontería» de pedir su número a la centralita, por ejemplo. A mí solo me llama al móvil.

—¿Es seguro?

—Está a nombre de Dan. Es necesario que Coryn pueda divorciarse cuanto antes.

Kyle captó lo que Jane le daba a entender. A su hermana ya le habían pinchado el teléfono y se había metido en un montón de follones. Jane se pasó la mano por la frente. El músico vio las sombras bajo los ojos de su hermana y sus primeras canas perdidas entre sus rizos morenos. Jane añadió que también le daría a Coryn un teléfono seguro, pero...

—… el tuyo no lo es. Nunca se sabe. En fin, compórtate como sueles hacer aquí y todo irá bien.

Kyle sonrió y se levantó.

—Estaba rica la cena de esta noche.

—Ah, pero ¿la has apreciado? Porque a la velocidad que la has engullido…

Kyle no puedo reprimir un bostezo larguísimo.

—Ve a acostarte. Estás en pleno desfase horario.

Ambos se levantaron y Kyle le pasó un brazo alrededor de los hombros a Jane. Dijo que estaba contento de estar «en casa». Permanecieron así unos instantes más, abrazados, luego se dieron un beso y se desearon «lo mejor», como cada año. Kyle apoyó la mano en el pomo de la puerta, pero se volvió bruscamente, con una expresión de inquietud en el rostro.

—Repite lo que acabas de decir.

—He dicho que vayas a acostarte.

—No. Lo de la hemorragia. ¿Sabes si fue posterior al parto?

—No, fue después de unos…

Se censuró y lo lamentó al instante.

—¿Qué pasa?

—…

—¡Jane!

—Si Coryn no te ha dicho nada, no puedo contártelo.

—¿Qué le hizo?

Jane se dio medio vuelta. Kyle la retuvo del brazo.

—¡Jane!

Escrutó los ojos de su hermana.

—Puede que fueran fragmentos de membrana placentaria. Puede que…

Kyle palideció. Comprendió quién le había provocado la hemorragia, sin lugar a dudas.

—No me digas que encima la…

Kyle no pudo terminar la frase. Estaba tomando consciencia de lo que había sido la realidad de Coryn. Y durante años enteros. De rabia, golpeó la pared.

—Tendría que haberlo matado. ¡Tendría que haberlo matado en aquel aparcamiento!

—No —dijo Jane con toda la firmeza de que era capaz—, lo que necesitamos es que permanezca encerrado el mayor tiempo posible. Eso es lo que podemos, y lo que queremos, conseguir. Y que acepte el divorcio.

¡Oh! Kyle sabía que su hermana tenía razón. Pero no podía dejar de pensar en Coryn. ¿Cómo había aguantado? ¿Con cuántas ramas de árbol se había desgarrado los dedos? ¿Había pedido ayuda alguna vez? ¿Por qué no la había conocido él cuando tenía diecisiete años? ¿Cómo dormir después de saber todo eso?

11

Durante toda la noche Kyle rogó a Migraña que lo noquease. Que absorbiera sus tormentos. Sus deseos de violencia. Vio las manos frágiles y ligeras de su madre rozando las teclas blancas y negras del piano. Recordó haberle preguntado cuáles prefería. Ella se había echado a reír, respondiendo que hay días buenos y otros menos buenos. A veces estás triste...

—... y a veces una mariposa se posa en la ventana y entonces puedes tocar una música ligera. Es por esos días por lo que hay que vivir, Kyle.

Al niño que era entonces le parecía que su mamá le hablaba de cosas muy raras. Habría preferido que dijera que era maga y que tenía poderes para hacer brotar las notas. Le habría gustado lo que fuera con tal de que ella no estuviera triste.

Esa noche le habría gustado tenerla junto a él para preguntarle qué debía hacer. Sin embargo, en el fondo, sabía de sobra que siempre había estado solo. Incluso cuando su madre aún vivía.

«La vida...», pensó cuando las primeras luces de la mañana se colaron entre las cortinas de la habitación. El despertador marcaba las ocho. Fue incapaz de salir de la cama. El cansancio, las emociones y el desfase horario terminaron por arrastrarlo a un sueño fallido.

«La vida...», se dijo de nuevo, y se despertó con un sobresalto. Su teléfono móvil estaba sonando. No fue lo bastante rápido para sacarlo del bolsillo de sus vaqueros tirados por el suelo. Pero a Patsi le sobró tiempo para dejarle no un mensaje, sino dos. Pasaría a recogerlo al día siguiente sobre las cinco de la tarde para la...

—... reunión con Mike Beals en casa de Steve, en Los Ángeles. Avión a las siete de la tarde. Regreso a Londres el 29. Concierto el 31. Nuevas fechas europeas. Fin de las vacaciones.

Fin del primer mensaje. «Qué increíble abismo entre Coryn y yo y qué insoportable similitud.» La voz de Patsi siguió anunciando que el futbolista Carlos Merina, el ídolo de su juventud, almorzaría con ellos dos días después.

—No sé qué ponerme... Pero imagino que eso a ti te da lo mismo.

Luego concluía:

—Aún sin una respuesta precisa y exacta sobre nuestro «caso». Si voy a buscarte es porque no queremos que nos hagas perder el tiempo no estando presente. No tienes elección, Kyle. Pase lo que pase, otra vez en casa de Jane.

«Pase lo que pase, otra vez en casa de Jane.» No, Kyle no era el único que tenía inspiración. Respondió «OK» con un SMS. Envió el mensaje olvidando añadir: «Feliz Navidad». Se afeitó, se duchó, se puso una camisa blanca y fue a la gran sala con el pelo húmedo.

12

Cuando el músico atravesó la puerta, localizó a Coryn, sentada en el mismo sitio al final de la mesa con sus hijos. Llevaba un jersey de cuello vuelto blanco. Kyle siguió los consejos de Jane y se sentó en su sitio. Oyó varios «feliz Navidad», y respondió: «¡Igualmente!». Se le pasó por la cabeza enviar un SMS a Patsi. Pero no hizo nada y devoró todo lo que sirvieron, interviniendo en las conversaciones. Aguardó prudentemente a que terminara la comida para encontrar la ocasión de hablar con la joven mujer rubia. Para estar cerca de ella un momento más. Para sentirse... feliz. ¿Era o no era Navidad? «¿A cuántos momentos como este tenemos derecho en la vida?»

Coryn se levantó con el bebé sin volverse ni una sola vez hacia él. Kyle la siguió discretamente con la mirada. Jane apoyó una mano en su brazo.

—Ve a prepararnos el café, por favor. He dicho a todo el mundo que eras el rey del café. Y tú, Malcolm, ya que pasas por aquí, ¡ve a ayudar a Kyle a la cocina!

—A ver, ¿cómo va ese brazo? —preguntó el músico cerrando la puerta detrás del niño.

—Bien. Estoy curado. Pero —añadió con inquietud— mamá ha dicho que no tengo que contar que te conozco.

—¿Te acuerdas de mí?

El chaval asintió.

—Entonces podemos explicar que somos amigos desde que eres mi pinche en la cocina.

—¿Qué hago?

Kyle le propuso que colocara las tazas en las bandejas.

—No he tenido la oportunidad de decírtelo en persona, Malcolm, pero siento mucho lo que pasó.

El niño se encogió de hombros y aseguró que era culpa suya, de todos modos. Que ahora estaba atento cuando cruzaba la calle.

—¿Te han puesto clavos?

—No. Me han puesto una especie de tornillos que desaparecen solos.

—¿No te los van a quitar? —preguntó Kyle mientras vertía agua en las cafeteras.

—Bueno, han dicho que no hacía falta.

—¿Ya no te duele?

—¡No! Según el médico, puedo hacer todo lo que quiera. Menos boxear.

Transcurridos un par de segundos añadió que no le gustaban las riñas. El tono de Malcolm impresionó a Kyle. El pequeño dejó la última taza y alzó la vista hacia él.

—He dicho a la policía que no sabía lo de mamá. No sabía lo que papá le hacía a mamá.

El músico se arrodilló.

—No es culpa tuya.

—Es buena, mamá. No entiendo por qué le ha pegado.

—Es complicado de entender y de explicar. Incluso para nosotros, los mayores.

El crío lo miró fijamente. Se parecía a Coryn. «Tiene su pelo y sus ojos claros.» Kyle pensó que era algo bueno.

—Lo odio.

Malcolm metió las manos hasta el fondo de los bolsillos de sus vaqueros y soltó muy deprisa que no sabía por qué su mamá no había contado nada.

—A veces es solo porque... no es posible decir las cosas en el momento. Y después, ya no puedes. Poco a poco pierdes la costumbre de hablar, sobre todo cuando tienes miedo.

—¿Tú ya has tenido miedo?

—¡Miles de veces!

—¿Cuándo?

—Cada vez que subo a un escenario.

—Yo también, me pasa igual cuando la maestra me dice que recite el poema.

La puerta se abrió y apareció Coryn, seguida de Daisy. Sonrió de una manera que habría podido tumbar a Kyle de no haber tenido la mano apoyada en el hombro de Malcolm.

—Jane me ha pedido que viniera a ayudaros.

—No nos las arreglamos del todo mal —respondió el joven levantándose y dando las gracias a su hermana, a Papá Noel, a los astros y a la Suerte—, pero nos encanta que nos ayudes.

Coryn echó un vistazo a las bandejas y precisó que habían olvidado las cucharas. Confió el azúcar a Daisy y la leche a Malcolm.

—Vigila a Christa en su balancín, por favor.

Los niños salieron. La puerta se cerró, Kyle y Coryn se encontraron cara a cara.

—Feliz Navidad —dijo él.

—Feliz Navidad a ti también.

De forma tan milagrosa como simultánea, ambos hicieron a un lado su atormentada noche. Kyle solo veía la sonrisa de la joven mujer rubia, que volvió a transportarlo al presente. La encontró incluso más hermosa que la noche anterior, y ella no dijo nada del vacío que había sentido tras su partida. Ni que había permanecido tumbada sin cerrar los ojos hasta el amanecer.

—¿Cómo estás?

¡Oh! Coryn murmuró que se encontraba mejor que el día anterior. Y mucho mejor que dos días antes... Vio las ojeras de Kyle, pero fingió lo contrario. Hay preguntas que no se hacen. Sonrió de nuevo y puso la primera cafetera en una de las bandejas. Luego se apostó delante de la segunda, que terminaba su cometido con ruido y lentitud. Kyle se acercó a ella y le preguntó cómo se lo estaban tomando los niños.

—Daisy es muy pequeña. Pero Malcolm...

Levantó la vista hacia el músico.

—Le he dicho que su padre me había pegado y que no era la primera vez.

—Has hecho lo que tenías que hacer. Hay que responder a sus preguntas.

Su mirada la perturbó. ¿Sabía él por lo que había pasado? ¿Por lo que había pasado realmente?

—No tenías otra solución, Coryn. Al marcharte los estás protegiendo también a ellos.

La cafetera anunció alto y fuerte que ya estaba lista. Coryn alargó la mano para cogerla. Kyle estuvo a punto de alargar la suya para tomársela entre los dedos. Pero el «fantasma» de Jane le tiró de la oreja. Kyle dijo que había hecho bien en quitarse la alianza. Coryn se acordó de que la tenía en el neceser.

—Júrame que jamás, jamás... volverás con ese desgraciado. Por mucho que te diga. Por más excusas que te dé, porque te pedirá perdón, eso seguro.

Coryn dejó la cafetera. Lo miró, y él vio todo su odio.

—No soy muy valiente, pero creo que sí lo suficiente para vivir sin él a partir de ahora.

—¿Piensas volver a Inglaterra después del juicio?

—¡Oh! No lo sé. Muchas cosas dependen del juicio y del divorcio.

—¿Sabías que conocí a tu hermano en Londres?

—No —respondió Coryn sin vacilar—. No nos llamamos mucho.

Su instinto la hizo mentir —incluso a Kyle—, pero porque le dictaba con autoridad que nadie debía saber nada, aparte de ella y de Jack. Kyle le resumió lo de la dedicatoria, la tarjeta de Timmy, su camisa roja entre el público. Ella dijo que no volvería a casa de sus padres. Que no lo entenderían y la devolverían a Jack en cuanto pudieran.

—No quiero avisar a mi familia de momento.

—¿Tienes dinero? Puedo ayudarte...

—Te lo agradezco. Mi abogado se ocupa de todo. Y... he decidido confiar en él.

—Si necesitas cualquier cosa, Coryn, te pido que me lo hagas saber.

—Lo que necesito —insistió ella como si hiciera una promesa— es salir de esta por mí misma. Durante todos estos años Jack me ha repetido que sin él yo no soy nada.

Kyle asintió. Añadió que no se lo perdonaba. Que si hubiera seguido su instinto...

—No, Kyle. No tienes nada que reprocharte.

Luego inclinó la cabeza y afirmó que nunca se vieron en aquel parque.

—Claro. Jane me lo explicó ayer. O anoche, no lo tengo muy claro.

Kyle sonrió de tal forma que empujó a Coryn a coger una de las bandejas. Él hizo lo mismo con la otra. Luego, como si tal cosa, antes de abrir la puerta le preguntó cómo estaba el abedul. Ella respondió que había perdido todas las hojas.

Ambos se colocaron a un extremo de la mesa. Coryn sirvió las tazas y Kyle las fue pasando a los demás. Se sumaron a la conversación del comedor. Sin escuchar nada. Sin mirarse. Sus codos se rozaban. Sus brazos se aproximaban por voluntad propia. Durante un buen rato se buscaron y solo sintieron el vacío.

—Es la mía —dijo él—. Llénala hasta arriba. Me he saltado el desayuno.

Ella le ofreció una taza que casi rebosaba antes de volver con prudencia a su sitio, en el otro extremo, y él se sentó al lado de Jane.

—¡Oh! ¡Mirad! ¡Está nevando! —exclamó uno de los niños levantándose.

—Pero en San Francisco no nieva, ¿no?

—¡Pues hoy sí!

13

Sí, era Navidad. Y como en una fiesta familiar ideal —donde todos se esfuerzan por evitar los enfrentamientos y las voces alzadas—, tras los postres los comensales se distribuyeron entre la cocina, el salón, las mesas donde se jugaba a las cartas, los sillones y la sala de estar donde estaba el televisor. Ese día debía ser apreciado en su justo valor. Para las mujeres que habían superado el último combate contra sí mismas llegando hasta allí esa Navidad tenía que ser algo excepcional. Un recuerdo al que poder aferrarse los días de pánico extremo.

Coryn se mezcló con el resto de las acogidas en La Casa y, como ellas, realizó idas y venidas entre su cuarto, donde daba el pecho a Christa, y las distintas estancias. Se cruzó con Kyle en varias ocasiones. Se sonrieron, divertidos por haber levantado la vista en el mismo momento, y se buscaron con la mirada haciendo mil esfuerzos por ocultarlo.

Las horas pasaron volando, los inusuales copos parecían como suspendidos y la luz declinó. Encendieron velas y algunas lámparas aquí y allá. Con la penumbra, las guirnaldas recuperaron su brillo alegre. Los niños reían y se divertían. Algunos hacían carreras a cuatro patas por los pasillos, algunos hacían carreras con sus coches, otros se entretenían con muñecas u ocultándose por los rincones, los mayores jugaban a ser los mayores y los tragones reclamaron súbitamente comida. Fue necesario afanarse de nuevo en la cocina. Kyle dudó si ofrecer su ayuda, pero no habría podido resistir el deseo de estar cerca de Coryn. Demasiado cerca de Coryn.

Entonces se dejó atrapar por una cuadrilla de críos y agarró su guitarra por enésima vez ese día. Canturreó, explicó, relató y respondió a sus preguntas mientras todos miraban sus manos como él había observado las de su madre.

Y, en el espacio de unos segundos, la joven mujer rubia permaneció, ella también, inmóvil en el marco de la puerta del salón y, «forzosamente», pensó en las manos de Jack. ¡Oh! Esas malditas manos... Se internó presurosa en el pasillo oscuro. Tuvo que apoyarse en la pared para calmar su respiración. Cerró los ojos. La asediaban demasiadas imágenes. Se despertaban demasiados dolores. Como la noche pasada, la embargaron miles de sentimientos. Estupefacta por estar allí, y sin apenas creerlo. Le costaba convencerse de que nadie la lanzaría por la fuerza a los brazos de aquel individuo que no sabía amarla, que la golpeaba para hacerla callar y la violaba para satisfacerse. «Porque esta cosa no consentida, aunque estemos casados, es sin duda una violación.»

Y luego... estaban los ojos de Christa. Habían mirado y grabado cada uno de los gestos de su padre contra su madre. Coryn no quería que su pequeña los recordase. ¡Oh, ojalá el casete hubiese durado eternamente para demostrar los hechos que tendría que contar una y otra vez! Todo. Hasta el instante en que no le llegaba el aire a los pulmones. Cuando había extendido el brazo y golpeado y golpeado y golpeado a su vez. Cuando, de súbito, Jack quedó inerte.

¿De dónde había sacado la fuerza para apartar su cuerpo del de ella? Nunca lo sabría.

«Lo he hecho.»

En ese 25 de diciembre, pegada a la fría pared del pasillo, la joven mujer se negó a permanecer un segundo más pensando en el horror de la situación para, por el contrario, ver el instante en que la vida le había dado la posibilidad de conocer otra existencia. Esa fuerza que la había invadido la superaba. Ignoraba si esa fuerza seguía en ella o si la había poseído durante solo un momento. Aun cuando el futuro le producía pánico, aun cuando el juicio y el divorcio podían ser para ella una prueba más dura de lo que imaginaba, aun cuando siempre estaría obligada a contener su pasado, Coryn no aceptaría nunca más vivir bajo los golpes y la autoridad de Jack. O de cualquier otro Jack. Ya era libre. Como el viento en los árboles. Libre... de pensar y de vivir. Libre de guardar a Kyle en su corazón. Porque, «¿qué más podía hacer?». Estaba Patsi. Ese hombre llevaba una vida tan... Una vida en la que pensarían el uno en el otro. Con frecuencia. Puede que con mucha frecuencia. Eso sí que era un futuro viable. Entonces la joven mujer rubia abrió de nuevo los ojos. Oyó la voz del músico, que hablaba a los niños. Escuchó algunas notas.

Con determinación, volvió a situarse junto al marco de la puerta. Para conjurar su miedo. Todos sus miedos. Y mirar esas manos que no pegarían a nadie.

Kyle levantó la cabeza en su dirección y, por centésima vez en ese día, sus miradas se enlazaron. Ni él ni ella sonrieron. Coryn fue la primera en apartarla y desapareció en la penumbra del pasillo hasta su cuarto, donde su bebé dormía.

El músico pidió a una niña con pecas y una cinta roja que repitiera su pregunta. Respondió con música y luego se levantó. Se paseó de una estancia a otra. Miró a los niños, a las mujeres. Pensó que cualquier idiota habría dicho que no era casual que se hubiera enamorado de Coryn. Sin embargo, no eran su madre y su pasado lo único que le permitían «sentir» algo por ella. Si estaba enamorado, era porque Coryn era Coryn. Nunca había sucumbido a una sola de las mujeres que habían pasado por La Casa. Pero lo cierto era que a Kyle le importaban poco todas esas teorías y todos esos análisis. Lo que contaba era lo que sentía y lo que traducía en música. Lo que importaba era vivir esa historia. Que se había convertido en su oficio. ¡Y menudo oficio! ¿Cómo prescindir de él?

No era posible ni para él, ni para Patsi, Jet o Steve... Ellos también conocían el éxito y, aun así, no tenían el mismo *background*. Ninguno de ellos había encontrado a su madre sin vida una mañana. Cuando tenía cinco años. Asesinada por el loco de su padre. Patsi tenía una madre cariñosa y tolerante. Jet y Steve habían nacido en familias sanas y crecido siendo escuchados. Para tener éxito, nunca habían luchado contra nada. Para tener éxito, habían tenido talento y suerte, y trabajaban con afán para vivir de lo que adoraban. «Nunca podré parar esto. Nunca...»

14

Como es evidente, todas esas cosas se piensan en la distancia. Te angustias en la distancia. Del mismo modo que razonas desde lejos. A resguardo del otro. En tu pequeño y personal mundo de interrogantes. Pero es tan ilusorio como inútil, y, en cuanto la distancia se fundió más rápido que la nieve sobre el suelo de San Francisco, Kyle no hizo sino extender su brazo para atrapar el de la joven mujer.

—Mira —dijo atrayéndola hacia una ventana de la biblioteca, desierta en ese momento a causa de una película fascinante.

Ella cogió el móvil que le tendía y se descubrió en una foto con Christa en los brazos. Pero no se vio. Solo los moretones y el pelo pajizo y sin forma.

—Estoy horrible.

—Estás preciosa.

Kyle le enseñó las fotos que le había hecho sin que ella lo supiera, «con la mayor de las discreciones». Coryn estaba sorprendida, pero no dejó entreverlo. Kyle se detuvo en la que estaba de perfil y miraba jugar a sus hijos.

—Eres tan... tan tú en esta foto...

—¿Como tú eres la música?

Como antes con el abedul, a Kyle le gustó que dijera aquello con esa voz. Segura y sosegada. Le conmovió que lo mirara a los ojos. Le desconcertó que ella le pidiera una copia de sus fotos, «las tuyas».

—No creo que pueda recuperar lo que hay en el ordenador de Jack.

—Ven.

Echó un vistazo al pasillo y la llevó de la mano hacia el despacho de Jane. Caminaron deprisa. El tiempo transcurría deprisa… Ambos tenían la impresión de tener diecisiete años y la vida ante ellos. Pero sus dados ya estaban echados, y nadie recupera nunca esa estupidez del paso del tiempo.

Kyle cerró la puerta con llave, se sentó delante del ordenador y lo puso en marcha. Ella se volvió hacia los dos cuadros de la pared. Lienzos abstractos, luminosos.

—Son de uno de los hijos de Dan.

—Tiene talento.

—Eso pienso yo.

—¿Qué edad tenías en esta foto? —preguntó Coryn señalando un marco con el dedo.

—Diez años. Jane pensaba que sería un pianista virtuoso.

—Lo eres.

A Kyle por poco se le cae el móvil. Coryn sonrió y añadió que no tenía el mismo corte de pelo.

—Me lo cortaba mi hermana. Ya no la dejo.

Había otro marco en la pared. Una fotografía de Jane delante de La Casa. Estaba claro que la foto era del día en que había recibido las llaves. Coryn reconoció a Dick en segundo plano. Mucho más flaco, sus brazos cruzados no descansaban sobre su barriga. El semblante de Jane tenía algo que se parecía a la esperanza. Y luego estaba La Casa. Habían pintado la fachada desde entonces, la puerta de la entrada había pasado en unos años del verde al burdeos, y los árboles también habían cambiado, pero el conjunto ya emanaba una atmósfera profundamente reconfortante y apacible. Como si La Casa hubiese encontrado al propietario adecuado. Como si, juntos, el trabajo por realizar fuese posible. Como si el vínculo que unía las cosas, los espacios, los seres fuera real. Esa foto era la Esperanza, y Coryn lo sintió como tal.

Kyle reconoció que él mismo había colaborado en las tareas de pintura. Que les había ocupado a Steve, a Jet y a él un verano entero.

—El pasillo y una parte del vestíbulo son obra mía, aunque admito que estoy más dotado para la música.

Acercó una silla hacia él y Coryn se sentó guardando el intercomunicador del bebé en el hueco de la mano. Kyle pasó las fotos una a una. Hizo clic sobre la última, en la que ella observaba cómo Malcolm y Daisy hacían reír a Christa.

—Es mi preferida. —Sin reflexionar, añadió—: Cuando llames, aparecerá esta foto.

—Ya no tengo teléfono.

—Tendrás otro, un día.

—No te llamaré, Kyle.

Kyle dejó pasar uno o dos segundos.

—Lo sé. Pero si un día decides llamarme…

Ella repitió, sin pestañear, que no lo llamaría…

—… nunca. Prefiero que imprimas esas fotos, por favor.

Sonreía, pero quería convencerlo —y asegurarse— de que la Esperanza no permitía todas las locuras. Deseaba que eso maravilloso que existía entre ella y él no perdiese su fuerza. Solo deseaba lo mejor. «Solo lo mejor.» Kyle respondió a su sonrisa. Razonablemente. Y, por más que lo intentó, la impresora se negó a cooperar.

—No lo entiendo —dijo después de múltiples intentos infructuosos.

Apagó los aparatos, se puso a gatas, desconectó los cables, volvió a conectarlos y reinició para descubrir que...

—... esta máquina de mierda se niega a reconocer ahora mi tarjeta de memoria y, claro, no se me ha ocurrido guardar tus fotos en el ordenador.

Se excusó. Ella rio. Él le juró que lo conseguiría. Repitió el proceso paso a paso, y le explicó de nuevo que, en teoría, una vez transferidas, algo que no lograba hacer, bastaría con que... La voz de Christa gimoteó a través del intercomunicador. Coryn acudió rauda junto a su hija y Kyle se quedó sentado en el suelo. Confundido.

«Jamás.»

15

Las malditas fotos seguían bloqueadas en su teléfono móvil y el músico no conseguía entender el porqué, si bien le parecía lógico y normal que estuvieran en «su» aparato. Pero Coryn las necesitaba. De una forma u otra, tenía que transferirlas. «¡Mierda!», repitió en voz alta. Era obstinado y metódico. Artista y preciso. Porque un artista siempre es preciso, sobre todo cuando la habilidad lo rehúye.

Por eso lo intentó repetidas veces. Tantas que olvidó la hora de la comida. Y como de costumbre, Jane fue a buscarlo.

—Creía que estabas ensimismado con tu música.

—¡Estas fotos no se descargan!

—¿Qué fotos?

—Las que le he prometido a Coryn.

Le puso el móvil ante las narices. Jane no dijo nada al principio. Eran buenas, pero le harían daño si las guardaba. Y las miraba demasiado a menudo. Kyle respondió que ese era su problema.

—¿Y si Patsi las encuentra?

—Nada que temer.

Jane negó con la cabeza.

—Ven a comer algo que te engorde un poco.

Kyle permaneció sentado, mirando el vestido rojo de Jane como si la viera por primera vez ese día.

—Es un vestido para la ocasión.

—Es el regalo de Dan.

—¿Ha llegado?

—Y ha vuelto a irse. Pero volverá más tarde.

—Te queda bien ese color.

—Tenía miedo de parecerme a Papá Noel.

—Así cambias del azul marino y del negro. Y también del marrón.

—Tengo un traje sastre verde y un montón de camisetas de colores, pero no creo que sea el momento de hacer un inventario preciso de mi guardarropa.

—No te he comprado aún tu regalo —dijo Kyle levantándose—. No he tenido tiempo…

—Ni yo.

Kyle pasó un brazo alrededor de los hombros de su hermana. Recorrieron el pasillo y él preguntó qué le apetecía.

—Una caja enorme de bombones belgas.

—Genial. Toco en Bruselas el 6 de enero. Te enviaré una.

—Dos, por favor.

—Vale.

—Y tú, ¿de qué tienes ganas? Es decir, aparte de lo que no puedes tener…

—De nada. Tengo de todo. Hasta migrañas.

Jane le lanzó una mirada a la que Kyle respondió con un guiño.

—Imagino que me mentirás como siempre si te pregunto si has ido al médico.

—No tengo por qué mentirte. Voy al del seguro.

—¿Cuándo has ido a verlo?

—Ya no me acuerdo.

—¡Kyle!

—Tengo treinta años y migrañas como millones de personas en la tierra. ¡Y nadie ha muerto por eso, que yo sepa! Y por una vez, Jane, ocúpate de tus asuntos y no…

—Es lo que pienso hacer —repuso ella esbozando una sonrisa.

Kyle soltó un largo silbido, como cuando era pequeño, y añadió que, sin duda, ese era el día de los regalos.

—Ahórrate los sarcasmos. Y hablando del tema, te ruego que te encierres en tu cuarto esta noche. No quiero verte merodeando por el mío porque no estaré disponible para ser el paño de lágrimas de nadie.

Kyle se apartó el mechón de la frente. Se acercaban al comedor. Olía a *fondue* de queso. Jane se preguntó de pronto si el exotismo del proveedor de catering tendría éxito.

—¡En cualquier caso, parece que los niños se divierten!

En efecto, los críos estaban jugando con trozos de pan que caían de los palillos y estiraban los hilos de queso.

—Desde aquí parecen telarañas —dijo ella.

—Solo que su olor es menos intenso. Hablando de telarañas, ¿te dedicas a criarlas debajo de la mesa de tu despacho?

—Deberías saber que ayudan a eliminar los bichos que vuelan y reptan.

—¡Ojalá acabaran con los que caminan sobre dos patas!

—Reza por que eso suceda.

—Ya me gustaría. —Kyle resopló—. Pero ¿a quién se lo pido? Papá Noel ya ha pasado.

—Implora a santa Aracne.

16

—No vas a creerme, pero estas dichosas fotos no quieren salir de mi móvil —dijo Kyle.

Se había acercado a la joven mujer rubia, que colocaba los platos en el lavavajillas. Ella captó la indirecta, pero afirmó que terminarían por obedecer.

—¿Puedes pasarme los que están en la mesa, por favor?

—¿Los limpio yo y tú los colocas?

—Por qué no.

Alguien entró y se ofreció a ayudarlos, pero Kyle dijo que se las arreglaban muy bien y que, de todos modos, solo había un lavavajillas y un fregadero. La respuesta divirtió a Coryn y «no sé quién» ahuecó el ala, contentísimo de que lo descargaran de las tareas domésticas.

—A ver, dime, ¿no te estarás planteando desaparecer antes del juicio? —preguntó el músico con un tono falsamente despreocupado.

—No. ¿Por qué?

La miró a los ojos.

—Coryn...

—Pues claro que no.

—Tienes que quedarte aquí. Tus hijos y tú estáis a salvo en esta casa.

—Lo sé.

—¿Lo prometes?

—Sí.

—Di: «Lo prometo».

—Te lo prometo, Kyle.

Un estremecimiento inesperado recorrió al músico hasta la punta de los dedos, tanto que el plato que estaba limpiando se le escurrió hasta el cubo de la basura. Se percató de que Coryn fingía —muy mal— que no se había fijado en la emoción que ella le había provocado.

—No te lo había dicho, pero Timmy me contó que nos cruzamos en el aeropuerto de Londres.

Kyle explicó que le había parecido entrever su pelo pero que se había burlado de sí mismo, y Coryn le confesó que había pensado en él cuando se produjo aquella aglomeración.

—Me pregunto cómo lo llevas.

—La mayor parte del tiempo bastante bien.

—¿Qué te pareció Timmy?

—Llegará lejos.

—Quiere irse a Afganistán. Tengo miedo de que ya esté allí.

Kyle respondió enseguida que quizá habría sido mejor rechazar la entrevista, y ella se preguntó cómo decirle a Kyle que ese artículo le había salvado la vida, del mismo modo que habría podido quitársela. ¿Cómo podría vivir Kyle con eso?

—En Londres conocí a Mary —prosiguió ella.

—¿Mary?

—La persona que me dio el libro que...

Coryn resumió su furtivo e intenso encuentro con la joven mujer. El músico quiso saber de qué trataba la novela.

En pocas palabras, Coryn evocó a Andy, su determinación, su valentía, su esperanza y la arena cálida de Zihuatanejo.

—Es una historia bonita —respondió él, diciéndose que habría podido escribir la lista exacta de aquello con lo que Coryn soñaba: una llave / una cámara de fotos / un sueldo / una cuenta bancaria a su nombre / días y días de libertad y tranquilidad... Y nadie que le destrozara el corazón ni el cuerpo.

—A veces me pregunto qué hace posible que las cosas sucedan —continuó la joven secándose las manos.

—Mi madre decía siempre: «Me encantaría volver al instante preciso en que los destinos se cruzan».

No hacía falta que Kyle reconociera que nunca se lo había contado a nadie. Coryn lo intuía. Del mismo modo que ambos sabían que su encuentro había «cruzado sus destinos». Pero no se miraron. En ese instante tenían demasiado miedo y demasiadas ganas. Y, sobre todo, pensaban que era demasiado... imposible.

—¿Quedan platos? —preguntó ella.

17

El postre se sirvió al mismo tiempo que ellos ocupaban sus asientos respectivos a la mesa y se sumaban a la conversación.

—¿Helado de chocolate o pastel de crema?

Ambos eligieron el helado de chocolate, cuya visión estimuló el apetito de una pequeña araña curiosa alojada en el gran candelabro del techo. La araña asomó la cabeza para ver cómo se vaciaban los platos y se pedía más por «pura gula». Vio cómo las cucharillas hacían rápidas idas y venidas hacia las grandes bocas sonrientes y manchadas. Se deslizó por su hilo y se balanceó a izquierda y derecha para oír los adjetivos que pronunciaban las bocas, ante la mirada divertida de un niño. Las conversaciones giraban en torno al tiempo y las previsiones meteorológicas, y, como es natural, derivaron hacia el calentamiento global y el cambio climático. Todo el mundo tenía una opinión, y Kyle dijo que había visto retroceder los glaciares en Argentina en apenas dos años. Habló de los mares y de los residuos que formaban grandes islotes oscuros... Y cuando alguien le preguntó si pensaba involucrarse en alguna campaña ecológica, la araña suspiró: «¿Y por qué no presidente de la República?». El animalito se desternilló de risa ante su propia ocurrencia y cayó en el plato de un niño, quien, en lugar de gritar espantado, observó cómo pataleaba en la crema inglesa y luego escalaba la montaña de pastel.

Tiró del brazo de su madre, que no tenía demasiadas ganas de escucharlo, cuando el hermano mayor levantó su cucharilla en vertical para aplastar al insecto. El niño le retuvo el brazo y, al segundo siguiente, el bichito había desaparecido como por arte de magia. Sí. Ese día era un día de tregua. Las arañas no serían aplastadas de un cucharazo, las mujeres hablarían sin temor a recibir un guantazo, los niños se comerían la nata con los dedos, Jane se decía que nadie había llamado a la puerta aún, que Dan iría esa noche...

Pronto llegó la hora en que las madres debían acostar a los niños pequeños. El músico encontró el medio de susurrar a la joven mujer rubia que salía a hacer dos o tres recados.

—¿Ahora? —se extrañó ella.

—Estamos en Estados Unidos, Coryn... Y te dejo esto —añadió. Le puso en la mano un objeto cuyo nombre ella ni siquiera conocía—. Me gustaría que escucharas mi última maqueta y saber tu opinión.

—¿Mi opinión?

—Sí. Tengo ganas de saber tu opinión.

Cuando los niños estuvieron profundamente dormidos Coryn permaneció unos minutos delante del sofá donde la víspera... Miró la colcha que había colocado por la mañana. Nada había cambiado. La huella de ambos seguía presente. Cogió el intercomunicador y se paseó por La Casa hasta que sus pasos la dirigieron a la biblioteca desierta. No cerró la puerta a su espalda. Se apostó delante de la ventana, al fondo. Hacía un buen rato que había dejado de nevar. Su dedo apretó el «play» y se dejó transportar por la música.

18

Cuando el músico vio a Coryn, la joven seguía junto a la ventana. Estaba sola en la penumbra. Inmóvil. Kyle sabía que estaba escuchando su música. ¿Tendría los ojos cerrados? Parecía tan frágil... ¡Oh, pero no como una niña! Su fragilidad era la de una mujer que había sufrido. Se le notaba en su forma de estar. Tuvo miedo de que se desvaneciese. Empujó la puerta, y Coryn percibió el movimiento en el cristal de la ventana.

—Te encontré.

Ella sonrió. Kyle dejó el abrigo y la bolsa de plástico que tenía en la mano en una de las sillas y se acercó a ella.

—¿Te gusta?

La joven asintió con la cabeza y murmuró:

—Mucho.

—¿Y qué te hacen sentir estas canciones?

—Son... son... No sé muy bien cómo explicarlo.

Kyle se acercó más.

—Inténtalo. Dime qué te hacen sentir.

Coryn no pensó que el músico estaba peligrosamente cerca —ni deliciosamente, de hecho— y se concentró en dar con las palabras justas. Le había gustado que Kyle la zarandease de los hombros. Que la ayudase a liberarse de sus cadenas. Que fuese él quien la empujara a tener confianza en sí misma. «Sí, que sea él.» Entonces le vino la imagen y dijo que, para ella, esas melodías tenían volumen y que...

—... me hacen pensar en una ola.

La imagen le gustó al músico.

—Es la primera vez que me comparan con una ola. Pero he crecido en San Francisco y me paso la mitad del año sobrevolando los océanos, así que quizá me inspiren sin que me dé cuenta.

—En cualquier caso, las dos últimas me parecen audaces, emotivas y...

—¿Y...?

—... rebeldes y melancólicas y...

—¿Y...?

Ella levantó los ojos hacia él.

—Tú eres así, ¿no?

No era una pregunta. Kyle lo sabía, claro. Pero se sintió conmovido. Se acercó a Coryn cuanto pudo. Sentía deseos de oírla respirar. Le gustaba escuchar la respiración de la gente, porque daba la medida de sus emociones, y en ese instante de su presente Kyle tenía la necesidad acuciante de conocer la emoción precisa de la joven mujer. De valorarla por sí mismo.

¡Oh! Pero no se lo reconoció y ni siquiera pensó en ello. Porque, en esos casos, no dices nada. Estás en suspenso como una marioneta que una mano mueve y hace danzar a su gusto. Te deleitas viviendo todas esas impresiones que se transformarán en recuerdos porque es imposible detener el tiempo. De hecho, no querrías hacerlo. Lo mejor sigue siendo —y será siempre— una posibilidad.

No, cuando el músico se acercó despacio a Coryn no pensaba en nada de eso. Solo era Kyle respirando el mismo aire que ella. Por instinto, como cuando estaba sobre el escenario, acopló su respiración a la de ella. Como su voz a la melodía. Buscaba un mismo movimiento, una misma onda, una misma tonalidad. Imposible de disociar. Como las palabras unidas a las imágenes. Exactamente como la fluidez de las olas que vienen a fundirse con la arena. «Coryn tiene razón.» Tampoco pensaba que todos esos esfuerzos de unidad eran para luchar contra su infancia destrozada. Tendió la mano para asir uno de los auriculares.

—¿Por dónde vas?

Enseguida lo supo. Solo la melodía había finalizado. El famoso tercer tema. El que Patsi quería tirar por el desagüe. Lo había compuesto hacía unos meses, cuando el destino había decidido lanzarlos uno hacia el otro, y desde entonces la joven mujer no lo había abandonado. Coryn era ya una sombra mucho más luminosa que todas las personas con las que se cruzaba y a las que frecuentaba en esos momentos.

Ese día, a las once horas y cuarenta tres minutos de la noche, esa mujer apenas estaba a unos centímetros de él y no existía nada más. En el preciso instante en que se puso el auricular, supo que cada nota era una esperanza. Y ella, la respuesta.

Coryn miraba sin ver la calle. Estaba inmersa en la música. Kyle observó su perfil y su reflejo en la ventana. Seguía encontrándola etérea y maravillosamente hermosa. Ninguna de sus abominables marcas podría jamás restarle su gracia. Acaso por ese motivo aquel cabronazo le pegaba. ¿La golpeaba por miedo a que se le escapase para siempre? Kyle sintió vértigo. «¡Dios mío!» Pero ¿en qué pensaba? Coryn volvió la cabeza hacia él y el corazón le dio un vuelco.

—¿No tendrá letra?

—Aún no he encontrado las palabras.

—¿Tienes idea de lo que quieres escribir?

—Todavía no. Pero terminará por imponerse.

—Así es como ocurre entonces... Las cosas se imponen a ti.

—Como en la vida.

Antes de que su cerebro le impidiese lo que fuera, el brazo de Kyle rodeó la cintura de Coryn, y ella se dejó abrazar. Sorprendida de no resistirse. Cosa que tampoco hizo cuando él le tomó una mano y la apoyó sobre su corazón. Una onda extraña le subió de los pies a las mejillas. Apoyó la cabeza en su hombro, y Kyle se concentró en escuchar sus inspiraciones y espiraciones. Quizá los pintores solo vibrasen con las luces y los colores y los poetas solo sintiesen las emociones, pero él, el músico, escuchaba la música de su vida. La respiración de Coryn era un canto y, al apoyar las manos en ella, sintió cada una de las notas que la habitaban.

Entonces le vino la letra. Justo entonces. Kyle recibió las palabras una a una y necesitó ver los ojos de la joven mujer. ¡Oh! Quiso mirarla, pero... Pero lo que hizo le vino dictado por aquel sentimiento que permanecía oculto en lo más hondo de su ser. De nuevo, supo exactamente lo que iba a hacer, del mismo modo que supo que no debía hacerlo. Sus labios se deslizaron sobre los de Coryn.

Y todo estaba ahí.

Pero se oyó un portazo a lo lejos. A menos que fuese la música lo que se interrumpió.

19

Coryn fue la primera en reaccionar. Retrocedió un paso y lanzó una mirada de incomprensión al músico antes de huir. Kyle vio como su música se estrellaba contra el suelo. Se llevó las manos a las sienes. La cabeza iba a estallarle.

«¿Qué he hecho?»

20

Kyle permaneció durante varios minutos mirando por la ventana. Un instante antes ese mismo cristal había templado el calor de ambos. Y después... la condenada superficie fría solo le devolvía una imagen borrosa y empañada. Estaba solo. Le flaquearon las piernas. Tenía que escribir la letra que había visto. Conservar esa emoción por siempre. Por ese motivo componía música, ¿no? Para no abandonar jamás lo que le hacía vivir.

Cogió una hoja de papel de una mesa y se puso a escribir en ella la letra. Era creíble. Sonaba creíble. Expresaba lo que llevaba dentro. Por fin... Había salido por fin, y la cabeza le dolía desesperadamente. Kyle estaba fuera de sí. Lúcido.

Necesitaba una copa. Puede que varias. Recorrió el pasillo, lanzó las hojas y la bolsa de plástico sobre la cama. Se puso el abrigo, llamó a un taxi. En el primer bar que encontró, eligió la mesa más apartada para que lo dejasen en paz. Se tomó unos cuantos vasos de whisky.

Bebió hasta que sus pensamientos se evaporaron en el alcohol. Esa noche necesitaba el vacío. El tratamiento era efímero, lo sabía de sobra. Al día siguiente nada habría cambiado y tendría que afrontarlo. Pero esa noche quería estar ebrio. Ciego y solo. Sin sentir nada. Nada de música.

Nada de notas. Nada de cantos que salen de las entrañas arrebatando las pasiones.

¡Oh! ¡Cuánto le habría gustado que Coryn lo abofeteara en el instante mismo en que su mano se había deslizado por su cintura! Ojalá le hubiera dado la opción.

—¿Le sirvo otro?

—Deje la botella.

—Señor, no debería…

—Deje la dichosa botella…, por favor. —Y suspiró.

—¿Mal de amores?

—No. Error de ruta.

21

Cuando Kyle abrió la puerta de la entrada con la que llevaba forcejeando unos buenos diez minutos eran las seis y treinta y cinco de la mañana. Se topó de frente con Dan y sus calzoncillos floreados, seguido de Jane, que llegó a toda prisa envuelta en su bata japonesa.

—¿Eres tú quien ha armado todo este escándalo?

Kyle no respondió y los apartó bruscamente de su camino. Se dirigió a la cocina rozando las paredes y se desplomó en la primera silla.

—¿Dónde estabas? Te he buscado por todas partes.

Jane encendió la luz.

—¡Apaga eso!

Dan le dio al interruptor e intercambió una mirada cómplice con Jane. Ella le susurró al oído que iría a buscarlo en caso de que lo necesitara. Luego se plantó delante de su hermano con las manos en las caderas.

—Bravo.

Kyle se había desplomado sobre la mesa. La cabeza bajo los brazos. Ella acercó un taburete y le preguntó por lo sucedido.

—Error de ruta —balbució él.

—¿Qué?

Repitió las mismas palabras.

—No entiendo nada.

Kyle levantó de golpe la cabeza y se puso hecho una furia.

—¡Maldita sea! Pues no es muy difícil, Jane. He llegado exactamente donde no quería llegar. Lo he hecho todo al revés. He hecho lo contrario de lo que me había prometido. He salido de mi vida.

Jane apoyó la mano en la de su hermano. Él la rechazó.

—No somos libres, ¿lo sabías? La libertad, esta mierda de libertad que creemos tener, no existe. Son todo... pamplinas.

—Estás borracho —lo interrumpió con firmeza—. Ve a acostarte.

—¡No! —Kyle se levantó—. Desvarío. ¿No ves que desvarío?

—¡Cálmate! ¡Kyle! Cálmate.

Titubeó y se dejó caer en la silla de nuevo. Largos minutos transcurrieron en el vacío. Luego murmuró:

—Yo quería... Yo quería ser un hombre de bien. Jane, me habría gustado tanto...

Su cabeza desapareció de nuevo bajo sus brazos. Jane volvió a ver al niño que permanecía en cama, amurallado en un silencio asfixiante. Ella había creído que la música lo salvaría, sí. A veces una duda había aflorado como una mala intuición, embargándola. A veces, como esa noche, estaba aterrorizada. ¿Dónde están las ramas de árbol? ¿A qué podemos aferrarnos, si no, para evitar caer al abismo? «Solo a la esperanza de que todo puede cambiar.» Si no, ¿qué sería ella, Jane? «¿Qué sentido tendría mi vida?»

Kyle se incorporó y farfulló que necesitaba dormir. Su hermana lo llevó hasta su cuarto sujetándolo, lo desvistió como pudo y lo tapó con las mantas.

—Patsi me ha llamado por teléfono. No conseguía localizarte por el móvil.

Kyle no reaccionó.

—Viene mañana a las cuatro. Bueno no, dentro de un rato —se corrigió—. En vista de la hora que es ya.

Kyle no se movió. Jane sabía que se hacía el dormido.

—Te traigo una palangana… Procura no ponerte perdido si echas las entrañas.

22

El cantante se despertó mil veces, como si alguien se divirtiera metiendo tijeretazos en el *black-out* nauseabundo del alcohol, pero fue incapaz de moverse de la posición en la que Jane lo había dejado. La cabeza le pesaba diez toneladas y, sin embargo, su peso era más soportable que aquel que lo había aplastado. «¿Qué he hecho?» La pregunta regresó a su mente una y otra vez hasta que la puerta de su cuarto se abrió de golpe. Vio a Patsi en el umbral, vestida con un abrigo verde manzana a juego con una *shapka* del mismo color.

—¡Fantástico! Aún despatarrado en tu cama. Tengo la impresión de que te pasas ahí la vida, ¡y no para crear un exitazo!

Kyle cerró los ojos. Patsi no se equivocaba. Durante los últimos meses en la carretera, su cama —cualquiera— era su refugio, su casa. Y como en todas las casas, siempre hay que hacer la inevitable limpieza para quitar el eterno polvo del que nadie se desprende. Patsi descorrió las cortinas y abrió la ventana.

—¿Se puede saber por qué estás en este estado?

—Cierra las cortinas.

—Son las cuatro de la tarde.

Kyle permaneció inmóvil. Ella también. «Las cuatro.»

—¡Menos mal que no he venido en taxi! Me daría vergüenza hacerlo esperar —exclamó dando un portazo que una araña vagabunda evitó por los pelos.

El bicho se refugió debajo de la cama, sorteó hábilmente las pelusas y se agazapó, sin aliento, en su nuevo escondite, satisfecho de saber por fin quién destrozaba las puertas en el universo.

Pero, puerta cerrada o puerta abierta, puerta cerrada de golpe o despacio, la dichosa realidad se mantenía inalterable. E implacable.

«¿Qué he hecho?» Kyle Mac Logan se vio como era. Poco importaba que cambiase de nombre. Poco importaban sus melodías y sus letras. Poco importaba que encandilasen a la gente. Había fracasado como hombre. Y esa era su realidad. La vergüenza lo repugnaba hasta ponerlo enfermo. Se incorporó sobre un codo y acertó en la palangana.

23

Coryn estaba cocinando. En La Casa todas las acogidas echaban una mano de manera espontánea, pero también tenían un turno asignado para las comidas. A Coryn ya le había tocado barrer, hacer la colada, meter la vajilla sucia en el lavaplatos y, a última hora de esa tarde, como la celebración de la Navidad había terminado, se encontró sola preparando varios platos de salsa boloñesa para los espaguetis. Tenía los ojos enrojecidos por culpa de las cebollas. Puede que no solo por eso. La pequeña Christa dormía apaciblemente en su balancín y, desde su puesto de trabajo, Coryn podía ver a Malcolm y a Daisy dibujando en una mesa. En principio, todo estaba «como debía», y sin embargo...

Kyle no se había dejado en ver en todo el día. Coryn había estado diez mil veces en un tris de preguntar a Jane si su hermano se encontraba bien, a falta de poder preguntar si seguía en la casa. Pero Jane estaba ocupada y, sobre todo, no era Kyle. La joven mujer rubia ya no sentía la confianza ni la comodidad de la noche anterior. El día anterior había sido 25 de diciembre, con regalos incluidos. Pero ese día había tocado a su fin. Y Coryn era de nuevo la Coryn que sabía a la perfección lo que le deparaba el futuro. «La vida no es un sueño.»

Durante toda la jornada se aferró a su quehacer mecánicamente, atendió a medias a lo que le decían sus hijos. Se arrepentía, pero solo pensaba en aquel beso. Que no se parecía en nada a los de Jack… Ni siquiera había durado un segundo. ¡Medio segundo! Por ese motivo, cuando le comunicaron que era su turno de preparar la comida acogió la noticia con alivio.

Máxime cuando Patsi acababa de llegar. Resplandeciente. Fuerte. Segura de sí misma… ¿Cómo habría podido preguntar la joven mujer rubia si Kyle estaba bien o hecho un lío como ella? ¿Cómo habría podido participar en la reunión del salón?

Las residentes asaltaron a Patsi con las mismas preguntas personales. ¿Cuándo habían tenido el flechazo? Un rumor insistente anunciaba su boda. ¿Y para cuándo el bebé?

—¡Uy, esa es buena! —exclamó Patsi—. ¡Es la primera vez que me la plantean! No, señoras, me declaro antimatrimonio y antiniños… Soy una estrella del rock. ¡Y ese es mi único talento!

Patsi se levantó del sofá. Se alisó el vestido con un aplique de lamé plateado en la cintura y suspiró profundamente.

—Por desgracia, soy tan humana como vosotras y por eso no me libro de cometer un día la mayor de las estupideces.

Una voz exclamó:

—¡Ruega a santa Estupidez que sea indulgente!

Patsi soltó una carcajada, las otras mujeres también. Giró sobre sus talones y desapareció por el pasillo deseando «¡a santa Estupidez y a todas vosotras un hermoso feliz Año Nuevo!». Coryn abrió con la punta del pie la puerta de la cocina. Sí, Patsi era una estrella, brillaba como una estrella, iba vestida como tal y hacía gala de su seguridad. Para no derrumbarse, Coryn se agachó y cambió la bolsa de la basura. Una cáscara más y esa cosa inmunda vomitaría su admirable contenido por el suelo. «Como yo…»

—Hola.

¡Oh! No valía la pena que Coryn levantara la cabeza. Kyle estaba agachado junto a ella. No tenía buen aspecto. Sus ojeras eran más pronunciadas que los días anteriores. Llevaba puesto el abrigo.

—Hola —respondió ella sin dejar de afanarse con la bolsa y luchar contra sus lágrimas.

Quiso levantarse, pero Kyle le cogió una mano.

—Están sucias.

—Me da igual.

Y ahí, la distancia —o, mejor dicho, la escasa distancia— confirmó su teoría. La verificó y volvió a verificarla. Y, como por encanto, todos los propósitos, todas las dudas, todas las desesperanzas, todos los kilos de polvo y todos los temores que ambos habían contado lentamente, descontado y recontado recibieron un puntapié en el trasero más eficaz que un escobazo, y fueron a morir al País de los Horrores. Kyle y Coryn volvían a estar el uno junto al otro. Sus cuerpos tomaron el control porque la razón les fallaba.

—Quería decirte…

—A mí también me gustó ese beso —musitó ella a toda velocidad incorporándose.

—¡Eh, Kyle! ¿Dónde estabas?

Malcolm acababa de entrar en la cocina, seguido por una Daisy jadeante.

—¿Dóde eztabaz? —repitió la niña.

Kyle la tomó en brazos. La joven mujer atrajo a su hijo hacia ella e, instintivamente, echó un vistazo al pasillo por temor a ver a Patsi entrando detrás de ellos. Daisy se abrazó al cuello del cantante, quien cerró la puerta con un empujón.

—Estaba muy muy cansado.

—¿Y has dormido mucho?

—Sí. Mucho mucho.

—Pues ¡qué mala cara!

—¡Malcolm! —interrumpió Coryn.

—Tiene razón. Estoy hecho un asco —dijo mirándola—. Pero al menos he conseguido imprimir unas copias.

Se sacó un paquete de fotos del bolsillo trasero de los vaqueros y cogió la bolsa de plástico que había dejado en la encimera.

—Son preciosas de verdad.

—¿No has dormido por eso?

—¡Malcolm!

Kyle le acarició el pelo.

—Mira, he encontrado también una cámara de fotos que tú y tu hermana podéis utilizar.

Coryn les dijo que fueran a guardarlo todo a su cuarto y que cerraran bien la puerta antes de volver.

—Gracias —dijo al tiempo que se inclinaba sobre el fregadero para lavarse las manos.

Kyle la observó en silencio mientras cerraba el grifo y se las secaba. Pensó que el día anterior había tomado esas manos entre las suyas y que no volvería a hacerlo nunca. «Es mejor así.» Por suerte, Christa se despertó. El músico pasó al otro lado de la mesa, liberó a la niña de las sujeciones del balancín y la cogió.

—Me estaba preguntando precisamente si te despedirías de mí, pequeñaja.

Christa frunció el ceño cuando la puerta se abrió bruscamente. Malcolm entró sin aliento. Fue directo a ponerse un vaso de agua que se bebió de un trago sin apartar los ojos de ellos. Con la mano ya en el pomo, se detuvo en seco.

—¿La cierro?

—No —imploró Coryn recuperando a su bebé.

Su hijo se escabulló y la puerta se salió con la suya.

—Deberías irte, Kyle.

—Sí. Debería.

Se inclinó para besar a Christa y sostuvo el brazo de la joven mujer.

—Me habría gustado tanto que las cosas fueran de otra manera…

—¡Kyle! ¡Es la hora! ¡Kyle!

Varias voces gritaron desde la distancia, él no respondió y no soltó el brazo de Coryn.

—A mí también —dijo ella.

Como en el hospital unos meses atrás, se sonrieron. El músico se volvió sobre sus talones. Luego, parándose delante de los fogones, levantó la tapa de una enorme cacerola y metió una cuchara. Probó.

—Te vas a quemar.

—Ya está hecho.

Entonces, exactamente como la víspera, supo tan bien lo que iba a hacer como supo que no debía hacerlo. Pero ¿cómo escapar a ese tipo de cosas? Se acercó a Coryn, le tomó la cara entre las manos y la besó.

—Te quiero.

¿Había susurrado de verdad esas dos palabras antes de desaparecer? ¿De verdad la había besado? Coryn oyó unas voces que se alejaban. No estaba del todo segura de que ese instante hubiera existido. Se pasó la lengua por los labios. Tenían el sabor inequívoco del tomate.

24

Durante unos minutos reinó un silencio total. La joven mujer estaba contenta de hallarse en la cocina. Sí, por segunda vez en menos de diez minutos, Coryn se sintió plenamente feliz. Y sin culpabilizarse. La noche que había pasado torturándose ya no existía. Se había borrado cuando Kyle le había dicho «te quiero». No era una promesa, sino un hecho. «Te quiero.» Lo demás carecía de importancia. No quería ni deseaba más. Ansiaba vivir con la fuerza de ese amor. El que demuestra que dos seres se comprenden y saben que ya nunca más volverán a estar solos.

Las cosas eran distintas. En adelante, Coryn sintió germinar en ella la extraña conciencia de existir. Su vida iba a empezar. «Mi propia vida.»

25

Los faros cegaban a Kyle en la autopista. Se había situado en el asiento del copiloto y dejado a Patsi al volante. Cerró los ojos y apoyó la cabeza en la fría ventanilla, lo cual no le impidió percibir los silenciosos reproches que ella le lanzaba. Patsi aceleró, y salieron en estampida con la violencia de una avalancha. «Fin del primer asalto.» Uno-cero para Patsi.

Kyle sabía que, en breve, como un eco, su voz los verbalizaría para iniciar el segundo asalto. Sin ninguna duda. Siempre era así.

—¿Tenía o no tenía razón? —terminó por decir Patsi—. Todos los años pasa lo mismo. No, rectifico: cada vez que vas a ver a tu hermana, te deprimes, y te dura semanas. Y viéndote el careto, juraría que este año es el *jackpot* universal.

—¿Qué te ha dicho Jane? —se inquietó Kyle.

—¿Jane? Sabes de sobra que, aparte de sus saludos y sus comentarios tontos sobre mi pelo y mi ropa que la hacen sonreír, no dice gran cosa que yo pueda comprender.

—O que te interese.

—Sí, exacto. Que me interese. ¡La vida son dos días, Kyle! No tengo ganas de perder el tiempo en conversaciones inútiles.

—Tienes suerte, Patsi. Las cosas no son tan fáciles para todo el mundo.

—Todos tenemos problemas. Pero si quieres un buen consejo, no vuelvas por aquí.

—Sabes de sobra que eso no es posible.

—¡Sabes de sobra que eso no es posible! —repitió con sorna ella.

—Déjalo, Patsi.

La joven frenó de golpe y los neumáticos chillaron todo su descontento sobre la banda rugosa del arcén. «Fin del segundo asalto.» Empate a uno.

Los combatientes se sientan en las esquinas y se curan las heridas sin quitarse los ojos de encima. Suena la campana. «Empieza el tercer asalto.»

—¿No pensarás pararte aquí?

—¿Qué pasa, Kyle? Eres tú el que quería que hablásemos, ¿no?

De nada serviría explicarle que el primer poli que pasara por allí quizá no fuera uno de sus fans incondicionales. Kyle se incorporó en su asiento y, para desafiarla, le preguntó si había reflexionado sobre «la» pregunta en los últimos días...

—... y encontrado una respuesta.

Patsi guardó dos o tres segundos de silencio. Luego, con una voz que Kyle no le había oído jamás, dijo:

—No me ha quedado otro remedio... Estoy embarazada.

Kyle cayó noqueado. Completamente aturdido. Su cerebro tardó unos segundos en entender el alcance de las palabras que acababa de oír. Patsi habló de nuevo —lentamente— para asestar el golpe final.

—Pero no sé si eres el padre.

«Doble KO y combate nulo.»

Ni él ni ella articularon palabra. Un hijo... ¿Cómo era posible que llegase un hijo en esos momentos? La verdadera pregunta no era «cómo» sino «por qué» llegaba cuando nadie lo quería. ¿Qué lugar tendría en este mundo? ¿Con unos adultos tan poco dignos de ese calificativo para educarlo?

Eso es lo que ambos se decían en silencio mientras sonaban las bocinas de los vehículos que casi rozaban el suyo al pasar. Un camión gigantesco con un doble remolque cromado lleno de un líquido indefinible tocó el claxon tres veces. El rebufo que generó hizo temblar el coche. Otros los adelantaron dándoles ráfagas con las largas. La policía no tardaría mucho en aparecer. Pero a ellos eso les resbalaba olímpicamente. ¿Acaso una multa podía ser peor? ¿Acaso perder el avión y no llegar a la reunión en casa de Steve podía ser peor?

—¿Estás segura?

Patsi lo fulminó con la mirada.

—Lo sabías antes de irte, ¿verdad?

—Me hice un test que dio positivo.

—¿De cuánto crees que estás?

—No lo sé con exactitud. Espero los resultados de la analítica para tener la confirmación de la fecha. Bueno, de la segunda, porque te juro que el laboratorio se lio con las etiquetas y mezclaron mis tubos con otros. Y como estamos en la dichosa Navidad, sigo esperando.

—¿Por eso has vuelto antes de lo previsto?

—Por eso te dije que no tenía una respuesta «precisa y exacta» sobre nosotros. —Patsi suspiró y cerró los ojos—. No puedes imaginar cómo me odio. Por primera vez en mi vida me... me encuentro justo donde nunca he querido estar.

El músico recordó que la noche anterior él había dicho esa misma frase a Jane. La situación no le hacía ninguna gracia. Lo desesperaba. Y sondeó la profundidad del abismo por el que se habían precipitado.

—¿Cuántas probabilidades tengo de ser el padre?

—Según el matasanos, depende de la supervivencia de tus espermatozoides en mi terreno hostil.

—Concluyo que no has follado con otro tío el mismo día que conmigo.

—Hecho el amor.

—Eso no lo cambia mucho.

—Lo cambia todo —corrigió ella volviéndose hacia él.

Un rizo pelirrojo se le escapó de la *shapka*, y Kyle pensó en todas las veces que habría sentido deseos de jugar con él.

—¿Desde cuándo «haces el amor» con el otro? ¿O los otros?

Se miraron durante un buen rato y Patsi confesó:

—Desde la gira de Londres.

Kyle reflexionó. Patsi había dicho «gira» y no «mudanza».

—Pero… hace un año de eso.

—Exacto. Puedes estar tranquilo, es el único tío con el que…

—¿Quién es?

—No tiene importancia.

—¿Quién es, Patsi?

Ella le sostuvo la mirada.

—¿Recuerdas la entrevista para Absolute Radio? ¿Y que después fui a cenar sola con el periodista porque tenías una de tus endemoniadas migrañas?

Kyle asintió. Recordaba con precisión la cara del menda.

—Nunca habría imaginado que fuese tu tipo.

—No es él. Pero esa noche fue cuando tuve el desliz.

Patsi esbozó su particular sonrisa y añadió que el propietario del restaurante adonde el periodista la había llevado a cenar cocinaba divinamente. Y tenía unos ojos como para tumbar a todas las Patsi del mundo.

—Pensé que solo sería un polvo. Porque estaba cabreada contigo.

—¿Y...?

—...

—Patsi, ¿y...?

—¿Quieres saberlo todo?

—Sí.

Ella se incorporó en el asiento, se atusó el pelo y suspiró profundamente.

—Cuando volviste después del accidente, o debería precisar, cuando volviste «diferente», volví a llamarlo. Y si lo hice fue porque tú estabas desesperado, ¡hasta el punto de que querías que me casara contigo y te diera un hijo! Y ahora, mira, ¡estoy embarazada! ¡Mierda! Como pille al que está divirtiéndose ahí arriba...

26

«Hay veces que las broncas son vomitivas.» Era una de las sentencias fetiches de Patsi, que reservaba para los días de gran lucidez. Hoy era uno de ellos. Por eso ninguno de los dos tuvo fuerzas para alzar la voz. ¿Para qué? Su angustia bastaba. Era proporcional a su culpabilidad.

Ella explicó que no había tardado mucho en comprender que Kyle estaba en otro lugar. Estaba cambiado. Absorto. Melancólico.

—Básicamente, alejado de mí. Pero tranquilo, cielo, no voy a cargarte con la culpa. Ni tú ni yo tenemos el monopolio de la traición. En suma, nos hemos querido y nos hemos perdido de vista como muchos idiotas. Tú sabías que yo terminaría en tu cama mientras que yo siempre he sabido que saldría de ella.

El músico le habló de Coryn. En pocas palabras, resumió su realidad y concluyó diciendo que hacía una salsa boloñesa deliciosa. Patsi sonrió y habló del sabor de los huevos al plato de Christopher, sus náuseas y sus antojos de mujer embarazada. Dijo lo rara que se sentía y lo poco que se reconocía. Dijo también que se odiaba y se adoraba. Y sobre todo que odiaba adorarse.

—¡Maldita sea! ¡Es como si reconociera que me regodeo en esta catástrofe! Cuando, en realidad, «esto», esta cosa que se ha instalado en mí, no soy yo. Es mi antiyo y estoy obligada a mentir...

Habló de las horas, de la fuerza de la Vida, de lo absurdo del Azar que hace muy mal las cosas. De todo lo que deja de entenderse, de todo lo que se escapa y uno no sabe por qué. De sus antojos de chili y vainilla. De su cuerpo, que no reconocía y le hacía sentir cosas antes inimaginables. Y que ahora le horrorizaba el calor y que, después de todo, Londres no estaba mal.

—A causa del calor... «Sin duda.»

Kyle no pudo interrumpirla ni agregar un solo comentario. Se limitó a mirar a esa mujer perdida, la antítesis de la Patsi de siempre. La mujer que había amado y que no volvería a amar de la misma forma. Los años habían transcurrido en un santiamén. Una vez más, Patsi tenía razón.

—Todo esto es sencillamente inviable. Y tú, ¿no dices nada?

—Patsi...

—¿Lo entiendes...? —lo interrumpió con la misma voz de antes, cuando había reconocido que estaba embarazada—. «Esto» nos obliga a replantearnos todo. Nuestra vida, la del grupo, la continuidad de esta gira, el próximo disco, la próxima gira, Steve, Jet... y mis malditos trajes, que están en el maletero ¡y en los que ya no cabré dentro de unas semanas! ¿Te imaginas? ¿Te imaginas el lío? Pues peor aún... Un desastre, Kyle.

Su voz se tornó implorante.

—De momento, no sé por qué, pero no quiero abortar.

Kyle iba a abrir la boca, pero Patsi levantó la mano.

—Lo normal es que ni me planteara seguir adelante.

Que estuviese ya en la clínica. Y si embargo no puedo. ¿Lo entiendes?

Kyle murmuró «sí» y quiso cogerle la mano. Ella la rechazó.

—Lo más horrible es que no sé si sabré ser madre. Ni siquiera te digo ya una buena madre... ¡Mierda! Soy... Es...

—Patsi, si es mío...

—¡Oh! ¡Cierra la boca! La verdad, hay pocas posibilidades de que el bebé sea tuyo. A no ser que tus espermatozoides vivan una semana entera y sigan siendo tan vigorosos después como para eliminar al resto ¡y fecundar el único óvulo que seguramente libere en toda mi vida!

Tenía lágrimas adheridas a sus falsas pestañas y, esa vez, fue ella quien apretó la mano de Kyle.

—Sería muy fácil, ¿a que sí?

—¿Lo sabe?

—Está casado.

—Mierda.

—Exacto.

Luego añadió, desesperada:

—Estoy en la mierda total... ¡Imagínate! En mi vida he olvidado nada. Ni un lugar ni una nota ni una palabra ni ninguna de tus ideas ni una sola mirada de nuestros fans, y ha bastado con que olvide una vez, una sola y única vez, tomarme la dichosa píldora y ¡bingo!, me quedo preñada muy probablemente de un tío al que podría querer durante el resto de mis días, pero que está casado, mientras que yo vivo con un tío que ya no me quiere y al que nunca volveré a querer lo suficiente para seguir viviendo con él...

De pronto se llevó la mano a la boca y dijo gritando que, para colmo, iba a vomitar, lo que hizo por la ventanilla sin bajar del coche. Luego se limpió los labios con el abrigo de Kyle.

—Solo me queda rezar por que tú no seas el padre. Este crío no tendría que haber sido concebido sin amor.

Sí, Patsi. «Desde luego hay veces en que las broncas son vomitivas.»

27

Coryn acostó temprano a los niños. Estaban tan exhaustos por haberse quedado despiertos hasta las tantas las últimas noches y por el cambio radical que se había producido en sus vidas que no se resistieron. La joven volvió a la cocina para ayudar a recogerla y, cuando las demás mujeres se fueron a descansar, regresó a su cuarto sin echar un vistazo a la biblioteca.

La bolsa de plástico seguía encima de su cama. Junto al paquete de fotos. Las miró una a una. Reflejaban la mirada del músico sobre ella. Una mirada y todo cambia. Una mirada y ya nada es igual... Un encuentro. Átomos que se aferran y dejan huellas indelebles. Una vida que sale de su órbita. «¿Será cierto que existe la libertad?»

Cuando sacó la caja de la bolsa, un sobre de papel de estraza cayó pesadamente al suelo. No vio nada escrito en él. Lo abrió y descubrió con estupor e incredulidad una cantidad sorprendente de billetes. Había una hoja cuidadosamente plegada en cuatro. La cogió temblando. Era la letra de una canción, y Coryn supo al instante a qué melodía estaba destinada. Kyle había añadido a pie de página:

Esta canción es tuya. Toda tuya.
Te quiero, Coryn, y no puedo vivir contigo.
La vida...

Coryn tocó con la punta de los dedos cada una de las palabras y tuvo que levantarse para volver en sí. «La vida...» Contó los billetes. Volvió a contarlos. La suma era tan descabellada que no pudo impedir que su mente desarrollase planes irrealizables, irracionales y peligrosamente tentadores.

Se prohibió preguntarse cómo lo había hecho Kyle. Lo que Patsi y él se decían. Abrió la puerta del cuarto y miró a sus hijos —y, por desgracia, también los de Jack—, que dormían como angelitos. ¿Qué les diría más adelante si alguna vez le planteaban si habían sido concebidos por amor? «Ojalá no lo hagan nunca», pensó, sabiendo no obstante que la hora de esa pregunta llegaría tarde o temprano. «Debo tener una respuesta. La respuesta.»

Guardó el sobre en el fondo del armario. Lo cerró con llave y se la metió en el bolsillo de los vaqueros. Al día siguiente tenía cita con su abogado, que le aconsejaría cómo enfrentarse a Jack. «No quiero ir», pensó al acostarse.

Pero se despertó con una idea positiva.

«Un día menos hasta que termine el juicio. Un día menos para ser libre.»

LIBRO CUARTO

1

—Señor Brannigan, ¿reconoce usted que ningún hombre, ni siquiera un marido profundamente enamorado, tiene derecho a pegar a su mujer?

—¡Quiero a mi mujer! —gritó Jack.

—¡No está respondiendo a mi pregunta, señor Brannigan! Pero le agradezco su espontaneidad. El tribunal ha comprendido que para usted querer a su esposa le da derecho a golpearla.

—¡Protesto, señoría! —se apresuró a intervenir el letrado Bellafontes, el abogado de Jack.

—Protesta aceptada —intervino el juez Clervoy—. Señor Brannigan, responda a la pregunta formulada por el letrado Seskin.

Su abogado le lanzó una mirada tan cargada de «acuérdate-de-lo-que-te-he-dicho» que Jack se recompuso en una fracción de segundo. Se dominó y disimuló su ira con habilidad. Perfiló su perfecto semblante de contrición. Levantó los ojos hacia el letrado Seskin y afirmó:

—No tengo derecho.

—Pero lo hizo.

—Perdí la cabeza.

Coryn fue la única en darse cuenta de que el juicio daría un vuelco por culpa de esa frasecita pronunciada por un

Jack-que-perdía-la-cabeza de vez en cuando. Esas palabras influirían en la primera sesión y en las siguientes, y seguramente también en las resoluciones. De forma irremediable. Harían mella en el ánimo de los miembros del jurado. Jack iba bien afeitado, llevaba una camisa azul relajante a la vista y había colocado sus gruesas manos sobre las rodillas, a resguardo de las miradas.

Y poco importaba lo que la bella esposa hubiera respondido durante su primer interrogatorio, máxime cuando, debido a las demoras administrativas, sus moretones habían desaparecido, su ceja disimulaba su cicatriz y ninguna marca era realmente visible desde los asientos del jurado. ¡Oh! Quedaban las fotos, claro. Habían pasado de mano en mano, pero rivalizaban con la profunda y amplia herida en el cráneo de Jack. La joven mujer rubia había golpeado con mucha fuerza y en repetidas ocasiones con el aparato de hierro...

—... y no de plástico, señoras y señores —había afirmado el abogado de Jack blandiendo el anticuado aparato—. Faltó poco para que le partiera el cráneo.

Jack había mostrado sus nueve puntos de sutura, que la sala pudo admirar en vivo y en directo, pues se había cortado casi al cero los negros cabellos. De manera que el hombre —que miraba a su amada con unos ojos que harían palidecer de envidia a cualquier mujer— podía fingir con facilidad que había «perdido» la memoria en los últimos instantes que pasaron juntos. Jack era capaz de vender cualquier cosa, y desempeñó su papel de maravilla. ¿No era acaso el mejor vendedor de coches?

—Parece ser que «pierde» usted a menudo la memoria —insistió el letrado Seskin—. ¡La pierde por amor a su mujer y la «pierde» el último día! ¿No resulta extremadamente... oportuno?

—¡Protesto, señoría! Mi cliente no tiene por qué soportar los sarcasmos del letrado Seskin.

—Protesta aceptada. Formule preguntas claras. Y sin ambigüedad. Le recuerdo, de todas formas, que la sesión se levantará dentro de cinco minutos.

El abogado aceptó el juego del tribunal. Cogió el destornillador que estaba al lado del magnetófono, se acercó y formuló una sencilla pregunta.

—¿Qué quería hacer usted con este destornillador?

Jack respondió que no lo recordaba.

—Quería reparar el cajón inferior de la cómoda del dormitorio donde estaba el bebé. Subió sin quitarse el abrigo. ¿Por qué?

—No lo sé.

—¿No lo sabe o no lo recuerda?

—No lo recuerdo.

—¿Qué es lo que recuerda?

—Las rosas rojas que compré en la floristería.

—¿Qué había en ese cajón, señor Brannigan?

—¡Protesto, señoría!

—Protesta rechazada. Responda a la pregunta, señor Brannigan.

—La ropa de Christa, mi hija, supongo.

—¿No ayudaba usted a su mujer en casa?

—Trabajo mucho, letrado.

—El tribunal lo ha entendido muy bien, señor Brannigan. A este respecto, y ya que habla de ello, quisiera que nos explicara por qué volvió a su hogar ese día a media tarde.

—No lo recuerdo.

—Pero acaba de decir que recuerda haber comprado rosas para su mujer.

—Recuerdo que hacía frío en la calle y que me dolía mucho la cabeza.

Un timbrazo estridente interrumpió la sesión sin ningún miramiento. Eran las cinco de la tarde. Coryn se volvió hacia Jane para no mirar a Jack, pero sabía muy bien que los miembros del jurado observaban a aquel hombre fuerte, locamente enamorado de la joven mujer rubia, que, pese a todo, había logrado reducirlo. Sabía que algunos de ellos estarían pensando que ella tenía parte de responsabilidad. Que incluso se lo había buscado... Coryn habría deseado con todas sus fuerzas que la última pregunta del letrado Seskin hubiera sido:

—¿Por qué intentó ese día estrangular a su mujer, por lo que sé, además de violarla?

2

Si bien consiguió marcarse unos tantos, en los días siguientes el abogado de Coryn se enfrentó a un Jack que se centraba en sembrar la duda entre los miembros del jurado. Jack insistió en los largos meses en que no ocurría nada, cuando lograba controlarse. Sí, era capaz de ello. Sus ojos decían «se lo juro» y sus palabras nunca acusaban a su mujer de nada.

Jack había entendido antes de que su abogado se lo dijera que Jane Mac Logan era la hermana del Pirado, a pesar de que este había firmado el atestado con su verdadero nombre, Kyle Jenkins. «No dices quién eres. Eres astuto, pero yo lo soy tanto como tú o más, Pirado.» Cuando el letrado Bellafontes le informó de ese detalle, Jack lo miró de hito en hito y le preguntó si había descubierto algo comprometedor.

—No. Nada. Aparte de que hizo una visita relámpago a su hermana por Navidad, como todos los años. Sigue saliendo con Patsi Gregor. Y su esposa ha declarado que encontró la dirección en el listín telefónico.

Jack hizo como que reflexionaba, y añadió:

—Entonces prefiero no ver a ese tipo en el juicio. Porque no olvido que es el hombre que envió a mi hijo al quirófano y tengo miedo de dejar entrever... mi debilidad.

Al abogado de Brannigan le pareció bien. Le facilitaba

considerablemente la tarea que su cliente no acusara de nada a su mujer. Ni de infidelidad ni de cualquier otra falta. Cuando Coryn habló del libro, Jack dijo que solo había visto el «M. Twinston». Reconoció, bajando la voz, que era celoso, que siempre lo había sido, incluso de pequeño. Afirmó que lo único que quería era proteger a Coryn y sacarla de un entorno desfavorecido. Quería lo mejor para ella y para sus hijos. Estaba cansado. ¡Oh! Tan cansado que a veces perdía la cabeza hasta el extremo de no poder controlarse.

Cuando el letrado Seskin sacó a relucir los puñetazos en el vientre y las patadas, Jack pidió perdón y no fue capaz de explicar por qué había pasado de una bofetada a «esos actos».

—Pero ¿por qué? —repitió el abogado.

—No lo sé, letrado. Sin embargo, he comprendido que estoy enfermo y que necesito ayuda.

«¡Bravo!», se dijo Coryn. «Ahora puede añadir que no volverá a hacerlo.» Y Jack soltó esa frase, para, acto seguido, implorar con una voz anegada en lágrimas de cocodrilo que le enviaran a terapia, que lo curasen de su enfermedad, que lo carcomía como un animal...

Jack escogía sus palabras con inteligencia. Afirmó que su mujer nunca había dicho «no», lo que abrió una puerta gigantesca a su abogado, obstinado, no en el porqué de esa ausencia de «noes», sino en el número de violaciones que ella había declarado. Coryn respondió que no las había contado.

—Entonces ¿no siempre eran... violaciones? —insistió el letrado Bellafontes.

Coryn se quedó callada. El letrado se acercó a ella, mucho, y la traspasó con la mirada.

—¿Eran siempre violaciones?

—No.

—¿Cómo podía su marido apreciar la diferencia si usted no se negaba?

—Aquel día sé que quería matarme —repuso Coryn temblando.

El letrado Bellafontes echó un vistazo a los documentos que tenía en la mano. El abogado de Coryn objetó, en vano.

—Según el informe policial, usted declaró que el señor Brannigan dijo «esta vez se acabó». No dijo «voy a matarte», ¿no es así?

—Sí.

—¿Dónde estaban las manos de su marido cuando le golpeó?

—Ya no me acuerdo.

Se produjo un silencio. Prolongado. Las miradas se posaron sobre unos y otros. Jack dijo una última vez que no acusaba de nada a Coryn. Porque su objetivo era reconquistarla. Punto. Y empezar de cero. Pero eso, cómo no, era su pequeño secreto. Su postre personal, en cierto modo...

Coryn comprendió que volvía a ser invisible y se preguntó si su muerte habría cambiado las cosas. Se convenció de que no. Siempre habría alguien que afirmaría que Jack tenía derecho al perdón porque iba a pagar su deuda. Había golpeado. Se había arrogado el derecho, la costumbre y el placer.

Sin duda, quedaban los testimonios de la directora del colegio y del personal de la guardería. Jack tenía los de sus empleados, para quienes era un jefe exigente pero justo y generoso. Katy, su vecina, no dijo sino la verdad. No había visto nada. Quedaba el asunto de la hemorragia, que no te-

339

nía una conclusión firme. Y la cicatriz imponente en el cráneo de Jack.

Luego escucharon la grabación de Malcolm. Decía que no sabía nada y que nunca había visto a su papá pegar a su mamá… Coryn supo que la partida estaba perdida. El abogado de Jack pudo decir, con la boca llena de satisfacción:

—No hay más preguntas, señoría.

3

En verdad, Coryn no estaba triste. Estaba frustrada. Era consciente de que la habían manipulado durante el juicio y de que no había podido contar las cosas tal como habían sucedido. Había pasado muchas noches en La Casa analizando su existencia. De su infancia acortada se había visto lanzada a propulsión a la vida adulta. Y la conclusión era sencilla: había perdido mucho tiempo en no existir. Hasta que Kyle le había enseñado a vivir.

Jamás renunciaría a ese regalo. Hizo a un lado cuidadosamente su odio y su ira «para vivir». Puso en un lugar destacado su determinación, y sintió, emocionada, la fuerza que la habitaba de nuevo. Pensó cada día en lo que Kyle había dicho y escrito: «Te quiero».

Se aferraba a esas palabras cada vez que corría el riesgo de tambalearse. En el juzgado, así como metida en su cama en la oscuridad, ese «te quiero» fue su árbol.

Mucho antes de que finalizase el juicio la joven mujer tuvo la convicción de que no serviría para nada. Y antes de que se retiraran a deliberar miró a los miembros del jurado y supo quién votaría contra ella. Y quién la defendería. Supuso que no obtendría una amplia mayoría. Miró a Jack que, como en todas las sesiones, bajaba los ojos cuando tocaba y ocultaba juiciosamente sus manazas. No sobrepasó la línea que su abogado le había marcado. Se mostró cortés y apasionado. Tenía testigos...

Sí, Jack había sido muy hábil. Ni siquiera entonces comprendió Coryn hasta qué punto la había manipulado.

El veredicto se pronunció un miércoles a las cinco y cincuenta y tres de la tarde. Coryn levantó la vista hacia el reloj de la sala, como había hecho al dar a luz a sus tres hijos. Oyó que tenía cuatro años de tregua hasta que todo empezase de nuevo, porque Jack aseguró:

—Conservar a nuestros hijos es lo más preciado para mí. Deseo demostrar a Coryn que puedo cambiar y que los quiero más que a nada en el mundo. Me esforzaré cada día y lo conseguiré.

No cometió ni un solo error en la elección del tono. Menos aún en la de sus palabras. Aceptó el veredicto con un alivio muy bien disimulado.

4

No. Coryn no podía desterrar a Jack de su vida. Estaban los niños. El letrado Seskin se inclinó sobre ella al salir del juzgado y le tocó el hombro.

—Le pasará una pensión importante.

—¿Es esa su forma de decir que lo siente? —intervino Jane sin poder contener un minuto más la ira que le atenazaba el estómago.

Jane dejó caer con brusquedad su maletín al suelo y clavó en el abogado su mirada sombría.

—De verdad, no creí que el veredicto sería tan clemente.

—¿Insinúa que hemos tenido mala suerte?

—Desgraciadamente, se parece mucho a mi vida —intervino Coryn mirándolos a ambos—. ¿Qué me aconseja, ahora que el día menos pensado ese tipo llamará a mi puerta para reclamarme el derecho de custodia?

—Deje que pasen los años de cárcel —dijo el letrado Seskin—. En cuanto a su terapia…

—Jack no cambiará jamás —lo atajó la joven mujer con el semblante endurecido—. Aguardará pacientemente y volverá a ser el Jack de siempre en cuanto salga.

—No. Porque en ese caso volvería de inmediato a la cárcel, y por mucho más tiempo.

Coryn levantó unos ojos horrorizados.

—¿Está oyendo lo que dice? —increpó Jane.

El letrado Seskin prosiguió:

—Tenga fe, no tiene gran cosa que temer. Está divorciada.

Sí, lo estaba. En el papel. Y también sabía que si Jack lo había aceptado con tanta complacencia era para conseguir una reducción de su condena. Para acercarse a su objetivo secreto.

—Créame, entiendo su consternación. Estoy de su parte... Ni siquiera ha pedido ver a sus hijos.

—Porque no quiere que sus hijos lo vean a él en la cárcel —precisó Jane.

—Todo depende también del lugar donde se instale usted...

—Mi vida está en suspenso.

—No, Coryn —dijo Jane tomándole una mano.

La joven se volvió hacia su abogado y preguntó si Jack podía pedir su traslado a Inglaterra en el hipotético caso de que Coryn decidiera mudarse allí. El letrado Seskin reflexionó y dijo:

—La ley no se lo impide. ¿Está pensando en volver a Inglaterra?

—En lo que pienso es en no volver a verlo jamás.

—Coryn...

—No se preocupe, letrado, no lo culpo. Me ha defendido con las cartas que tenía. Aunque tenga la sensación de ser la perdedora.

5

El cielo era de un azul mate salpicado de nubes desgarradas. En el coche, Coryn no prestó atención a Jane y su ira. Volvió a ver a Jack, con los hombros encorvados. Sí, se había mostrado arrepentido en extremo. Y voluntarioso. Porque ya había visitado a un terapeuta y jurado que le resultaba de gran ayuda para evitar sus «deslices».

Esa palabra le vino a la memoria. Le pareció que Jack había dominado el juicio. Una vez en La Casa, la joven mujer fue a buscar un diccionario y releyó la definición. «*Sustantivo masculino*. Desacierto, indiscreción involuntaria.» No entendió por qué nadie lo había constatado. «¿Acaso las personas se ponen a dormitar en cuanto se sientan sobre su trasero?» Jack no cometía «deslices». Era un ser egoísta, tiránico, violento, contradictorio, celoso y calculador. Había sabido explicar por qué en el televisor de su casa solo podían verse DVD. Dio una excusa original pero aceptable. Una especie de control parental.

—Muchos padres preocupados por lo que pueda afectar al cerebro de sus hijos se niegan a que vean programas de televisión —había señalado el letrado Bellafontes.

Es una especie de verdad colectiva. La explicación de Jack parecía casi intelectual. Sí, las cosas habían sufrido un pequeño «desliz».

Coryn fijó los ojos en el diccionario y lo cerró con tanta fuerza que las páginas castañetearon. Jack sabía muy bien lo que hacía. Coryn, su única víctima y el único testigo de sus «actos», no contaba más que un vulgar juguete. Jack se mostraría paciente y esperaría su hora. «Ese es el plan de Jack.»

Devolvió el diccionario a su estantería de la biblioteca y fue a apostarse junto a la ventana, en el sitio exacto donde Kyle la había besado. En el sitio exacto donde se había deleitado con aquel primer beso. En el jardín habían florecido algunos brotes. Pensó en lo verdes que debían de estar las hojas de su abedul.

Coryn Benton, antes de divorciarse: señora de Brannigan, cerró los ojos y los vio. Vio los ojos de Kyle y juró atenerse a la decisión que había tomado.

6

Por su parte, unos meses antes Patsi también había hecho una elección. Sola. Eran las seis y diez de la tarde. Esperaba el e-mail del laboratorio —sentada— delante de la pantalla de su ordenador. Imprimió el informe. Reflexionó y miró el mar que se veía a lo lejos desde su despacho. Pensó que quería conservar su casa de Los Ángeles, aunque solo fuese para volver tres veces al año. Compraría la parte de Kyle. Tenía meses por delante para ocuparse de la cuna, el cochecito, los peleles... «¿Cuántas unidades?», se preguntó con esa especie de alegría inquebrantable que se había adueñado de ella.

Decidió de inmediato que Kyle sería el único en saber que no era el padre. No avisaría a Christopher. No diría nada hasta el último concierto, previsto a finales de abril. Se pondría vestidos acampanados al estilo de los años sesenta. Estilo que, por lo demás, solo había explotado en el escenario.

En ese momento Kyle salió a la terraza con una taza de café humeante en la mano. Llevaba los vaqueros preferidos de Patsi y su bufanda negra. Se volvió y la vio. Como en el escenario, la mirada de Patsi fue suficiente. Kyle la entendió y se acercó a ella.

—Estos análisis prueban que me quedé embarazada precisamente el 3 de diciembre. Y el último día que tú y yo nos acostamos fue… antes.

El músico miró las cifras, los índices y los términos extraños que descubría por primera vez en su vida.

—¿Estás decepcionado?

—Es mejor para el bebé. Yo ya me he torturado bastante preguntándome si mi madre se alegró cuando supo que esperaba un hijo.

Patsi guardó silencio, y Kyle continuó:

—Quién sabe si las cosas no se perpetúan de generación en generación…

—Tu padre no era una estrella del rock.

Kyle asintió y añadió que él también había estado reflexionando.

—Sí un día tengo un hijo, me gustaría decirle que fue deseado. No quiero que piense que lo engendró un monstruo. Porque no soportaría que a él también le asustara el futuro.

—¡Cielito…! Tienes que hacértelo mirar. Desvarías.

—Ya lo sé, Patsi. Sin embargo, lo peor para mí no es eso.

—¿Y qué es?

—Lo peor sería que me hubiera deseado el monstruo. El asesino.

Kyle tenía en los ojos la fragilidad que Patsi odiaba y que, sin embargo, la había hecho caer rendida a sus pies. No había dejado de quererlo. Lo quería de otra forma. Su amor había variado su órbita. Se sentó junto a él y tomó sus manos entre las suyas.

—Olvidas un elemento esencial.

—¿Ah, sí? ¿Cuál?

—Tu libertad de renegar de él. Tu libertad de vivir sin él.

Patsi añadió que a ella no le costaba nada decirlo, que ella no podía imaginar su lucha interna.

—Pero eso no impide nada, sigue mi consejo. Déjalo estar. Eres libre, Kyle. Ni siquiera estoy ya encima de ti todo el día. ¡Y no eres el padre indigno de un hijo que no es tuyo!

Kyle sonrió.

—Así que... no pierdas diez años. Llámala.

—¡Oh! —Él suspiró con tal emoción que tuvo que levantarse del sillón de terciopelo violeta—. Olvidas que no puedo. El juicio será dentro de nada.

—Pues escríbele.

—Quiere rehacer su vida. Debe...

—Kyle... ¡Mierda!

Él cogió su guitarra. Patsi se levantó para mirarlo de frente.

—En ese caso, no llames a Coryn. ¡Jamás! ¿Me oyes? No la conozco, pero no sería bueno que después de que le hayan partido la cara durante años ahora vaya a dar con un tío depresivo y gallina. Un tío que no esté a la altura.

—¿Crees que no lo sé? Coryn no necesita a alguien como yo, que...

—¡Kyle, me sacas de quicio! Y no te imaginas cuánto me alegro de haberte dado puerta. ¡Y de que este crío no sea tuyo!

Patsi dio media vuelta y desapareció por el pasillo. Sin embargo, tres segundos más tarde reapareció, con una mano apoyada en el vientre.

—¿Y ahora qué?

—Gracias por aguantarme en tu cama hasta que termine esta maldita gira...

Se llevó la mano a la boca.

—¿Más náuseas?

—¡En cuanto me las recuerdan! —Se dejó caer en el sillón con un suspiro—. Cuando pienso que esto puede durar hasta el parto...

Kyle se le acercó.

—¿Quieres un vaso de agua?

Patsi negó con la cabeza.

—Quiero que toques el tercer tema.

—¿Ya no lo aborreces?

—Ahora soy una espectadora más.

El músico sonrió. Patsi le apartó el mechón de los ojos y se lo recolocó a la manera de Kyle.

—A todo esto —dijo con indiferencia—, en cuanto al «siempre»... puede que tuvieras razón.

—¡Oh!

—Pero cuando te dije «conmigo no», en eso no me equivocaba.

—Entonces ¿el *invisible man* es tu «siempre»?

Patsi suspiró.

—¿Cuándo piensas contárselo?

Ella se encogió de hombros y precisó: «¡Después del juicio!».

—No eres mejor que yo, al fin y al cabo.

—Sí. Porque le hablo, le digo que lo quiero y en cuanto a lo demás... pues es como un plato que se cuece a fuego lento. ¡Aún no está listo! Y por eso no ha llegado la hora de sentarse a la mesa.

—Deberías contarle que es el padre.

—¡No me digas lo que tengo que hacer, Kyle! ¡Toca!

Patsi cerró los ojos durante todo el tiempo que Kyle cantó.

Viajaron a Londres, Bruselas, Berlín, y no dijo nada a Christopher. Aún no. Seguía su estrategia. Ni Kyle ni nadie habrían podido disuadirla. La artista ocultó sus náuseas y sus vómitos a Steve y Jet. A todos los que trabajaban en la gira. Subió al escenario sin modificar un ápice su actitud. Fingió seguir en plena forma y mantuvo el tipo sin flaquear, liberando tan solo su mal humor con un poco más de estruendo. Dormía a pierna suelta al lado de Kyle. Solo por un motivo.

—¡Para que los periodistas me dejen en paz!

7

Mientras que Patsi ocultaba sus náuseas y sus primeros kilos bajo sus nuevos vestidos acampanados, que combinaba con botas y mallas, Kyle enterraba su malestar un poco más, y solo dejaba que aflorase en el escenario. El público aplaudía con ganas mientras que él se sentía desfallecer cada vez más. Patsi no dejaba de repetirle que el juicio, el desfase horario, la gira, los «esta noche no», los «ahora no», los «necesitamos tiempo» y demás eran excusas «baratas».

—Sabes que todo el mundo dice una cosa y quiere otra.

Patsi tenía razón, como siempre. Kyle sabía muy bien que solo el miedo se lo impedía. Su monumental, asfixiante, paralizante e infecto miedo de lastimar a la mujer que amaba. De no estar a su altura.

No obstante, un día, cuando acababan de aterrizar en Grecia, Kyle dejó su maleta junto a la cama del hotel y, sin mirar el cielo azul ni la hora —sin pensar—, marcó el número protegido de Jane. Su voz le confirmó que dormía. Jane dijo que eran las cuatro de la madrugada y, sobre la marcha, le informó de la sentencia del juicio.

—Tengo que hablar con Coryn. Dile que la llamaré más tarde.

—No está aquí. Se ha ido.

Se le heló la sangre.

—¿Cuánto hace?

—Lleva tres días sin aparecer.

—¿Qué quieres decir?

Jane calló unos segundos. Kyle se impacientó.

—¡Jane!

Resumió en pocas palabras el juicio, el divorcio exprés, la separación de bienes, que se reducía a pocas cosas puesto que Jack había tenido la astucia de formalizar un acuerdo prematrimonial. La casa de San Francisco era la residencia oficial de la empresa y la de Londres solo le pertenecía a Jack. Coryn había vendido todas sus joyas, también la alianza. Había hecho algunas búsquedas de empleo.

—Sus hijas nacieron aquí. Tiene derecho a quedarse. Le propuse, incluso, que ocupara la nueva vacante que voy a crear.

Era cierto. Fue lo que Jane hizo la mañana de la huida de Coryn. Pero antes de que la joven mujer pensara en la respuesta, el pequeño Pedro entró gritando que su mamá estaba en la ducha y que no quería abrir la puerta. Jane acudió corriendo al aseo y Coryn llamó al 911. Dio la dirección y en unos minutos apareció la asistencia médica, echando abajo la puerta del cuarto de baño. Johanna, la mamá de Pedro, yacía sentada en su propia sangre en la ducha. Coryn estaba en primera línea y lo vio todo. «Esto no terminará jamás.»

—Cuando fui a llamar a su puerta descubrí los armarios casi vacíos.

—¿Se fue con todas sus maletas sin que nadie la viera?

—Yo... Esto estaba lleno de policías y de gente...

—¿Cómo se fue? ¿En taxi? ¿Cómo diablos?

—¡Kyle! Había recuperado el segundo coche.

—¿Dejó alguna nota?

¡Oh, sí! Y tanto que Coryn había dejado una nota. Jane vaciló, y el músico gritó que quería saberlo. Jane desplegó la hoja que aguardaba en la mesita de noche.

—Escribió: «Una mujer maltratada terminará siempre encerrándose en un cuarto de baño si no ha sucumbido a los golpes. Se convencerá de que es la única salida. No quiero ser una de ellas. Por favor, Jane, no me busques. Quiero reconstruir mi vida».

Jane añadió que Coryn le agradecía su ayuda y blablablá... Estaba ganando tiempo, pero sabía que su hermano acabaría preguntando:

—¿Eso es todo?

—También escribió: «Di gracias y adiós a Kyle de mi parte».

Transcurrió un minuto largo, que explicaba todas las implicaciones de ese «gracias». Jane no creía que el dinero que Coryn había retirado de su cuenta bancaria le bastase para vivir mucho tiempo escondida.

—¿Por qué no me has contado nada?

—Confiaba... confiaba en que volvería. Ya nos ha pasa...

Kyle colgó. «Di gracias y adiós a Kyle.» «Di gracias y adiós a Kyle.» «Di gracias y adiós a Kyle.» «Di gracias y adiós a Kyle.» «Di gracias y adiós a Kyle.» «Di gracias y adiós a Kyle.» «Di gracias y adiós a Kyle.» «Di gracias y adiós a Kyle.» «Di gracias y adiós a Kyle.»

Había reaccionado demasiado tarde. Por cobardía. Por pura cobardía. Y era consciente de ello.

Kyle permaneció sentado en el suelo mirando por la ventana. El cielo exhibía un azul implacable que no toleraba ninguna nube. Kyle olvidó el día, el lugar, el hotel, qué sala los acogería para el concierto de esa noche. Estaba solo y destrozado. Se sentía solo y destrozado. Cogió la guitarra que estaba a sus pies y, sin dejar de mirar el cielo azul, se puso a tocar. Y a cantar. Sin público. Sin nadie que lo escuchara. Sin Coryn entre sus brazos.

I hope you're all right
I hope things turned out right
I wish you a happy life
I hope you think of me sometimes
Sometimes I might go crazy
Some days I'll be crazy
Oh! My love please forgive me
Oh! My love please[1]

Kyle lanzó la guitarra al otro extremo de la habitación. Luego su teléfono.

1. Espero que estés bien / Espero que todo vaya a mejor / Te deseo una vida feliz / Espero que pienses alguna vez en mí / A veces podría volverme loco / Algunos días lo estaré / ¡Oh, mi amor, perdóname, por favor! / ¡Oh, mi amor, por favor!

8

—¡Kyle! ¿Estás escuchando?

—Sí.

—Pues no lo parece.

—Sigue, Steve.

No, el cantante no estaba escuchando. Hacía días que ya no prestaba oído a nadie. Ni siquiera a Patsi cuando le cogía la mano, llegada la noche. La mayor parte del tiempo permanecía callado y solo se animaba cuando subía al escenario. Escribía cosas que iban directas a la papelera. Patsi las recuperaba, las leía con ojos horrorizados y las rompía rápidamente. Una noche Kyle murmuró que pasaba página. Ella respondió: «Fantástico».

Patsi supo que ambos mentían. La echaba de menos y siempre lo haría. Era un sinsentido, claro. Y no obstante... real. Tan real como esa cosita que la joven mujer notaba moverse en un lugar de su cuerpo cuya existencia no sospechaba.

—Pues os iba diciendo —continuó Steve, nada convencido— que Mike Beals acaba de firmar. Sudáfrica, está bien.

—¿Cuántos? —preguntó Patsi, inquieta.

—¿Cuántos qué?

—¡Cuántos conciertos, bobo!

—Dos —dijo Steve.

—¡Dos! Es una mini minigira.

—Dos tampoco está tan mal para Sudáfrica. ¡Y cuando tocamos en un estadio nos llevamos un buen pellizco, Patsi!

—¡Steve! Te vuelves susceptible con la vejez.

—¡Me pregunto si te das cuenta del curro que me pego y de lo que Mike sacrifica para que tú subas a menear el culo en un escenario! De hecho, podría añadir que en este momento...

Patsi abrió la boca, y la cerró cuando Kyle preguntó:

—¿Desde cuándo tocamos por la pasta?

Los chicos se volvieron hacia él a una.

—¿Qué pregunta de mierda es esa?

—Nunca has hecho ascos a la pasta, Kyle.

—No. Es verdad. Pero insisto, porque de pronto me pregunto desde cuándo tocamos por la pasta.

—Básicamente desde siempre —dijo Jet, que no era el más parlanchín del grupo. Se irguió en su asiento. Los otros tres se volvieron hacia él, y se encogió de hombros—. ¿Qué pasa? ¿Por qué me miráis así? Soy como todo el mundo, como todos vosotros. ¿El dinero? Pues me he acostumbrado a él y no le hago ascos. No más que tú, Kyle, que tienes los bolsillos agujereados. No más que Steve, que tiene gustos muy caros, y no más que Patsi, que se pule lo que no ha ganado aún. Punto.

Se hizo el silencio y cada cual analizó las palabras de Jet a su manera.

—Sudáfrica... —terminó aceptando Patsi en voz alta—. ¿Por qué han dicho que sí?

—¡Porque hasta ahora no hemos ido nunca! ¡Porque siempre hemos querido ir! ¡Porque llevamos meses negociando! ¡Porque las fechas son las adecuadas, antes del último concierto en Nueva York! ¡Mierda! ¡Patsi...! ¿Qué te pasa?

—Nada. Que estamos un poco hechos polvo, ¿no? —respondió.

—Estás hecha polvo, querrás decir. Pero haz un esfuerzo. Dentro de poco podrás descansar. ¿Crees que aguantarás? —se mofó Steve.

—¿Cuándo tocamos? —preguntó Kyle antes de que Patsi estallara.

—El sábado y el domingo de la semana que viene.

—¿Ya? ¿Y el material?

Steve intervino para explicarles que el decorado sería...

—... más sobrio. No podemos hacer nada más con un plazo tan corto.

—Un estadio. Un decorado minimalista. A mí me parece que se verá... ¡vacío! —Patsi suspiró.

—Contamos con tu presencia —repuso Steve—. Y ves, eso te deja tiempo para descansar antes del concierto.

—Habrás constatado, Steve, que no he dicho ni mu y que no obje...

—¿Y por qué no nos vamos después del concierto de mañana?

Los tres se volvieron simultáneamente de nuevo hacia Kyle.

—Sí. ¿Por qué no? —repitió.

—¿Para hacer turismo otra vez? ¡No, gracias! —dijo Patsi mientras desenroscaba el tapón del frasco de esmalte de uñas negro—. Si supieras, cariño, cómo nos agobian tus visitas a los zoos, a las expos y los museos...

—Os agobia que haga turismo. Os agobia que me duela la cabeza. Os agobia que me quede acostado. Os agobia...

—¡Ya basta! —le interrumpió Patsi levantándose.

Steve alzó las manos para pedir tiempo muerto.

—¡Tú también, Steve! ¡Nos agobias con tu perpetuo *peace and love* y tus sorpresitas de último minuto!

—¿Qué te crees, que tú no nos agobias, Patsi? Estamos hasta las narices de tus crisis, de tus nervios y de todo lo demás. Estaría bien que dijeses «sí» de vez en cuando y sin protestar, para variar. Que no vayas de estrella con nosotros. ¡Mierda!

—¿De estrella?

Se puso la mano en el corazón.

—¡Nunca he ido de estrella con vosotros!

—¡Demuéstralo! Y haz tú esta noche la entrevista con la gente del WQY10.

—¿Por qué?

—¡Hostia! ¿No puedes decir «sí»?

—Te estoy preguntando «por qué».

Jet suspiró y se fue a mirar por la ventana. Steve hizo un esfuerzo sobrehumano por no tirarlo por la maldita ventana y Kyle emprendió el vuelo por esa maravillosa ventana.

—Te pongo en situación —continuó Steve como si no pasara nada—. WQY10 es más rollo clásico.

—¿Por qué? ¿Ahora somos clásicos?

—¡Te repites, Patsi!

—¡Y a mí qué! ¡Quiero una respuesta a mi pregunta! ¿Por qué tenemos que aguantar otra entrevista? Ya lo hemos dicho y repetido to...

Steve le arrancó de las manos el frasco de esmalte.

—Porque la periodista ha preparado su trabajo y porque también es nuestro trabajo... ¡Oh! ¡Mierda, Patsi!

Steve no podía más. Estaban cansados. Los cuatro. El

final de una gira era tan angustioso como predecible. Siempre era la misma cantinela. Desfogaban sus nervios por turnos. Necesitaban airearse. Distanciarse. Apalancarse en algún sitio y no moverse, pero les daba un miedo de muerte volver al vacío del común de los mortales. Ellos no tenían una rutina reconfortante sobre la que dormir como benditos ni bolsas de basura que sacar como todo el mundo. Sin escenarios. Sin desafíos. La cuenta atrás no avanzaba en el buen sentido para ellos y, esa vez, los problemas parecían multiplicarse.

Aquel día, no obstante, para sorpresa de todos, Patsi cedió e hizo la entrevista. Se mostró como era de ordinario. Indómita e imprevisible. Pasaba olímpicamente de lo que la gente pensara de ella. Patsi siempre era auténtica. Sincera y justa. Además, estaba embarazada y alterada. Cuando la joven periodista le preguntó si un día aceptaría sumarse a alguna causa, la roquera respondió sin dudarlo:

—No.

—¿Por qué?

—Porque hay demasiadas por defender.

—Sí, pero…

—¡No hay peros que valgan, cielo! Solo la imposibilidad de elegir una única causa. Porque sería del todo injusto. Pero, por favor, escribe que siempre he aceptado tocar para cualquier asociación que me lo pidiese.

—He de entender que sigue negándose a un compromiso como el matrimonio…

—¡Uy, uy, uy! —exclamó Patsi irguiéndose en su asiento.

Los chicos contuvieron el aliento. El terreno se tornaba resbaladizo. Intercambiaron una mirada impotente, pero Patsi fue más rápida que ellos.

—Cielito mío, punto uno: me gustaría que me dejaran en paz de una vez por todas con la eterna y cansina pregunta del matrimonio, y punto dos...

Recobró aliento y lanzó una mirada a Kyle, quien se hundió en su asiento para disfrutar de la continuación del espectáculo.

—... y, como iba diciendo, punto dos: mi único deseo es demostrar al planeta que las mujeres, todas las mujeres, son libres de hacer y pensar lo que quieran y, sobre todo, que no deben dudar nunca. En cuanto a casarme con Kyle Mac Logan, no entra en mis planes y no entrará nunca porque...

Se vio interrumpida por la periodista.

—Pero sí que entró en el pasado, ¿no es así?

Patsi cruzó otra mirada con Kyle. Se sonrieron. La periodista soltó un rápido «ya lo han hecho, ¿es eso?», que hizo estallar de risa a la artista.

—No sé si al despertarte esta mañana eras consciente de que hoy era tu día de suerte, cielito. Porque esta tarde tienes tu exclusiva. Kyle y yo nos separamos. Y ya de paso... ¡puedes anunciar que estoy embarazada! Pero antes de que te preguntes quién es el padre, te responderé que este crío es de un *man* y no una concepción divina.

—¿Pone esto en peligro al grupo? —dijo el cielito dando un respingo, regocijándose de estar en primera línea.

—Esto no pone en peligro nada de nada —continuó Patsi mientras Steve y Jet digerían el plato fuerte—. Seguiremos trabajando juntos. Nos concederemos una merecida pausa después de nuestros últimos conciertos. Daré a luz dentro de unos meses y, después, grabaremos un nuevo disco y concederemos entrevistas y haremos una gira fantástica y tendré rabietas cuando me hagan preguntas estúpidas.

—¿Y qué decís vosotros, chicos? —preguntó la periodista volviéndose hacia ellos.

—Pensamos lo mismo que Patsi —respondieron los tres a coro.

Sí. Como de costumbre, la artista tenía el don de encontrar el momento oportuno. Exactamente como el día en que entró en el camerino-armario de los chicos dando un puntapié a la puerta y le arrancó el bajo a Steve de las manos. Daba en el clavo. Kyle habría deseado colocarle una bola de cristal entre las manos para que le dijese dónde diablos se había metido Coryn. Porque, de momento, nadie conocía su paradero.

9

Jack se incorporó en su cama. Leyó atentamente el artículo que relataba las confesiones de Patsi. «Así que el Pirado se separa de su mujer —se dijo—. Así que la mía volverá a Londres, adonde él ya se ha mudado...»

El preso Brannigan se levantó, cogió una hoja de papel en blanco, la alisó y escribió del tirón, sin tachaduras:

> Apreciadísimo letrado:
>
> Lo he pensado bien y la decisión está tomada. Quiero que pida mi traslado a una cárcel inglesa cuanto antes.
> Atentamente,
>
> JACK BRANNIGAN

Jack ignoraba cuáles eran los planes de Coryn. Solo hacía conjeturas. Pero ¿acaso podía instalarse esa zorra en otro lugar que no fuera Inglaterra? Probablemente no. La pensión que le pasaba le daría para vivir, pero no para hacer milagros, desde luego. Timmy había dicho que el Pirado ganaba... «¿Qué es lo que había dicho? ¡Ah, sí! "Gana más pasta de la que tú podrías ganar en tu vida".»

Jack se enjugó la frente. Plegó con esmero el folio en dos y luego en cuatro. Las esquinas se superpusieron a la perfección, y lo metió en un sobre.

Al día siguiente se lo entregaría al guardia. Todo se iría engranando. «Poco a poco, voy acercándome», pensó mientras tachaba un día del calendario y aplastaba con el pie la araña que había cometido la imprudencia de pasar por delante de él.

—No puedes evitar aplastarlas, ¿eh? —preguntó Klaus, su compañero de celda.

—¿Por qué? ¿Les profesas una adoración especial?

—Totalmente. No me gustan los mosquitos y deberías saber, Brannigan, que las arañas son como yo.

—Ni que lo digas…

—No olvides que los mosquitos son como las putas. Te chupan la sangre para que te mueras. Y sabes qué les tengo yo reservado a las putas, ¿verdad?

Jack se excusó y prometió que sería más tolerante con las arañas; no quería poner nervioso a Klaus-el-exterminador-de-prostitutas, y menos aún que sus esfuerzos cayeran en saco roto por una estúpida pelea sobre insectos. Lo prometió con sinceridad, y Klaus se tiró un pedo en su apestoso catre repitiendo que iba a redactar un manual sobre «las mil y una maneras de descuartizar a todas las guarras de la galaxia».

«Un día menos…»

10

La mañana en que el pequeño Pedro irrumpió a gritos en el salón después de ver a su madre con las muñecas ensangrentadas Coryn hizo las maletas para salir huyendo. Fue como si la hubieran cogido de la mano para guiarla. Se echó a la carretera y se dejó llevar hasta Battle Mountain, en Nevada.

No esperaría a que Malcolm terminase el año escolar, mientras ella digería el proceso, el divorcio, su vida con Jack y las primeras cartas que este había hecho llegar a sus hijos a través de sus respectivos abogados. Las había redactado sabiendo que ella leería y releería las cariñosas palabras de ese padre que se negaba a que sus «adorables criaturas» lo viesen en un locutorio rodeado de compañeros cuyo recuerdo les provocaría pesadillas. Decía que era como un viaje largo, pero que los querría siempre. Que ese maravilloso amor era más fuerte que todo. Que nada podría destruirlo.

Coryn sabía muy bien que Jack decía estas palabras en serio. Del mismo modo que sabía que llegarían muchas más cartas en el futuro, postales de cumpleaños y de Navidad. Y que ella tendría que leerlas… «Y tampoco hay que olvidar a Kyle.»

La joven mujer no había tenido tiempo de cambiar el estado civil de su pasaporte. De hecho, ni siquiera se le había ocurrido y no fue consciente de ello hasta que rellenó el formulario que la recepcionista del Cowboy Inn le tendió. Utilizó su apellido de casada, pero de forma casi ilegible, y para colmo con una falta ortográfica que no saltó a los ojos de aquella señora de edad indefinible. La mujer sentía más curiosidad por el nuevo corte de pelo de Coryn, que difería considerablemente del de la foto del pasaporte.

—¿Cuántos días? —preguntó con un marcado acento que sorprendió a Coryn.

—Varios —respondió echando un vistazo a sus hijos, que seguían dentro del coche.

—La tele no funciona, pero el lector de DVD sí.

Coryn salió de recepción cargada con una buena docena de películas que entusiasmaron a los pequeños y que vieron en bucle. ¿Fue ese el motivo por el que se quedó allí varios días? ¿O porque nadie fue a llamar a su puerta la primera noche que pasó en Battle Mountain? Quizá el nombre no fuera casualidad... Sabía con certeza que libraba una especie de combate, y se aferraba a la única idea que no se le iba de la cabeza. «Tengo que desaparecer porque quiso matarme. Y volverá a intentarlo.»

Coryn urdió un plan mientras paseaba con sus hijos por las calles soleadas, con plena libertad. «Con plena libertad.» Por primera vez en su vida había conducido durante cientos de kilómetros sola. Y también por primera vez podía apreciar ese sentimiento nuevo que le dejaba entrever de qué era capaz, pero también la posibilidad de vivir días de paz... Aunque algunas noches seguirían interrumpidas por pesadillas y visiones de policías que venían a esposarla para conducirla al locutorio, donde un Jack sonriente le susurraba que en la cárcel no servían su postre favorito.

Coryn se despertaba con un sobresalto, pero el sol de

Nevada se levantaba temprano y espantaba las nubes como los malos sueños. «Debo tener suerte.» Miraba a sus hijos mientras dormían, y los veía seguirla con total confianza. En el coche explicó a Malcolm que hacía lo que hacía por su bien. Por el bien de los cuatro. Que, aunque no podía explicárselo todo, debía confiar en ella. Él la escuchó sin hacer ni un comentario. Parecía comprender y tiraba de sus hermanas. «Nunca les soltaré la mano.»

Una mañana, justo antes del alba, llegaron de un tirón a Las Vegas. Pasaron allí la noche sin que nadie le preguntase nada. Coryn abandonó su coche en un aparcamiento gigantesco. Tomaron un autobús hasta el aeropuerto y, por último, compraron un billete a Nueva York. Coryn lo pagó todo con el dinero que Kyle le había dejado. «Di gracias y adiós a Kyle. Dile que le quiero.» Pero, claro, las últimas palabras Coryn no tuvo el coraje de escribirlas.

11

Kyle viajó —solo— a Sudáfrica el día en que Coryn y sus hijos salieron de Las Vegas. El músico pensó que pasar tres días en un entorno desconocido le purificaría el espíritu. Puede que incluso le inspirase. La joven divorciada rezó por que sus planes salieran bien. Al llegar a la puerta de embarque esa mañana creyó que un policía la interceptaría antes de embarcar. Pero solo se enfrentó al mal humor de la azafata. Sin el menor percance, los cuatro se acomodaron en sus asientos y Coryn aguardó con angustia a que el avión llegase a Nueva York.

El avión de Kyle aterrizó en Johannesburgo cuando el de Coryn rozaba el asfalto de las pistas de La Guardia. Para ser abril, el calor y la humedad en ambas ciudades eran inusuales, y la temperatura era más o menos similar. El músico fue recibido por una azafata que lo acompañó amablemente a su nuevo destino mientras que Coryn se relajó al comprobar, una vez más, que nadie parecía interesado en ellos. Recuperó el cochecito de Christa y la sentó en él, cargó el equipaje y se dirigió con sus tres hijos al mostrador de información. La empleada le facilitó un folleto con los hoteles del aeropuerto y le devolvió una mirada incrédula cuando Coryn le preguntó dónde podía encontrar una cabina telefónica. La mujer alargó la mano y se la indicó con el índice.

—No doy cambio —añadió.

—Gracias. Tengo algunas monedas —respondió Coryn tropezando con la correa del bolso que había conseguido meter bajo el carrito.

«Demasiado equipaje», pensó mientras buscaba en la lista a qué hotel llamar. Marcó primero el número de uno con el logotipo de un árbol que se parecía curiosamente a un baobab. ¿Por qué? A saber… Tenían una habitación disponible para los cuatro, y la empleada le informó de que una lanzadera con el mismo logotipo salía cada media hora del aeropuerto con destino al establecimiento.

Kyle cruzó el aeropuerto de Dantu en un Jeep que debía de haber sido caqui en una vida anterior. El vehículo frenó con un ruido de chatarra al pie de un minúsculo avión y el piloto lo invitó a subir. Le comunicó que su guía llegaría con un ligero retraso. El músico sacó su teléfono y comprobó con sorpresa que tenía más cobertura que en pleno Londres. Marcó el número de Jane.

—He leído el artículo. En fin, los múltiples artículos… Felicita a Patsi de mi parte.

—No tengo nada que añadir.

—¿Seguro? Podrías haberme llamado, por ejemplo…

—¿Tienes noticias de Coryn?

—No.

—¿Y Dan? ¿Se ha enterado de algo?

—¡Aún no! ¡La vida real no tiene nada que ver con Hollywood! Las cosas van a cámara lenta cuando no van literalmente en sentido contrario. Y ni Bruce, Arnold o Sylvester son colegas de Dan.

El tono de ligereza que Jane imprimió a sus palabras no alivió a su hermano.

—Solo quiero saber dónde está y si se encuentra bien.

—Es fuerte, Kyle, más fuerte de lo que crees.

—No la encontraré jamás —murmuró.

—Tú facilitaste su huida.

—…

—Lo mejor sería que la olvidaras —dejó escapar Jane.

De no haber tenido al piloto a dos metros de él, Kyle habría perdido la paciencia. Puede que hasta hubiera gritado como en el escenario. Se contuvo.

—No te oigo…

—¡Kyle! Escu…

Colgó y se dijo a sí mismo:

—Jamás podré.

—¿Ha dicho algo, señor? —preguntó el hombrecillo negro, calvo y bigotudo que subía a bordo.

—No, no.

—¿Al menos le han dado la bienvenida a África, señor Mac Logan?

El músico asintió y el hombrecillo se sentó a su lado.

—Estoy muy contento de estar en África.

—Le va a encantar lo que me propongo enseñarle.

—Estoy seguro, señor…

—… Calendish. Aimé para los amigos. Mi madre es canadiense. De ahí lo de Aimé…

El guía estrechó la mano del joven con un vigor intencionado y sondeó sus ojos. Kyle sintió un escalofrío. ¿Era posible que su guía pudiera —o supiera— leerle los pensamientos?

—Kyle para los amigos —añadió, pensando que un guía le venía de perlas.

El piloto anunció que tenía autorización para despegar. La hélice aceleró poco a poco su rotación, como en una película de los años cincuenta. El avión carraspeó, resopló y finalmente se puso en marcha sobre la pista irregular, levantando una polvareda roja a cada metro recorrido. Kyle se preguntó si despegarían algún día cuando, de súbito, rozaron la cima de los árboles. Aimé señaló a la izquierda con la mano. El músico divisó las primeras jirafas. Las jóvenes corrían con agilidad, las adultas arrancaban hojas.

—Los árboles de los que comen esas madres son acacias.

—¿Dónde están los machos?

—El macho finge estar en la oficina, pero seguramente está con una de sus amantes. Sin embargo, es un enamorado tierno y mimoso.

Kyle sonrió.

—¡Ahí! ¡Mire!

Un grupo de antílopes parecía salir del mismo arbusto dando brincos imposibles.

—¡Jamás habría imaginado que todos estos animales estarían tan cerca del aeropuerto! —exclamó Kyle.

—¡En ocasiones cruzan las pistas! ¡A veces me digo que alguno se colará por sorpresa en uno de los aviones y se acomodará para pedir una Coca-Cola light!

El músico sonrió de nuevo, pero no podía despegar los ojos del paisaje. Los colores y la luz eran mucho más intensos allí. De contrastes mucho más fuertes. Apenas cinco minutos después, Aimé señaló a la derecha con el índice. Dos leones dormitaban tumbados en una sombra que parecía dibujada para ellos. Kyle apuntó con su cámara y sacó tantas fotos como pudo. Se inclinó para contemplar los árboles.

—Son baobabs, ¿verdad?

—Sí. Baobabs muy muy viejos —respondió Aimé comprobando su cinturón—. Dicen que tienen más de dos mil años. Algunos salvaron a los hombres gracias a sus frutos, otros salvaron la vida de quienes se refugiaron en ellos y otros sobrevivirán a nuestra contaminación.

—He leído en algún sitio que los baobabs tienen la capacidad de regenerarse.

—Exacto. Esos árboles tienen mil virtudes. Pero si quiere saber mi opinión, la principal es que son simplemente majestuosos.

El paisaje acaparó toda la atención de Kyle. Ganar altura en ese momento parecía lo más conveniente. Después de unos largos minutos Aimé lo miró.

—Está muy silencioso.

—Estoy fascinado.

—Eso está bien. La mayoría de la gente habla demasiado.

—¿Quién habla más?

—Los italianos. Y después los africanos que conocen su país al dedillo. Con el turismo de masas, mi clientela ha aumentado. He pasado de los aventureros a los aprendices de aventurero y, por último, a los aficionados a los documentales de la tele. Estos últimos solo ven África como si sobrevolaran las páginas de un catálogo de viajes, y eso en el mejor de los casos.

—Espero que no me incluya en la peor categoría.

El guía se volvió hacia él.

—No. Usted es un hombre que ama los árboles. Lo veo. Aquí tenemos un dicho: «Un hombre que ama los árboles es un hombre».

12

Coryn volvió a cruzar el inmenso vestíbulo del aeropuerto en sentido inverso. Malcolm tenía una urgencia que no podía esperar a llegar al hotel. Desanduvieron el camino, y ella no despegó los ojos de las señales amarillas que indicaban la ubicación de los aseos. Empujaba a Christa con una mano y tiraba de Daisy con la otra mientras que su hijo, aferrado al cochecito, repetía que no llegaba. Apretaron el paso, Coryn abrió la puerta y descubrió con alegría que no había cola. Malcolm se alivió justo a tiempo. Y Coryn, sin aliento, aplastada por el peso de su mochila, pensó otra vez que cargaba con demasiado equipaje.

Equipaje que subió sin ayuda del chófer al minibús que los condujo al hotel. «Mañana habrá que rehacer todo este trayecto...» Pero eso sería al día siguiente y lo importante era ponerse a resguardo esa noche.

La fatiga la invadió de nuevo justo cuando cerró la puerta de la minúscula estancia. Como si toda su energía la abandonase con aquel chasquido. Se sentó en la cama. Malcolm y Daisy hicieron lo mismo en la cama de enfrente. La miraron fijamente y dijeron al unísono:

—Tengo hambre.

—Quedaos aquí. Voy a ver qué tienen en recepción. Sobre todo, no abráis. Vuelvo dentro de cinco minutos. No más.

Con Christa en la cadera recorrió el pasillo de un color beis horrendo hasta el vestíbulo, cuya decoración era tan desmoralizante como la del resto del hotel. Solo el enorme baobab verde pintado sobre el mostrador parecía vivo. Encontró sándwiches y patatas fritas de bolsa en la máquina expendedora, y pidió a la empleada, vestida con una chaqueta del mismo beis que el de las paredes, que la despertara a las seis.

—Descuide, señora. No servimos desayuno, pero encontrará café aquí mismo. Cuanto quiera.

Coryn le dio las gracias sin apartar la vista del árbol. La empleada no levantó la cabeza, pero dijo con voz hastiada:

—Sobre todo no me pregunte por qué Westend Hotel ha escogido este logotipo y, por favor, no me diga que es una obra maestra.

Coryn sonrió, y desapareció lo más rápido que pudo para que la empleada la olvidase más rápido aún.

Los niños devoraron la comida. Coryn picoteó sin hambre repitiéndose mentalmente su cometido del día siguiente. Duchó a sus hijas y las acostó mientras Malcolm se preparaba. El crío se deslizó junto a Daisy cuando Coryn empezó a contar la historia de Ricitos de Oro. Las niñas cayeron al primer cuenco, Malcolm cerró los ojos al segundo y Coryn guardó silencio. Pero el niño dijo que no dormía.

—¿Quieres que siga?

—No.

El pequeño la miró a los ojos. Ella se arrodilló y le acarició la cara. Desde su huida, Malcolm había escuchado sin hacer preguntas inútiles. Durante todos esos días de vida extraña no había preguntado nada. Esa noche sus ojos reflejaban la misma confianza que cuando le prometió: «Te ayudaré, mamá». Con todo, a Coryn le pareció que estaba más serio. Besó a su hijo y le agradeció su ayuda. Malcolm murmuró que vigilaría a sus hermanas mientras ella se duchaba. Coryn lo besó otra vez. Le dijo «te quiero, Malcolm» y fue al cuarto de baño.

No, no lloraba. No, no alteraría sus planes. «No, no pienso echarme atrás.» Extraería su fuerza de la mirada de su hijo. «Tengo que hacerlo», pensó mientras revisaba por enésima vez sus documentos. Su dinero. Sus billetes de avión a Londres y a Glasgow. Todo seguía ahí. «Voy a hacerlo», dijo mirándose en el espejo.

Desde el día de los rabiosos tijeretazos, el pelo le había crecido unos centímetros y su corte se parecía al de Kyle. Su rostro no revelaba ninguna huella de lo sucedido en la gran casa blanca. «Qué rápido se regenera la piel.» Era cierto, su cuerpo ya no le dolía cada vez que respiraba, pero nadie podría imaginar jamás la profundidad de los moretones que Jack había dejado en ella.

Coryn cerró la puerta muy despacio y se acostó junto a Christa. Las sábanas eran tan recias como las de un convento. La joven mujer estiró las piernas. Los músculos le temblaban de cansancio, pero era incapaz de dormir. «Demasiado equipaje.» Se volvió y contó los aviones que pasaban volando a unos metros del tejado. «Mañana… Mañana…», e inevitablemente su pensamiento volvió a Kyle. ¿Qué haría? ¿Dónde estaría? «¿Ahora?»

Ojalá Coryn se hubiera detenido a leer los periódicos. Ojalá no hubiera querido desaparecer en el más recóndito de los moteles de Battle Mountain con la música de fondo de *Blancanieves*, *Toy Story* y *Los 101 dálmatas*. ¡Ojalá se le hubiera ocurrido! Pero toda la concentración de la joven estaba puesta en sus necesidades futuras. No sabía nada de la explosión de la pareja Patsi-Kyle. ¿Habría alterado sus planes de haberse enterado? ¿Cómo saberlo?

El avión de Kyle tocó la pista cuando el sol brillaba en otra polvareda roja. Las volutas danzaron un buen rato detrás de ellos. La atmósfera seguía siendo ardiente y densa. El aire olía a tierra. La espera de la lluvia era perceptible en cada ser vivo con el que se cruzaba. Los perros arrastraban las patas, los escasos gatos que vio arrimados a las paredes jadeaban. Aimé mostraba más o menos el mismo semblante que todo el mundo y dijo que esa noche cantaría para que lloviese. Kyle reconoció que él también cantaba.

—¿Para qué? —preguntó el guía.

—Para que la gente me quiera, supongo.

La respuesta le salió espontáneamente, poniendo punto y final a la confusión que lo perseguía. Siempre había sabido por qué hacía música. Pero ¿cantar? Sí, ¿por qué decidió un día que cantaría? Esa noche el guía le había invitado a responder. Kyle no se sintió mejor, pero le gustó que Aimé se riera de sus palabras. ¡Oh, sí! Al joven le gustó su risa profunda y ronca.

—Es una razón muy buena. Sobre todo con las chicas —añadió apoyando una mano en su hombro.

—¿Y cree que funciona también con los elefantes?

Aimé negó con la cabeza.

—Creo que los elefantes, y las elefantas, prefieren el silencio de la sabana.

—Tendré cuidado.

—¡Ah! —exclamó el guía riendo—. Tú y yo vamos a hacer un viaje fantástico.

13

Coryn durmió tan poco pero tan serenamente como el músico en su estera africana. Abrió los ojos muy temprano y se dirigió al cuarto de baño sin despertar a los niños, luego fue a buscar un café triple, leche y galletas.

A su vuelta, los mayores comieron. Malcolm se vistió y ayudó a Daisy mientras Coryn daba el pecho a Christa.

—¿*Veremoz jamáz* papá? —preguntó a su hermano.

El corazón de Coryn se paralizó, su hijo levantó la vista hacia ella.

—No mientras siga en la cárcel —respondió el niño.

—¿Por qué, mami?

Coryn se arrodilló junto a su hija mayor y la apretó contra ella. La niña no había hecho antes esa pregunta. Había seguido a su familia, y Coryn había confiado cobardemente en que, puesto que era tan pequeña, no mostrara interés nunca. Había dejado pasar el tiempo, aplazando al máximo el cara a cara. Pero había llegado el momento.

—*Quero* ver papá.

—No, Daisy. Papá ha pegado a mamá, por eso lo han metido en la cárcel, para castigarlo —intervino Malcolm, que estaba de pie con su mochila—. Ya te lo he dicho. Venga, vamos.

Daisy siguió a su hermano al pasillo sin mirar a su madre. Coryn tenía las piernas paralizadas. Malcolm había asumido por sí solo la responsabilidad de explicar las cosas. A sus seis años y pico. ¿Cómo era posible una vida así para los niños? ¿Cómo iban a arreglárselas? ¿Y cómo se lo perdonarían?

«Si es que me perdonan algún día...» Coryn cerró la puerta. «Lo hago por su bien y por el mío.»

En cuanto salieron a la calle Daisy vio un pájaro que rozaba el suelo y acaparó toda su atención. La lanzadera con el baobab verde pintado aparcó a sus pies, y los niños se sentaron sin objetar nada. Coryn forcejeó con el cochecito porque una de las ruedas volvió a atascarse en la puerta y, por primera vez, el pánico se apoderó de ella. En facturación le dirían que debía llevarlo en bodega, pues así había quedado estipulado la víspera para el vuelo a Nueva York. Al llegar al mostrador Coryn seguía sin encontrar una solución, hasta que la encantadora azafata de British Airways le propuso con una agradable sonrisa que lo subiera a bordo, ya que no llevaba equipaje en bodega. Coryn asintió. «¿La Suerte?»

—Voy a avisar a mis compañeros del avión. No le quite esta etiqueta. ¡Así ahorrará tiempo a su llegada!

—Gracias.

La azafata le insinuó que había sido precavida llegando antes, porque esperaban a dos grupos de chinos de un momento a otro.

—¡Afortunadamente para usted son menos madrugadores!

—¡Gracias a santa Pereza! —exclamó Coryn tomando conciencia de su enorme cansancio.

La guapa azafata rio y consultó su reloj.

—Tiene tiempo de tomarse un buen café antes pasar el control de seguridad.

—¡Me parece que lo necesito de verdad! —respondió ella pensando que había olvidado por completo el dichoso control.

—La cafetería está en mitad de este vestíbulo, a unos pasos, y encontrará al lado una zona de juegos para los niños.

Coryn le dio las gracias y siguió a los pequeños, que habían oído la palabra mágica: «juegos». Tenía miedo... ¿Qué hacer? ¿Su plan era todavía posible? Compró un café y, como tenía tiempo, se sentó. Malcolm y Daisy pegaron la nariz a las ventanas para seguir con la mirada el despegue de los primeros aviones. Coryn tenía la espalda molida, el café no sabía a nada. Christa, que jugaba sobre sus rodillas, se quitó uno de los calcetines, y Coryn comprendió que, para colmo, había olvidado los de la víspera en el cuarto de baño del Westend Hotel. Tuvo ganas de reír. De desternillarse de risa y de gritar. Estaba cansada. Pero se sentía libre. Vio aparecer a lo lejos al primer grupo de pasajeros chinos. No tenía ninguna idea en perspectiva. Colocó a Christa en su cochecito, cargó las mochilas y, en el último momento, volvió a sentarse. ¿Por qué iba a complicarse la vida? ¿No decía su madre que lo más fácil siempre era lo mejor?

Llamó a sus hijos y los reunió a su alrededor. Juntos miraron el flujo de ruidosos pasajeros, luego los empujó delante de ella, en sentido inverso, hasta la parada de taxis. «¿Bastará esto para despistar?»

Un taxista se encargó de sus maletas. Dijo con un marcado acento de Europa del Este que no iban muy cargados para ser turistas. Coryn sonrió, él le abrió la puerta del taxi. «No tengo otra elección.»

—La estación de autobuses.

—¿Port Authority? Sin problema.

Más tarde, mientras atravesaban Brooklyn, el taxista la miró detenidamente por el retrovisor. Coryn rogó a todos los santos que conocía que no la bombardease a preguntas. El joven insinuó que si necesitaba otros servicios él podría ayudarla. Coryn le sostuvo la mirada y le dio las gracias con una voz tan decidida como pudo.

—¿Quiere escuchar música?

Sonrió. «Música...»

—¿Qué música le gusta? Yo soy muy fan de Chaikovski.

Coryn dijo que era perfecto. El taxista puso un CD y condujo sin añadir nada más, si bien mirándola de vez en cuando. Coryn valoró la imprudencia de haber elegido un taxi, pero sin duda alguna era el medio más rápido con tres niños tan pequeños.

El trayecto fue largo y lento a causa del intenso tráfico, pero Chaikovski durmió a Malcolm y a Daisy hasta su destino. No vieron nada del túnel Queens Midtown ni de los rascacielos a lo lejos. Ni del intenso sol. Coryn pensó que nunca había visitado Nueva York y que probablemente no volvería a hacerlo en su vida. Cuando el taxi los dejó en la estación, pagó la carrera y dejó una propina razonable y discreta.

—Que tenga un buen viaje, señora.

El taxista añadió algo en su lengua. Coryn se dijo que serían palabras amables. Revisó las maletas, echó un vistazo a Christa, que se había quedado dormida, y cogió a Daisy de la mano. El taxi desapareció y los cuatro se internaron en la multitud.

La joven mujer no miró ningún destino, solo la hora de

salida del siguiente autobús. El primero estaba en cuarta posición. Fue el bueno. Compró los billetes y subieron a bordo. «Es una señal», se dijo justo antes de que las puertas se cerraran. «Somos cuatro en el cuarto autobús.»

14

Era el último concierto de la gira y, como si de una tradición se tratara, los F... la acabarían en Nueva York, donde la habían iniciado. Entre ambas fechas había transcurrido más de un año. El espectáculo se había renovado continuamente. En cada país. Lo único invariable para Kyle eran los intensos segundos en que, al subir al escenario, abrazaba a la multitud con la mirada. Ese instante era único. Divino. Nada podía compararse con aquello.

Pero ese día, sesenta minutos antes de esa emoción, pensó que se fijaría en el pelo de las chicas de las primeras filas. Solo porque sí. Solo por si acaso... «Solo...»

El músico no tenía noticias de la joven mujer rubia. Era evidente. Porque de haberlas tenido habría comido con más apetito y habría cantado con menos violencia. Coryn, fiel a su promesa, no había llamado a nadie. Ni a Jane ni a su abogado ni a Timmy ni a sus padres. Ni a Kyle. Sobre todo a Kyle no... Y conforme pasaban los días, más se convencía él de que no tendría noticias de ella. «Jamás.»

Miró la hora en su teléfono móvil, comprobó de paso que no había mensajes y se metió bajo la ducha de los sótanos del Madison Square Garden. Limpiarse de todo y recuperar el ánimo. Sin verlo llegar, experimentó un poderoso mareo que le hizo caer de rodillas.

«Coryn desaparece y me quedo sin sangre.»

El mareo se desvaneció. Poco a poco el músico pudo distinguir las líneas en ángulo recto que dibujaban las baldosas. La luz se tornó particularmente cruda. Se dijo que no había comido lo suficiente. Se levantó, cerró el grifo de la ducha y salió.

15

Justo antes de subir la escalera que llevaba al escenario Kyle tuvo otro mareo. Menos fulgurante que el primero, pero lo bastante intenso para obligarlo a sentarse en los escalones y permanecer unos segundos con la cabeza entre las rodillas. Steve, que esa noche era el último, para variar, se arrodilló a su lado.

—Estoy bien —lo tranquilizó Kyle.

—No. No estás bien.

El cantante se levantó, apartó a su amigo y subió de cuatro en cuatro los últimos escalones que lo conducían a su mundo. Las voces que lo reclamaban le infundieron fuerza. Olvidó los problemas, la migraña y la acusada fatiga de las semanas anteriores. Lo olvidó todo. Miró al público. Sonrió. Luego cogió el micrófono con las dos manos.

—¡Buenas noches, Nueva York!

Y la sala lo abrazó. Kyle vio alzarse los brazos, oyó los aplausos, las miles de voces que coreaban sus letras sin una sola nota falsa y ascendían hasta él para decirle lo mucho que todos lo querían. Se sorprendió yendo más lejos de lo que nunca había estado mientras que, por su parte, Jet, Steve y Patsi se dijeron que, después de catorce años viviéndolo «todo» juntos, aún podían sorprenderse. Kyle pensó que era su mejor concierto. Rompió dos guitarras y se despellejó las rodillas tirándose por el suelo. Sintió tal fuerza que le pareció tocar la eternidad. No prestó atención a los tres o cuatro lapsus de memoria que no pasaron desapercibidos a Patsi. Ella le susurró un ansioso «¿estás bien?». Él aseguró que sí. Patsi lo siguió con la vista un poco más que de costumbre y Steve hizo exactamente lo mismo.

La última canción terminó como unos fuegos artificiales. Estiraron los solos al máximo. Kyle tuvo la sensación de salir volando, y el público con él. Entonces se acercó al mismísimo borde del escenario y, no, ninguna chica tenía el pelo lo bastante rubio. Sin aliento, rasgó las cuerdas de su guitarra para arrancarle la última nota cuando sus piernas perdieron apoyo. Tuvo la nítida certeza de precipitarse desde el escenario en medio de un silencio estridente. Lo percibió absolutamente todo. El golpe, su inmovilidad, el movimiento a su alrededor, Jet corriendo hacia él y la sonrisa aterrorizada de Patsi.

Y después los gritos. Las sirenas…

«Me he caído del escenario. He salido de mi vida.»

16

Cada vez que podía, y contrariamente a lo que hacía «en libertad», Jack leía y releía todos los periódicos y todas las revistas de la biblioteca de la cárcel. A quienes se burlaban de él les decía que le gustaba mantenerse «informado». En realidad, buscaba una foto en una revista sobre famosos. Desde que la Perra se había largado, todos los días se preparaba para descubrir una foto de la Zorra paseando a orillas del Támesis con su nuevo amor, que llevaría a «mis críos en brazos».

Ese día Jack descubrió una foto grande del Pirado en una camilla. Lo invadió simultáneamente el agradable calor que acompaña siempre a una buena noticia y el sudor que certifica la mala. Vio a Coryn, «mi Coryn», sujetándole la mano mientras que «mis hijos le dibujan corazones y golondrinas».

«Voy a matarlo. Voy a matarlo.»

Brannigan pasó días reflexionando y siguió el restablecimiento del Capullo-agotado en los artículos de prensa. Leyó que Patsi deseaba a su ex toda la felicidad del mundo en los brazos «de una chica mucho más buena que yo». Jack se enjugó la frente y controló su respiración. Preguntó a su abogado si era posible contratar a un detective. El tipo le salió muy caro y más o menos eficiente. Enseguida dio con el rastro del coche que Coryn había abandonado, con algunas bolsas, en el sótano del aparcamiento de un casino de Las Vegas y luego descubrió que había comprado billetes a Londres para ella y sus hijos, pero a partir de ahí las cosas se complicaban. Jack preguntó si una prima para el detective sería suficiente. El abogado negó con la cabeza. Quedaba el recurso a las autoridades inglesas y la buena y fiel prensa.

Durante días Brannigan leyó todos los periódicos, rogó y deseó la muerte del Pirado.

«Tarde o temprano, el viento cambia.»

Sin embargo, el preso olvidaba que el tiempo es ante todo imprevisible, caprichoso y desconcertante. Así, después de todas las emociones y todos los acaloramientos, una tarde recibió la visita de su querido abogado, así como una ducha fría. Por no decir escocesa.

—Las autoridades inglesas acaban de confirmarme que su mujer no compró solo los billetes a Londres, sino también un enlace a Glasgow para el día siguiente de su llegada, con otra compañía, por supuesto.

Marcó un tiempo de silencio que Jack odió.

—¿Acaso va a decirme que nunca pusieron un pie en su destino final? —preguntó con ironía.

—Efectivamente, nunca embarcaron para Escocia porque, como usted dice, nunca pusieron un pie en Inglaterra.

—¿Lo que implica…?

—Lo que implica, Jack, que, de un modo u otro, su exmujer y sus hijos se desvanecieron en el aeropuerto. O, lo que parece más lógico, que salieron de allí después de facturar.

—¿Cómo se explica que no supieran nada de esto hasta ahora? —preguntó el preso con una frialdad y una mirada muy mal dominadas.

—¡Señor Brannigan! —El abogado torció el gesto—. ¿Debo recordarle que su mujer no es la persona que está en la cárcel?

—Le ruego que me disculpe, letrado.

—Tengo que vérmelas y deseármelas para conseguir información de una persona libre que, además, no es estadounidense.

—¿Cree que Coryn sigue en Estados Unidos?

—Es una posibilidad. Comprenderá, Jack, que es demasiado tarde para modificar su petición de traslado a Inglaterra.

—Claro, claro...

—Cabe esperar, y en ello confío, que le reduzcan la pena en su país y que...

¡Oh! A Jack le traía sin cuidado la perorata de su abogado y se centró en sus propias ideas. «El Pirado está ilocalizable para la prensa. Coryn no se ha marchado.» Vio en ello una confirmación de sus suposiciones. ¿Por qué iba a ir a Inglaterra?

Esa misma tarde el detenido Brannigan se subió a su camastro. Klaus retomó la continuación del relato de sus aventuras oficiales —y oficiosas— cuando una araña descerebrada se aventuró a recorrer el armazón de la cama. Jack observó al insecto y lo aplastó con regocijo cuando lo tuvo a su alcance. Una de las largas patitas del bicho se agitó convulsivamente durante unos segundos. Después Jack hizo lo que su compañero de celda le había enseñado. Con un gesto seco atajó sus sufrimientos inútiles y borró mentalmente un día del calendario que culminaba con su libertad.

17

—Buenos días, Kyle.

—Buenos días, doctor.

El joven estaba junto a la ventana cuando oyó que llamaban a la puerta. El médico entró en la habitación, visiblemente incómodo. Se veía a la legua. Se sentó en la cama para fingir serenidad y dejó pasar dos o tres segundos antes de mirarlo a los ojos.

—Imagino que no trae buenas noticias.

—Lo siento muchísimo, Kyle.

—Entonces... es peor.

—Me temo que sí.

El músico siguió de pie junto a la ventana, pero se volvió para mirar al exterior. El cielo era gris desde hacía varios días, el viento parecía incapaz de barrer todas las nubes y a esa primavera en San Francisco le resultaba tan difícil imponerse como el año anterior.

—¿Qué dice la gente en estos casos?

—Nada, la mayoría de las veces.

—¿Porque presienten lo que va a pasarles o porque no lo imaginan?

—Nunca he tenido el valor de preguntarles.

18

—¡Mamá! ¡Mamá! —gritó Malcolm muy alarmado.

Estaba plantado en medio del pasillo de la tienda, enfrente del expositor de los periódicos, y apuntaba con el índice tembloroso. Coryn se acercó con el corazón palpitante y leyó: «KYLE MAC LOGAN SE CAE DEL ESCENARIO».

La joven cogió la revista y leyó entero el artículo de *Newsweek*. Hablaba del último concierto en el Madison Square Garden y no explicaba nada más que la foto de portada. Se veía al músico aferrado a su guitarra como si el agotamiento lo hubiese vaciado por completo, y en la foto encajada abajo, una camilla que se precipitaba dentro de una ambulancia. Coryn buscó frenéticamente la fecha y descubrió que aquel número del semanario era de... ¡finales de abril! Levantó la vista y vio en el expositor una docena de *Newsweek* y de *Time* con portadas similares. Malcolm le tiró de la manga.

—Llama a Jane.

—No.

—¡Mamá! ¡Es Kyle!

—Malcolm —explicó ella arrodillándose—, sabes de sobra que no podemos decir nada.

—Eres mala.

Coryn abrazó con fuerza a su hijo.

—¿*Po qué* llora Malcolm? —preguntó Daisy, que había conseguido empujar el cochecito con Christa dentro.

Cuando Coryn pasó por caja, la tendera cogió la revista y la miró a los ojos.

—¿Sí? —preguntó Coryn inquieta.

—Es un número antiguo.

—Me lo llevo de todos modos.

—Entonces es gratis.

—Gracias.

—¿Quiere las otras revistas americanas también?

—¿No las vende?

—No todas… La prueba es que se quedan acumulando polvo en los estantes.

Coryn dio las gracias a María Montero y salió con sus hijos al aparcamiento, volviendo a su pequeña casa, cuatro calles más arriba. Malcolm encendió la tele nada más entrar y se sentó en el borde del sofá. La joven mujer metió la compra en el frigorífico. Tenía la cabeza en otro lugar, ya no sabía el orden de las cosas, lo que había que hacer, lo que podía hacer para no ponerse en peligro. Ganaba tiempo y lo perdía. Se preguntó qué podía entender su hijo con el escaso español que le había enseñado y por qué se inquietaba por eso. Luego releyó el artículo a conciencia. Hojeó las otras revistas, y en una encontró un pequeño recuadro que precisaba que el cantante de los F… se tomaba un descanso después de una gira agotadora. Agradecía el apoyo de sus fans.

Le temblaban las manos. Malcolm tenía la mirada fija en la pantalla y pasaba de una cadena a otra. Ella se sentó a su lado y le preguntó si tenía algunas monedas. El niño fue a su cuarto, sacó de un sobre todas las que tenía y volvió con las manos llenas.

—Te quedas aquí y vigilas a tus hermanas.

Coryn corrió a la cabina y marcó el número que Kyle había anotado debajo de la letra de la canción. Una voz entrecortada le anunció que el teléfono estaba saturado. Sin pensarlo, llamó a La Casa. Una persona que no reconoció descolgó, y Coryn preguntó de inmediato cómo estaba Kyle. La joven mujer al otro lado de la línea vaciló un segundo, y luego dijo que el músico seguía guardando reposo.

—¿Quiere que le dé algún mensaje?

—Dígale que deseo que se recupere.

—Tomo nota. ¿Y usted es…?

—Soy…

Colgó. ¡Oh, cuánto le habría gustado estar «en otra parte»! Y empezar de cero. Que Kyle la tuviese otra vez entre sus brazos…

«Tendría que haberme quedado en Nueva York.»

19

En poco tiempo el músico supo que sufría una forma de leucemia extremadamente rara. Se habían registrado muy pocos casos en el mundo y, por lo tanto, muy pocos tratamientos habían probado su eficacia. O, mejor dicho, todos habían demostrado su ineficacia y los enfermos habían fallecido al cabo de unos meses. Kyle quiso saber una fecha. El médico respondió «puede que un año» con voz vacilante. Kyle volvió a formularle la pregunta.

—Probablemente seis meses.

—Estamos a 25 de mayo.

El joven aceptó sin rechistar los medicamentos que el médico le prescribió. Lo que complacía a Jane y a Patsi. Él... ¿cómo decirlo? Él no estaba tan sorprendido por lo que le pasaba. Nunca se había detenido a pensar que semejante castigo pudiera borrarlo de la lista demográfica terrestre, nunca se había sentido enfermo, y sin embargo recibió la mala noticia sin asombrarse. La guardó en el casillero de las «historias ineludibles» para no sucumbir a ella y pensó que nunca tendría tiempo para terminar la tercera parte de las cosas que habría podido hacer aún. «Y ahora ya sí que no volveré a ver a Coryn.»

—¿Y esto...? ¿Es nuevo? —preguntó Patsi hojeando el calendario triangular que llevaba dos días encima de la mesita de noche de Kyle—. Pero... no veo el año. ¿Noviembre tiene dos días y julio cincuenta?

—Es un regalo de Jet. Dice que sirve para soñar rezándole al dios de las playas. No para contar los días que me quedan antes de morir.

—Es ingenioso.

—Es la verdad, Patsi.

Ella hizo caso omiso a sus palabras y siguió mirando las doce fotografías, diciendo que sobre todo debía imaginarse tomando el sol en cada uno de esos maravillosos lugares.

—Me parece que no tendré tiempo.

—Entonces ¿por qué no pruebas los nuevos tratamientos de tu matasanos? —repuso ella dejando el calendario con cuidado.

—Sí, por qué no...

—¡Mierda, Kyle! Cualquiera diría que tienes ganas de palmarla. ¡Lucha! Di que no estás de acuerdo. ¡Que no quieres! ¡Que no ha llegado la hora!

—Patsi. Estoy luchando. ¿Qué te crees? —La miró a los ojos—. Lucho cada minuto para no ver adónde... adónde me lleva todo esto. Estoy en primera fila.

Lo abrazó.

—A veces me pregunto si no has querido todo esto. Si no has querido dejar de vivir.

Kyle no se movió. Notaba que su corazón latía más rápido de lo normal. Patsi pensó en la sangre enferma que acabaría destruyéndolo. Y en lo demás. «Necesariamente.» Dijo que si se hubieran esforzado por triunfar en su vida juntos, puede que él no hubiera llegado a ese punto...

—... y sigo sin saber por qué dejé de quererte y por qué tú...

Patsi se soltó de su abrazo y se sentó en la cama. Lo contempló durante un minuto largo y la asustó descubrir lo pálido que estaba. No obstante, dijo, con toda tranquilidad, que estaba enfadada.

—Me gustaría encontrar al responsable y partirle la cara, y no puedo evitar pensar que si ella no hubiera desaparecido y no te hubiera dejado como un imbécil sin dar noticias...

—Coryn no tiene la culpa de nada.

Patsi se agachó para recoger su bolso maldiciendo su enorme barriga. Y esos kilos que temía no volver a perder nunca más.

—¿Cómo está?

—¿Quién?

—Tu bebé.

—¡Oh! Genial, considerando los puntapiés y los puñetazos que me da. Si es chico, te juro que me va a oír cuando salga, y si es chica...

Se calló.

—Si es chica... —repitió Kyle.

—¡Le diré que ha salido a su madre!

Kyle sonrió, y Patsi le lanzó un cojín y le anunció que no podría volver hasta dentro de dos días. Se acercó para darle un beso.

—Jet me ha dicho que pasaría y Steve...

—Voy a probar esos nuevos... —la interrumpió Kyle.

—Gracias.

20

El tratamiento empezó un martes y, de entrada, Kyle no lo soportó. Fue necesario modificar las dosis y rehidratarlo por vía intravenosa porque vomitaba todo lo que ingería. Padeció inyecciones de todo tipo que lo sumieron en una suerte de estado comatoso. Al cabo de varios días ya no tuvo fuerzas para levantarse para ver lo verdes que estaban los árboles. Sin embargo, su conciencia no sufrió le menor alteración.

Kyle no podía olvidar que ya hacía un año y casi tres meses que había atropellado a Malcolm y Coryn había caído de rodillas a su lado. Volvía a ver el movimiento de su melena. Y todo lo demás... El color rosado de sus mejillas, como el de las paredes del despacho donde había tenido a Daisy entre sus brazos. Pero el centro donde lo curaban con la mayor de las discreciones no tenía las paredes rosas, ni azules. El establecimiento estaba especializado en otra medicina muy distinta y tenía la ventaja de hallarse en San Francisco. El músico necesitaba a Jane, a Patsi y a todos los demás. Todos ellos se turnaban a la cabecera de su cama. Todos intentaban que San Francisco pareciera la ciudad más hermosa del mundo.

—¡Y sabemos de lo que hablamos! —dijo Jet.

—¡Tú lo has dicho! —añadió Steve.

Ninguna de sus visitas hizo nunca la menor referencia a las dificultades que atravesaban para protegerlo de la curiosidad malsana.

Delante de él, sus amigos solo hablaban de sus proyectos. Kyle los escuchaba. Fingía creerles. En raras ocasiones hasta llegaba a creerles cuando se mostraban especialmente convincentes. Una mañana, muy temprano, incluso se «vio» por un instante en el estudio de Londres, guitarra en mano. Oyó su propia voz entonando «Sometimes...».

Pero ese día, tumbado en la cama, Kyle tuvo que concentrarse para «oír» con claridad la voz de Coryn y apreciar el sabor del tomate en sus labios. «¿Y si no hubiera nada mejor?»

21

Hubo días en que el agotamiento impidió al músico practicar ese ejercicio de memoria. Días en que solo veía el cuadrado de la ventana, que pasaba del negro al azul más o menos mate, y de nuevo a la más profunda negrura. Largos días en que la voz de Coryn no era sino un murmullo lejano y él estaba atrozmente aterrorizado. Días abominables en que se despertaba sudando, y otros en que creía que sería el último.

Hubo tantos días en que Kyle estuvo solo en su cama... Sin música. Sin notas. Sin imágenes. Solo.

Y hubo un día en que no durmió ni un segundo, y se dijo que el final estaba cerca. Lo aplastarían y exterminarían como a un vulgar bicho del que había que deshacerse. Fue un día lluvioso y sin fin, en el que no logras distinguir la mañana de la tarde. Uno de esos días en que el tiempo hace huelga y entristece hasta el llanto a todos los payasos de la tierra, un día en el que olvidas hasta la existencia del sol.

Sol que, sin razón aparente, disipó las nubes como si les hubiera propinado un guantazo para mandarlas a paseo. El astro desplegó sus largos rayos lo más lejos posible e incluso un poco más... hasta San Francisco, cuyas casas y calles atravesó para ir a dar en la habitación de Kyle. Podría haber optado por incidir en la almohada, pero dibujó en la pared sombras y formas que el joven encontró «patéticas».

Sin perder la calma, el sol prosiguió su camino. El músico siguió con la mirada sus estiramientos sobre la silla, cuyo metal hizo resplandecer hasta el punto de deslumbrarle, sobre el polvo de aquel televisor que el enfermo miraba a veces anulándole el sonido, y lo vio posarse sobre el calendario triangular de Jet.

Cuando el batería se lo había regalado, Kyle le había dado las gracias sin mirar una sola de las fotos y sin rezar jamás a nadie. Sospechaba que debían de ser maravillosas, pues todos los que lo visitaban se extasiaban al contemplarlas. Había mentido diciendo que reflejaban el Paraíso, «bueno, el terrenal». A veces tenía la sensación de que esas fotografías se burlaban de él, pero estaba demasiado débil para alargar el brazo y lanzar aquel chisme al retrete.

Entonces, cuando ese día el sol se posó sobre el calendario con insolente insistencia, Kyle comprendió que hacía demasiado tiempo que se había encerrado en su habitación, a la espera de pinchazos, transfusiones, pastillas, pero también aguardando las visitas de Jane, Steve, Jet y Patsi. Y del resto... Lo había soportado todo sin rechistar y había observado a las enfermeras cuando pasaban las páginas del maldito objeto un tanto incómodas pero con amabilidad. Sintió que una ira sorda lo recorría por dentro y se incorporó a duras penas, convencido de que ya no podría soportarlo un segundo más: ni la compasión de los otros ni las medicinas. Ni su rabia por saberse condenado, por verse abatido en pleno vuelo... y por «la ausencia de Coryn».

¡Oh! Kyle aborrecía a Jet por haberle dado ese estúpido calendario mortalmente triste. Alargó la mano para asirlo y estamparlo contra la pared a falta de poder enviarlo más lejos. Sin embargo, en el momento en que lo tuvo entre sus dedos descubrió una pequeña araña calentándose al sol y pavoneándose en la blanca arena. Sin saber por qué, el músico contuvo su impulso. Y detuvo la mirada. Que se derramó inevitablemente hacia el pie de foto. Hacia el nombre del fotógrafo y el de la playa.

22

Kyle no esperaría a que Patsi diera a luz. Tenía hambre. Tenía ganas de salsa de tomate y de los labios de Coryn. Salió de la cama en el instante en que la enfermera entraba con su habitual cuenco de pastillas.

—¡Oh! ¡Nada de levantarse sin llamarnos antes, joven!

Lo regañó, pero Kyle le ordenó que regresara por donde había venido para ir a buscar al médico.

—No ha llegado aún.

—Entonces tenga la amabilidad de avisarlo y dígale que venga a verme lo antes posible.

—Pero...

—Por favor, Maggie —insistió llamándola por su nombre de pila.

La enfermera inclinó la cabeza a un lado y salió de la habitación caminando hacia atrás. Kyle se dio una ducha y no se miró en el espejo para ver qué cara tenía. Ya estaba vestido, había desayunado y cerraba su ordenador cuando el doctor Bristol entró con las manos en alto. El cantante también levantó las suyas.

—Antes de que me diga nada, me voy.

—Pero, Kyle, ¡no es razonable! Está demasiado débil para...

—¿Para qué? ¿Le parece más razonable padecer una leucemia que nadie sabe curar?

—Se lo ruego…

—No he respondido bien a ninguno de sus tratamientos de último recurso.

—Podemos intentar duplicar las dosis. Probar la radiación.

—Se ha hartado de repetir que la radiación es inútil en mi caso.

—¿Por qué no intentarlo?

—Me voy ahora que todavía puedo caminar y antes de perder el pelo. Y de que usted acabe conmigo con sus tratamientos.

—Kyle, en su estado…

El doctor Bristol se autocensuró.

—No quiero morir aquí. Ayúdeme. Por favor.

Sí, el músico se largó. Dejando los regalos que sus fans le habían enviado, pero llevándose todo lo que el médico pudo suministrarle para aguantar. Se subió a un taxi para ir a ver a Jane. La noticia corrió como la pólvora porque Patsi ya estaba allí y fue ella quien le abrió la puerta.

—¿De qué va esta decisión de mierda?

—Es mi decisión. Ya has protestado bastante porque no hacía nada. Ahora sé lo que voy a hacer.

Kyle notó que le temblaban las piernas y las maldijo.

—Ve a prepararme un café.

—No hace falta, te lo traigo yo —dijo Jane.

Se sentaron los tres en la cocina y Kyle explicó que se iba en busca de Coryn. Al igual que Jack, estaba al corriente de su huida y sabía que no había llegado a Inglaterra. Igual que Jack, quería volver a verla. Pero a diferencia del Cabronazo, tenía una idea de su posible paradero. No dijo nada más a Jane ni a Patsi. Anunció que quería champán. Nadie le negó nada. Kyle había tomado una decisión y exigió que no le pusieran trabas. Al fin y al cabo, era demasiado tarde para mostrarse razonable.

—Lo único que siento es no estar aquí para el parto.

—¿Y a mí qué? Tú no eres el padre.

Jane y Patsi intercambiaron una mirada demasiado intensa para que el músico no se percatara.

—¿Está aquí?

Ella apoyó las manos en la camiseta naranja fluorescente, donde las letras «I LOVE PATSI» amenazaban con reventar.

—Está en casa de mis padres.

—¡Toma ya! ¡Qué hazaña!

—Inesperada. Imprevista. Ineludible. Tan imposible como el hecho de que estoy embarazada.

A Patsi le habría gustado decir: «Prueba de que el Implacable no siempre tiene razón». Pero ¿cómo pronunciar semejantes palabras sin desmoronarse?

—¿Ahora es polígamo?

—¡Ya te vale, Kyle! Veo que estás en forma.

Entonces Kyle se volvió hacia Jane, que dijo:

—*I love Patsi!*

—¡Más champán! —concluyó Kyle.

23

El champán fue un amable somnífero. Patsi volvió a casa de sus padres para reunirse con su *man*, a quien los otros llamaban X. Jane dormía probablemente, y el músico se levantó a pesar de que eran las tres y cuarenta y ocho de la madrugada. Se encontraba bastante bien. En fin, no demasiado mal en comparación con los días y las semanas anteriores. Y, milagro, no le dolía la cabeza. Se encerró en el despacho de su hermana sin hacer ruido. Sus guitarras no estaban allí: habían sido repatriadas. Se preguntó por un instante dónde estaba su teclado. Steve no le había contado nada al respecto. O puede que Kyle lo hubiera olvidado. Sin embargo, no era eso lo que le preocupaba en ese momento, y cuando la página de inicio de Google se abrió, escribió el nombre de la playa de arenas blanquísimas que el día anterior había detenido la carrera de la pequeña araña amante del sol. Tecleó una tras otra las letras Z-I-H-U-A-T-A-N-E-J-O. Y releyó con gran deleite lo que había descubierto la víspera.

Dos leyendas explicaban el nombre de esta ciudad. Como había hecho el día anterior, eligió la segunda para creer en ella. En lengua indígena la llamaban Cihuatlán, «la tierra de las mujeres». ¿Cómo no se le había ocurrido antes? Abrió todos los cajones del despacho de Jane, todos los armarios repletos de informes, y estuvo a punto de ir a despertarla cuando finalmente encontró lo que buscaba. Su hermana registraba por fecha las llamadas entrantes no identificadas. «Nunca se sabe», decía. «Un día podría necesitar esos números de teléfono.»

Kyle repasó una a una las listas y comprobó que solo había un prefijo extranjero. Bingo. Lo identificó enseguida y agradeció que debido a su profesión hubiese viajado tanto. Era el prefijo de México. «Sin duda.» Cogió el móvil y marcó el número. Veinte tonos resonaron en el vacío. Debía de ser el número de una cabina telefónica. Llamó a American Airlines. El siguiente vuelo salía al cabo de unas pocas horas. Cuando Jane despertara, encontraría debajo de su tazón una nota: «I love you».

24

El músico reunió algo de ropa, cogió su pasaporte, escogió una de sus guitarras y salió de La Casa. Saludó a Dick en la entrada, a quien hizo jurar que guardaría silencio. Si los médicos tenían razón, le quedaban noventa días para encontrar a Coryn, y Kyle se temía que no fueran suficientes. Sin embargo, en ningún momento se le pasó por la cabeza que pudiera morir antes. Había recuperado la esperanza, y la Esperanza le infundió la fuerza vital que le había faltado cruelmente durante meses.

Salió a la calle cuando el taxi se detuvo delante de La Casa. Por primera vez nadie se apeaba de él para salvarse de un final certero; era él quien subía para huir de la muerte.

Bajó la ventanilla y respiró el aire de la ciudad. Pese a los efluvios del ya denso tráfico matinal, el músico quiso sentir el penetrante olor del Pacífico.

25

Por segunda vez en su vida, dos hombres —que amaban a la misma mujer— iban a cruzarse en un aeropuerto. Porque el abogado de Jack había recibido por fin las instrucciones para el traslado de su cliente y había acudido presuroso a la cárcel unos días antes, al volante de su precioso coche negro, para comunicarle la buena nueva. Brannigan le dio las gracias y se despidió de Klaus, quien prometió fugarse en cuanto tuviera ocasión. «Hay cientos de putas esperándome, colega.»

Jack había preparado su bolsa de antemano. Él también tenía un avión que coger hacia una libertad inminente y le gustaba la puntualidad más que cualquier *delicatessen*. De modo que cuando le presentaron al policía rechoncho que sería su acompañante lo interpretó como una señal excelente. Se subió al taxi policial y no pidió que bajaran la ventanilla porque el olor del mar le traía tan sin cuidado como el de los pedos de Klaus. Hizo sus cálculos. «Menos uno... Resultado: hoy.»

26

Jack bajó esposado y escoltado por el sargento Malone, embutido en un traje barato.

Los dos hombres fueron los primeros pasajeros en embarcar a bordo del avión con destino a Londres. Jack aseguró que tenía unas ganas incontenibles de ir a orinar. El oficial cacheó a Brannigan y le quitó las esposas delante de la puerta de los aseos.

—Nada de trucos. Me quedó aquí delante con mi pipa, y que sepas que siempre he sido el primero en puntería.

Jack se dijo «mierda» mientras abría la puerta. Se sentó encima de la tapa del inodoro y esperó a tener una buena idea. «¡Mierda! ¡Mierda! ¡Mierda!»

El poli aporreó la puerta y el preso gritó que necesitaba más tiempo.

—Te doy dos segundos, Bran...

El resto de la frase fue inaudible. Si Jack hubiese salido en ese mismo instante, si se hubiera preguntado por qué no había oído el final de la frase, si el café de la cárcel hubiese estado un poco más cargado de cafeína, no habría perdido un tiempo precioso. Tantas noches rezando para nada. Maquinando planes para nada. Una fuga... siempre es un sueño. ¡Oh! Había deseado tanto escaparse del vehículo, o escabullirse a su llegada al aeropuerto o antes de embarcar...

Pero tenía que resignarse: la oportunidad no se había presentado. Lo habían esposado al gordinflón. Jack decidió tirar de la cadena una vez. Luego otra. Le costaba evacuar toda la mierda que lo corroía por dentro.

Cuando por fin decidió salir, al principio no vio a Malone. Estaba arrodillado en el pasillo a cuatro metros de él, ayudando a una anciana torpe a quien se le había volcado el contenido del bolso. Milagrosamente, el policía le daba la espalda. Jack miró hacia la portezuela del avión y no vio a nadie. «Nadie.» Estaba abierta. Le abría sus brazos y le manifestaba su amor. «Ahora o nunca.»

Sin vacilar lo más mínimo, bajó del avión sonriendo. Recorrió el pasillo en sentido inverso a pasos agigantados. Aceleró cuando resonaron unos gritos. El policía acababa de comprender que lo habían burlado, y Jack echó a correr como en su vida lo había hecho. Derribó a todos los imbéciles que le barraban el paso, asegurando a voz en cuello que el hombre que lo seguía iba armado. Nadie hizo nada por detenerlo. Saltó, empujó, franqueó los obstáculos. Unas mujeres chillaron. Zigzagueó hacia las puertas. Unos metros más y tendría una vida nueva a su alcance. No se volvió ni una sola vez para comprobar si había dejado atrás al policía.

—¡Un paso más y disparo, Brannigan!

Jack se quedó inmóvil y se puso las manos sobre la cabeza. Había confiado demasiado en la lentitud de aquel poli rechoncho y mucho menos joven que él.

—¡De rodillas! Como muevas un solo pelo del culo, te juro que disparo.

El sargento Malone se acercó resollando. Jack le dio un puntapié en la entrepierna. El policía se desplomó como una marioneta, y la pistola se disparó, pero el proyectil no alcanzó a Brannigan, quien había reemprendido la huida y ya desaparecía por entre los curiosos que permanecían clavados en su sitio. Y... santa Coincidencia maldijo a ese canalla por no haber tenido la delicadeza de darle las gracias.

27

Un regimiento de policías frenó el avance del taxi de Kyle cuando se aproximaba a la terminal. El músico acertó a ver apenas que metían una camilla en una ambulancia. Curioso por naturaleza, en circunstancias normales habría querido saber lo que sucedía. Pero esa mañana no tenía tiempo que perder. Se concentró en su vuelo y en su pasaporte. Cumplió todos los trámites sin mirar atrás y se acomodó en su asiento con alivio.

Cinco horas de sueño intenso más tarde tomó el enlace a Zihuatanejo. Su periplo lo tenía totalmente absorto. Organizó las búsquedas y supo por dónde empezar. Primero alquilaría un coche y pediría que le recomendasen un hotel en la playa. La más bonita. La más pequeña. La clase de playa donde Coryn tal vez llevaría a sus hijos. Con un poco de suerte, la joven volvería la cabeza y se lanzaría a sus brazos al verlo. «No tengo un segundo que perder.»

Eran las siete y cincuenta y siete de la tarde cuando dejó su guitarra y su equipaje en la habitación. Las oficinas municipales estaban ya cerradas. Kyle solicitó un plano de la ciudad en la recepción del hotel y fue a sentarse a la terraza de un restaurante de la playa. Pidió una cerveza, pescado y verduras a la plancha. Y tomate.

La camarera esperó a que guardara sus documentos para servirle el plato y, de nuevo, Kyle notó la sensación de hambre. ¿Volvería la vida a correr por sus venas? Durante todo el día se había preguntado si de verdad se encontraba mejor o solo eran imaginaciones suyas. «No voy a torturarme ahora con tonterías así, ¿a que no?»

En cuanto hubo terminado el último bocado desdobló el plano y trazó un círculo alrededor de todos y cada uno de los colegios. Zihuatanejo tenía en torno a sesenta y cuatro mil habitantes. Catorce colegios podían acoger a Malcolm, repartidos por toda la ciudad. Pensó por un instante en extender su búsqueda a toda el área metropolitana, pero su intuición le dijo que perdería un tiempo precioso. Solo podría vigilarlos uno a uno —y eso suponiendo que Coryn dejase a Malcolm por la mañana y volviese a buscarlo por la tarde—, lo cual implicaba catorce días de búsqueda, veintiocho oportunidades de encontrarla, interrumpidas por los fines de semana. Por suerte, las vacaciones habían terminado y los niños habían vuelto al cole. Con suerte, los hijos de Coryn no estarían enfermos. «Con suerte, ella estará en Zihuatanejo.»

Al día siguiente Kyle se plantaría a primera hora delante del primer colegio de su lista, no se movería del sitio hasta que llegase el último alumno, enseñaría la foto de la joven mujer a los padres y en los restaurantes del barrio. Era consciente de que tal vez ya no se llamaría Coryn. Ni los niños Malcolm, Daisy y Christa... ¿Y si se había teñido el pelo? «No. Debo tener suerte. La necesito ahora.»

28

Los primeros días de búsqueda pasaron volando. Interrumpidos por los dos primeros fines de semana, que pasaron en un santiamén. Transcurrió otra semana, exactamente como Kyle había previsto. No desesperó jamás, hizo caso omiso a sus miedos y mostró la foto de Coryn tantas veces como le fue posible. Esa en la que miraba a sus hijos mientras jugaban. La gente se mostró amable y cortés, pero nadie pudo ayudarlo y nadie le ofreció la menor pista. Kyle conseguía hacerse entender siempre con su español rudimentario. Es más, todos comprendieron que buscaba a la mujer que amaba, y solo una persona le preguntó si no era «el mismísimo» Kyle Mac Logan. Un joven de unos veinte años. El cantante respondió demasiado deprisa:

—Afortunadamente para mí, no.

Notó que la mirada del chico se demoraba en sus hombros cuando giró sobre sus talones para marcharse.

El músico dedicó el día entero a recorrer la ciudad. Ya conocía todas las calles principales y todas las playas le eran familiares. De vez en cuando se sentaba en una de ellas. Observaba a la gente durante horas. Ya conocía a los habituales. Se ponían siempre en el mismo lugar, y cayó en la cuenta de que él hacía lo mismo. «¿Acaso todos tenemos un instinto posesivo que nos empuja a creer que el sitio-de-una-vez nos pertenece para siempre? O puede que lo hagamos porque nos resulta tranquilizador… A menos que sea una vieja costumbre de cuando íbamos a clase. O quizá sea por las feromonas…»

Sí, Kyle dejaba que su mente divagara… Todo valía para no pensar en la Cosa que roía su sangre, pues no sentía el menor deseo de tocar ni de escuchar música. Su guitarra dormía apoyada en la pared todas las noches. Ella tampoco tenía ganas de que la alejaran de sus pensamientos. La prioridad del momento era «otra» y el tiempo corría muy rápido.

29

Ochenta y seis. Ochenta y dos. Setenta y nueve. Setenta y tres... Y nada nuevo.

Kyle vivió dos días de extremo cansancio que le recordaron que estaba enfermo. En fase terminal. Se vio obligado a tumbarse durante toda una tarde y no tuvo fuerzas para levantarse por la noche. Por suerte, el calor lo anestesió profundamente sin provocarle pesadillas inquietantes. Se despertó al día siguiente a las tres de la tarde, igual de agotado. Las piernas lo torturaban. «Ahora no. Estoy tan cerca del objetivo... Ahora no, Dios mío, por favor», se sorprendió rezando, cuando Jane lo llamó por teléfono.

—¿Cómo estás?

—Bien —mintió.

—El clima de tu lugar de veraneo parece sentarte de maravilla.

—No intentes que te diga dónde estoy, Jane.

—Dan acabará descubriéndolo.

—¿Se lo has pedido?

—No —mintió a su vez.

—De hecho, me importa un bledo.

—Kyle, si en algún momento te encuentras...

—¡Por favor! Déjame hacer lo que tengo que hacer.

Jane dio un largo suspiro, pero añadió que no le gustaría que estuviese solo y lejos de un hospital.

—Gracias por recordármelo.

—¡Oh! ¡Kyle! Te…

Jane se serenó. Seguramente tenía razón. La opinión de los médicos no daba lugar a equívocos. ¿Qué habría hecho ella de encontrarse en su situación? ¿Perdería un tiempo precioso exasperándose? ¿Quién no se jugaría el todo por el todo para vivir el último amor de su vida? Acaso el único que era tan deseado.

—A propósito, cuando encuentres a Coryn, dile que tengo noticias para ella.

—¿Buenas o malas?

—Más bien buenas.

—¿Jack ha muerto?

—Aún no.

Kyle se incorporó sobre un codo. Miles de receptores se activaron en su cerebro, infundiéndole una energía renovada.

—Cuenta —exigió.

—El día que te largaste iban a trasladar a Brannigan a Inglaterra, pero el viaje no salió como estaba previsto.

—¡Ah! Así que todo el jaleo en el aeropuerto era por eso…

—Brannigan consiguió burlar la vigilancia del único policía que lo escoltaba y se bajó del avión antes del despegue.

—Te lo ruego, dime que hizo el capullo y que el poli le disparó.

—Hizo, en efecto, el capullo. No sé muy bien cómo sucedió todo, pero, en cualquier caso, consiguió tirar al poli al suelo y salir corriendo. Y… a ver si adivinas.

—¡Jane! Ahórramelo.

—Lo atropelló un taxi que llegaba en ese momento a toda velocidad.

Kyle se quedó mudo, pensando que la historia se repetía extrañamente. Y que unos minutos más tarde su taxi lo habría atropellado... Su hermana concluyó:

—Brannigan está en coma.

—¿Cómo te has enterado?

—Me llamó su abogado para que comunicara la noticia a Coryn en caso de que...

—¿Qué le dijiste?

—¿Qué podía decirle? ¿Que mi hermano sabe dónde se esconde?

—¡No lo sé!

—Kyle, no he dicho nada.

—¿Cuál es el pronóstico?

—El abogado no me ha contado nada más, lo cual no significa que no lo sepa.

—De todas formas, no existen diez mil posibilidades.

—No, en eso tienes razón. 1) Jack despierta y vuelve a la cárcel por un chorro de años. 2) La palma él solito y ¡yupi! 3) En el supuesto de que se quede como un vegetal y en el supuesto de que encuentres a Coryn, ella tendrá que contárselo a sus hijos y...

—¿La prensa habla del asunto? —la interrumpió Kyle.

—No, no. No hay ningún artículo. Pero según el abogado de Jack, es una posibilidad. Está considerando seriamente la idea de que publiquen una foto de Coryn y de sus hijos en todo el país.

—Mierda.

—Entonces estás en Estados Unidos.

—¡Mierda, Jane!

—Ya he hablado con Seskin, el abogado de Coryn, para ver si puede hacer algo para impedirlo. Pero igual sería mejor que reapareciese. La necesitaremos, de una forma u otra.

—Coryn no quiere que Jack la encuentre.

—¿Hasta cuándo podrá esconderse?

Kyle entendió lo que insinuaba.

—Sé muy bien que no soy eterno —murmuró pensando que ni siquiera era capaz de protegerla.

Jane dijo que lo sentía en el alma, y el músico permaneció en silencio.

—¿En qué piensas?

—En la hipótesis que no has mencionado.

—¿Cuál?

—Podría cargármelo.

—¡Kyle!

—Insisto. Si debo hacerlo, lo haré. Reza, pues, para que ese cabronazo la palme por voluntad propia.

—¡Me das miedo!

—A mí también.

—¿En serio que harías algo así?

—No, porque no tendré la oportunidad.

Jane repuso que prefería hacer como que no había oído nada, mientras que su hermano pensaba horrorizado que, desgraciadamente, sería capaz de hacerlo.

—Si ves a Coryn…

Kyle suspiró.

—Por favor, Kyle, cuídate.

—¿Por qué?

—Por vosotros dos.

Kyle recibió esa última réplica como la promesa de un

futuro. Le hizo feliz que Jane los imaginara juntos. Era una especie de reconocimiento. Ya eran uno para alguien y «forzosamente»… eso contaría en la balanza de la Suerte cuando hiciese sus cuentas. Su hermana era el testigo de lo que los uniría. Siempre hace falta un testigo. Como una prueba. Para los días en que el miedo se parece a un viento siberiano que deja un desierto glacial a su paso. Un desierto que apesta a muerte.

30

Kyle comió sin hambre y luego salió a tomar el aire. Tenía la extraña y horripilante sensación de que Jack se lo había puesto en bandeja. Inaccesible, pero no por ello menos peligrosa. «Con un poco de suerte, morirá antes que yo. Con un poco de suerte, le sobreviviré y Coryn será libre. Con un poco de suerte, podré tenerla entre mis brazos...»

Tras perder dos días de colegio, se torturaba por no haber sido más eficaz. Había forzado la máquina y, como resultado, todos sus planes se retrasaban. No se atrevió a pensar siquiera que había perdido a Coryn. Permaneció horas y horas sentado en la playa próxima a su hotel, junto a la orilla. El sol del final de la tarde se ponía poco a poco. Durante unos minutos el mar cobró un color azul intenso, profundo y casi eterno. Hizo relucir los charcos aquí y allá. Una luz dorada envolvió las cosas y a los seres. El horizonte desapareció, y Kyle siguió envuelto en aquella calidez oyendo las risas de unos niños a quienes sus madres prohibían meter las manos en las bolsas de patatas fritas para devorarlas a dos carrillos. Los críos se lanzaron al agua salpicándose. Él nunca había tenido su ligereza. Jamás tendría un hijo que jugaría así, entre risas, conjurando toda su desgracia. Sin embargo, todo eso tendrá que acabarse en un momento dado. «Mi muerte supondrá el fin de esta familia maldita.»

Kyle se levantó y deambuló por las calles, centrándose en todas las búsquedas que ya había llevado a cabo. Una vez más marcó el número de teléfono que había apuntado en casa de Jane. Una vez más nadie descolgó.

Sus pasos lo llevaron a otra playa, donde se sentó de nuevo en la arena para observar a la gente. No envidió la despreocupación de esas personas. Las admiró. La vida parecía atravesarlas con tanta facilidad…

Había una pareja joven, a su izquierda, que se besaba fogosamente al abrigo de una barcaza. Más lejos, las dos madres seguían charlando mientras sus hijos construían ahora castillos en la arena. Ninguna de ellas echó un vistazo a sus magníficas creaciones, absortas como estaban en su cháchara, y los críos aprovecharon para meter las manos hasta el codo en la bolsa de patatas fritas. Se fueron riendo. Algunos corredores pasaban por la playa, solos o en pareja. Los perros los seguían ladrando a unos metros.

Y el sol se sumergió en el océano. La luz se desvaneció. En pocos minutos la playa se vació como si alguien hubiera pasado la última página de un libro y Kyle se quedó solo. Estaba oscuro. Ya no quedaba ningún niño jugando allí. Ni corredores. Ni perros pegados a sus talones. Ni enamorados. Se tumbó en la arena, aplastado por la realidad. Por primera vez desde su llegada a México, sintió un miedo extremo.

Tuvo la sensación de ser arrastrado a las profundidades del océano, donde ya no había vida y solo reinaba la Muerte aterradora y fría, abriendo sus fauces abisales… Entonces se aferró a Jack como a una boya que le hizo subir a la superficie.

«El odio…» El poder del odio se apoderó de él, y volvió

al hotel. Lanzó sus zapatillas a la otra punta de la habitación y se desplomó completamente vestido en la cama. Jack…

Ese hombre lo roía por dentro más que la «cosa» que lo devoraba. «Los días están contados. Los suyos y los míos. No debo ser el primero en irme.»

Kyle se levantó y se bebió una cerveza, que no le hizo ningún efecto. Su espíritu estaba demasiado agitado. Las consecuencias… Los miedos… «Me gustaría volver al instante preciso en que los destinos se cruzan… ¿Y si muero mañana? ¿Y si no despierto mañana?»

Se levantó otra vez y encendió el móvil. Sin mirar qué hora era, marcó el número de Chuck Gavin, su abogado. Este descolgó al segundo tono.

—¿Dónde estás?

—Ante las puertas del Paraíso, y estoy esperando que me abran.

Chuck soltó una risa.

—¿Has redactado los documentos que te pedí?

—Sí.

—¿Todo?

—Sí, Kyle. Está todo arreglado. Justo como me pediste.

—Te lo agradezco. Adiós.

Colgó sin dar tiempo a Chuck a hacerle más preguntas. Consultó sus mensajes. Cero. «La soledad no me abandona.» Era pasada la medianoche y otro día acababa de irse. Definitivamente. Irremediablemente. «Menos uno.»

31

«Quiero tener a Coryn entre mis brazos.»

Sexagésimo séptimo día. El reloj de la iglesia dio las cuatro de la mañana. Era la primera vez que oía las cuatro campanadas desde su llegada a México. Esperó a las cinco. A las seis, y oyó el timbre del teléfono de su habitación. El conserje era puntual. Kyle dio un respingo al descolgarlo, pero en cuanto se incorporó sintió un mareo. Pensó en la cena olvidada. Volvió a acostarse. Cinco minutos… Cinco minutos de nada que se alargaron casi una hora.

Cuando volvió a abrir los ojos comprendió de inmediato que llegaría tarde al colegio que tenía previsto para esa mañana. «No puedo perder otro día.» Echó un vistazo rápido al plano y a la lista. Ya no le quedaba elección. Cambió sus planes. Cogió un bollo de la barra de la cafetería y se metió en su coche. Tardó exactamente doce minutos en llegar. Faltaban dos minutos para las ocho cuando aparcó a unos cincuenta metros de la verja. Había demasiados coches cerca, y Kyle se maldijo por no ser capaz de distinguir la entrada. La campana sonaría de un momento a otro. Se maldijo más todavía. Tendría que haberse levantado cuando debía. Tendría que haber seguido su plan inicial al pie de la letra y acudir al colegio que había previsto visitar ese día. «Tendría que…» Tendría que haber sido razonable y alimentarse bien.

Tendría que… Tendría que… La vida tendría que… Cuando a lo lejos, al principio de la calle, una silueta esbelta y grácil apareció. Llevaba el pelo recogido en una cola de caballo y un vestido blanco. Se agachó para besar al crío que la acompañaba, le recolocó el tirante de la mochila y observó sin moverse cómo cruzaba la verja de la escuela. Cuando el niño se volvió, ella le lanzó un beso, y a Kyle se le entumecieron las piernas.

32

Era ella. Era Coryn.

Cada día, Kyle había esperado verla aparecer. Cada día, la había buscado, perseguido, repitiéndose cómo actuaría al encontrarla. Las palabras que le diría. Pero esa mañana, al verla en la calle, se sintió totalmente asombrado e incrédulo ante su sueño convertido en realidad. Nadie está entrenado para algo así. Los bomberos se entrenan para combatir el fuego, y todos deberíamos imitarlos para saber qué hacer en caso de que el corazón nos arda. Kyle tuvo la impresión de que la Suerte lo había conducido directamente hasta Coryn. Permaneció clavado en su asiento del coche observando a la joven mujer rubia mientras se alejaba.

Coryn recorrió la calle en dos zancadas. Kyle sabía que no tendría fuerzas para alcanzarla a pie. Arrancó, e intentó no perderla de vista. Sonaron bocinas ensordecedoras cuando cortó el paso a varios vehículos al girar por donde Coryn había ido. Le resbalaba olímpicamente. Tocó la bocina a su vez, pero ella no se volvió. Caminaba muy rápido, escabulléndose entre los transeúntes. Kyle tenía que salir del coche de una forma u otra. Se detuvo en seco en el instante en que ella abría la puerta de una cabina telefónica, unos metros más adelante. Kyle la vio descolgar el auricular, introducir unas monedas y marcar un número a toda prisa mientras consultaba su reloj. De súbito, colgó y agachó la cabeza. Su mano seguía apoyada en el auricular. Kyle abrió la puerta. Ella levantó la vista.

Sí. Coryn se lanzó a los brazos de Kyle tal como él había soñado. Deseado. Anhelado. Esperado. Sí, se lanzó a sus brazos y lo apretó contra ella para convencerse de que era él, de carne y hueso. Una realidad en su presente. Que no era otra de sus visiones. Que eran los brazos del músico, y no otros, los que la levantaban. Que su voz le decía «te quiero». Que estaban los dos en el escenario. Que la Suerte y los Milagros existían… Él pensó que le quedaban sesenta y siete días, pero dijo:

—Sabía que te encontraría.

«Hold you in my arms for the rest of time.»

33

Las sábanas estaban tiradas al pie de la cama de Coryn. Sus ropas también... El ventilador del techo no refrescaba lo más mínimo el aire de esa mañana. Lo único que conseguía era complicar la vida de un frágil y minúsculo mosquito que se las veía y deseaba para revolotear con coherencia en la estancia.

El mosquito no se percataba de nada. «¿En qué estarán pensando los mosquitos?», se preguntó la araña que había tejido su tela durante horas. Si el muy bobo tuviera siquiera una sola neurona, habría interrumpido su estúpido vuelo. Se habría posado sobre una pared y habría contemplado cómo el amor embellece a los seres. Los habría envidiado. Habría rogado al dios de los mosquitos que lo reencarnara en humano en su próxima vida. Aunque solo fuera por un día. Aunque solo fuera durante un minuto. Así, habría tenido la suerte de sentir lo que es amar como Kyle y Coryn se amaban.

Pero el muy cretino los ignoró, lisa y llanamente. Zumbó en la penumbra de las cortinas corridas y se lanzó como un ciego a la red que la araña había tejido. La araña se acercó, aterradora, y acarició con una de sus largas patas la cabeza del tembloroso insecto.

—¿Qué has visto de maravilloso hoy, joven Mosquito?

—¿Hoy? Nada mejor que otros días, señora Araña.

La araña pensó que el bicho alado era incluso más cretino de lo que había supuesto. Exhibió una sonrisa de piedad.

—¿Sabes qué es el Amor, Mosquito?

—¿El Amor? Eeeh… no, señora Araña.

—¡Qué lástima! —dijo estremeciéndose de goloso placer.

Se inclinó sobre el pobre bicho, que vio el reflejo de su cabeza en los oscuros ojos de la araña. Fue tal su terror que abandonó en el acto toda idea de lucha. La araña jugueteó con él, dio vueltas a su alrededor, retrocedió dos o tres pasos.

—Mosquito, tienes mucha suerte. Hoy no tengo hambre porque me he embriagado de Amor… Una oportunidad así no volverá a presentarse. Por eso, la próxima vez que oigas palabras de Amor, que veas caricias de Amor, trata de escucharlas y mirarlas para no olvidarlas nunca.

Mosquito se lo prometió, pero, a decir verdad, no entendió gran cosa de lo que Araña había dicho, aparte de que ese enorme adefesio no tenía hambre. Huyó volando tan lejos como pudo mientras la señora Araña se acurrucaba en el fondo de su red. Y rogaba que la amaran como Kyle amaba a Coryn.

34

—¿Dónde están tus hijas?

—En la guardería —dijo Coryn mientras dejaba una bandeja repleta de tostadas con queso y fruta en la cama—. Pensaba mirar los anuncios clasificados, pero la directora es tan parlanchina que me ha retrasado...

Coryn murmuró que a veces los retrasos tenían un sentido, y luego añadió mirándolo a los ojos:

—¿Cuándo saliste del hospital?

—Ya me lo has preguntado, mi amor.

—Y no me has respondido, mi amor.

A Kyle le horrorizaban las mentiras, pero no quería hablarle de su enfermedad. Sencillamente, para no dar vida, fuerza o incluso crédito a la bestia que solo buscaba destruirlo.

Kyle devoró una rodaja de melón y un durazno. Coryn contó lo que había leído sobre él. «Te recuperas y buscas inspiración en una isla paradisíaca...»

Kyle la besó y le explicó que Patsi se había hecho cargo de todo cuando el cansancio pudo con él. Su cuerpo se había rendido después de un mes de tensiones y presiones, viajes, desfases horarios, maletas y energía volcada en darlo todo en el escenario. Sí, había ingresado en el hospital y después en una clínica de reposo. Y, por último, en su habitación «paradisíaca» en la residencia de Jane. Solo y sin inspiración.

—Un día —añadió rápidamente— supe dónde encontrarte.

—Dime que estás bien.

—Me siento mejor —le dijo besándola de nuevo.

Kyle no mentía. ¿Acaso había experimentado una sensación semejante en los últimos meses? No. Ni en una sola ocasión.

—¿Mejor?

—Estoy bien. Me siento bien. Y todo lo que quiero es estar contigo y hacerte el amor una y otra vez.

La abrazó.

—Tu ausencia ha sido horrible.

Ella le apartó el mechón de la frente.

—¿Cómo supiste dónde encontrarnos?

—¡Oh! Por desgracia no lo comprendí hasta hace poco. Resulta que una mañana recibí la visita inesperada de un rayo de sol.

Kyle explicó cómo había incidido en el famoso calendario.

—Aquella mañana vi por fin el nombre de la playa: Zihuatanejo. Un nombre así no se olvida.

Coryn sonrió.

—Me han hecho falta exactamente veintitrés días para encontrarte. Sentía que estabas aquí. Igual que cuando te vi junto a Malcolm sentí que cambiarías mi vida.

Kyle le desgranó todas las cosas que había tenido que superar. Sus dudas, sus miedos, la separación de Patsi, el embarazo de esta, su bebé, al que no había conocido, los últimos conciertos, África, su infancia, en fin, los pocos recuerdos de ella que no dejaban de acecharlo. Y su encuentro… en Navidad. La carencia y la obsesión. «Mi miedo y mi falta de valor.» Grecia. Los baobabs. Nueva York.

Ni una sola vez pronunció el nombre de Jack. Coryn se percató, pero no dijo nada. Kyle no había olvidado el mensaje de Jane, no, pero hacía lo mismo que con el dichoso cáncer: ganaba tiempo. Y ese instante, en ese presente que estaba viviendo, compartiendo con ella, era… Kyle no tenía palabras para definirlo, pero supo por primera vez qué color otorgar a los ojos de Coryn. Eran como el azul del mar que había contemplado la tarde anterior cuando el sol parecía colgado para siempre en el cielo, justo antes de que la luz se desvaneciera. Sus ojos emanaban esa fuerza, ese calor y esa eternidad.

—Cuando volví a San Francisco por Navidad me había propuesto verte, de una forma u otra. Y ahí estabas, en La Casa…

35

—Volví a hacerme invisible por instinto. Pero si hui fue por culpa de...

—Jack y yo.

—Tú... —Coryn le acarició una mejilla—. Tú... porque eres lo que eres. Y Jack porque, de una manera u otra, intentará encontrarme y tarde o temprano me matará. Lo sé.

Se le apagó la voz. Jack la arrastró de nuevo a un pasado que quería borrar de su vida. Había desconectado de la realidad y sentía pánico.

—Coryn, escúchame. Tengo...

—No volveré —continuó sin prestarle atención—. No voy a caer en la trampa. No me atrevo...

Kyle le cogió las manos y añadió que tenía algo que decirle. Ella se sentó enseguida.

—Ha huido —dijo Coryn palideciendo.

—Está en el hospital.

Kyle le contó lo que sabía. Añadió que había que esperar a que el Cabronazo se consumiera solo.

—El tiempo no ha cambiado nada. No siento ninguna compasión por él. Ni el menor deseo de perdonarlo. Cada día pienso en lo que hizo con mi vida durante años. Pienso en sus manos... No consigo deshacerme de ellas.

—Lo sé —dijo él abrazándola con fuerza.

¡Oh, sí! Los dos lo sabían. Las vidas se entrelazan de manera curiosa...

—... y el odio no termina nunca —dijo ella—. Nunca se debilita, y eso me desconsuela.

—¿Por qué? Tú no tienes que excusarte. Yo sé lo que es el odio. Es un monstruo contra el que luchas toda tu vida para que no te mate.

—Quiero hablar con Jane.

Se vistieron sin decir palabra, valorando el peso de lo que los aplastaba. Su felicidad dependía de Jack. Qué fatalidad... Seguía ejerciendo ese poder sobre ella. Sobre ambos, en adelante. Ese repulsivo hombre seguía proyectando su sombra y decidía, en cierto modo, su futuro.

Coryn sintió náuseas cuando Kyle le subió la cremallera del vestido. A él su espalda le pareció preciosa, y no podía imaginarse que a miles de kilómetros otra mano subía también otra cremallera. Con el mismo silencio. Pero sin ninguna emoción.

36

El móvil de Kyle anunció dos mensajes. Uno era de Jane. Se reducía a unas pocas palabras que el joven quiso oír de boca de su hermana antes de comunicar nada a Coryn. Fue al salón, y Jane no fingió sorpresa cuando Kyle le dijo que la joven-mujer-rubia-de-su-vida estaba en la estancia contigua, sentada en el borde de la cama poniéndose las sandalias y con el pelo cayéndole por la cara. Jane repitió palabra por palabra lo que el abogado de Coryn le había transmitido. «Jack Brannigan ha dejado de respirar.»

—No sé nada más. En fin, de momento.

Jane añadió que tenía una cita para no sucumbir a la tentación de preguntar dónde estaban en ese maravilloso minuto, ni cómo se encontraba él. Prefería esperar a que tanto Coryn como su hermano decidieran decírselo. «He deseado la muerte de Jack. Y yo también voy a morir.»

Kyle colgó y Coryn lo observó en silencio. Tenía una mano apoyada en el marco de la puerta.

—Jack ha dejado de respirar. Ha muerto.

La joven mujer quiso escuchar de nuevo esas palabras, como Kyle había hecho con Jane. El músico repitió la frase liberadora. Coryn no se movió, luego se le paralizó el rostro.

—¿Qué voy a decirles a los niños?

—La verdad.

37

En un minuto Kyle recordó toda la injusticia que se había cometido contra él, contra ellos, y sintió que una ira fría lo invadía. Recordó retazos de conversaciones con el personal sanitario. Pensó en los testimonios que había leído en el hospital. En todos los enfermos que reconocían el inevitable momento en que la razón de la enfermedad que padecían cobraba sentido. «Soy un hombre condenado por no haber hecho nada.» Las lágrimas asomaron a sus ojos. Y a fin de ocultar su turbación se inclinó para ponerse los zapatos... cuando una curiosa araña verde se aventuró sobre la alfombra. Debajo de su nariz.

—¡Espera! —dijo Coryn sujetándole por el brazo—. Cuando tuve a Christa había una araña en el techo, encima de la cuna. Llamé porque no la alcanzaba y la señora asiática que vino me dijo: «Las arañas en casa dan buena suerte».

Mientras hablaba, la joven mujer consiguió coger la araña con una revista y la condujo hasta la ventana. Luego observó cómo huía a toda velocidad.

—Está a salvo.

Coryn pensó «como yo», pero dijo que era hora de ir a buscar a los niños. El músico tomó su mano, la besó y confesó mientras caminaban por la calle que también había sido gracias a una araña...

—… como descubrí dónde te escondías.

—¿Dónde estaba la araña?

—En la playa de Zihuatanejo.

Kyle olvidó el segundo mensaje de su móvil. Era de su médico: le informaba, crudamente, que las analíticas realizadas en los últimos días en México le habían llegado. Por desgracia, no ofrecían signos de mejora.

38

En los primeros días que siguieron a su liberación a Coryn le costó relajarse. Decía que sus hijos la preocupaban. Sobre todo Malcolm, que no había llorado ni exteriorizado nada cuando le dio la noticia. El niño se había tomado los hechos con comedimiento y Daisy había mirado a su hermano.

—¿Qué significa la muerte para ellos? —acabó murmurando la joven mujer en la penumbra del dormitorio.

La muerte nunca es gratificante, ni siquiera cuando libera.

Coryn se negó categóricamente a asistir al entierro de Jack en San Francisco. Encargó a su abogado que le enviara el certificado de defunción y que se ocupara de todo.

Un día, después de haber dejado a Malcolm en el colegio, llamó a sus padres. Su madre registró los hechos —«tu decisión»— sin hacer ningún comentario. La joven mujer prometió llamarlos, pero lo haría raras veces.

Empezó una larga carta para Timmy. Hizo varios intentos y la tiró a la papelera en todos ellos. Decir las cosas implicaba... Necesitaba tiempo para escribirlas. De modo que eso fue exactamente lo que puso en la tarjeta postal que eligió con esmero. «Necesito tiempo. Aquí el cielo es límpido y el mar cálido, y los niños hacen castillos de arena que te gustaría aplastar riendo. Te quiero. Cuídate. Coryn.» Malcolm firmó y las niñas garabatearon lo que pudieron. Kyle escribió: «Palmeras a la vista», con su letra fina y clara, y firmó. Sonrió al dársela a Coryn, quien sonrió a su vez al leer esas cuatro palabras. Se puso las sandalias y caminó deprisa hasta la oficina de Correos. Feliz. Intensamente feliz. Volvió corriendo y, con la voz tan clara como la escritura de Kyle, dijo:

—Nunca me iré de este país. Nunca me iré de este lugar donde me has encontrado y donde me he liberado. Es aquí donde quiero vivir.

Kyle añadió que tenía razón. Que es necesario algo nuevo para empezar de nuevo. Que hay que dejar atrás los malos recuerdos y los lugares que nos los recuerdan para vivir como si olvidáramos. Patsi no estaba equivocada, después de todo.

Cuanto más tiempo pasaba él también en el soleado y colorido México, menos pensaba en su maldita cuenta atrás. Y menos sufría. De hecho, los tratamientos fuertes habían sido su mayor tortura. Las dichosas analíticas eran las que lo habían abocado al desastre, asignando a su cuerpo una fecha de caducidad precoz. Como la que figura en los yogures. Si uno se los come un segundo, una hora o incluso unos días después no cae irremediablemente enfermo. Ni muere... «¿Verdad?»

Sentado en la terraza, frente al Pacífico insinuándose entre las palmeras, Kyle descubrió poco a poco que nunca antes la Esperanza lo había habitado hasta tal extremo. La Esperanza se convertía en una realidad tangible. Extrañamente física. Se aferró a Coryn como si le insuflara la vida misma. Cada día era esencial. Los minutos, únicos. Y llegaba a convencerse de que él tenía la suerte de saberlo.

39

Por la mañana el sol entraba en las habitaciones e inundaba la terraza de la casita con vistas a la playa. Luego pasaba detrás de las palmeras que acariciaban el tejado. La sombra no refrescaba mucho. Malcolm decía que sentaba bien en los pies, y ya.

—¿Cómo llegaste a esta casa? —preguntó el músico cuando consideró que Coryn podía hablar.

Había aguardado a que las niñas estuvieran en la guardería y Malcolm en el colegio. Quedaban exactamente cuarenta y seis días.

—¿Quieres saber su historia?

—Y la tuya desde Navidad. Quiero saber cómo llegaste aquí. Lo que tuviste que pasar para venir a Zihuatanejo.

Coryn fue a preparar un café suave, y Kyle se acomodó bajo la sombrilla. Podía verla moviéndose por la cocina. Sus gestos fluían como una melodía. Había conocido a pocas personas que fueran tan elegantes por dentro y por fuera. Y eso que había conocido a mucha gente. De forma más o menos fugaz. Pero siempre intensa. Con la vida que llevaba, que todos los miembros de los F... llevaban, los encuentros siempre eran medidos, cronometrados, y se tornaban concentrados. Las preguntas, precisas. Las historias, apasionadas... Porque había que marcharse. Siempre había que cambiar de lugar.

«¿Son más fuertes las relaciones cuando sabes que el tiempo disponible es corto y determinado? ¿O es otra cosa?» Kyle seguía con la mirada fija en Coryn. La melena le caía sobre los hombros y, desde hacía unos días, se la sujetaba detrás de las orejas cuando agachaba la cabeza. Despejando su cara. Por un instante Kyle tuvo el estúpido temor de que pudiera huir de nuevo. De que lo dejara... otra vez solo. Ella se volvió y sonrió. «Coryn no haría nunca nada parecido.» La joven mujer dijo desde la cocina que el café estaría listo...

—... en dos minutos.

Kyle descontó los segundos con precisión. Había nacido con el sentido del ritmo, ¿no? Cuatro. Tres. Dos. Uno, y Coryn llegó descalza. Dejó la bandeja a la sombra y se sentó enfrente del cantante. Dobló las rodillas hasta la barbilla. Se las rodeó con los brazos.

—Para empezar, fue gracias a ti que pude llegar hasta aquí. Gracias a lo que dejaste con la cámara de fotos.

Él sonrió y ella inició su relato. Battle Mountain. Las Vegas. El calor asfixiante y la constante bondad y cooperación de sus hijos. Cómo habían salido de Nueva York para llegar en autobús, unos días más tarde, a una pequeña ciudad de Montana, casi en plena noche. Hacía mucho frío, los pequeños estaban rendidos y se pegaron a ella.

—El cartel azul del motel justo enfrente de la estación de autobuses se reflejaba en la carretera húmeda. Estaba agotada, creo que no habría tenido fuerzas para ir más lejos.

Coryn le contó que abrió la puerta del motel. Rellenó el papeleo con Christa en brazos. La propietaria, una mexicana entrada en los cuarenta, miró a los niños que bostezaban y dijo que tenía libre un estudio grande. Con tres camas. La joven mujer pagó dos semanas por adelantado sin saber muy bien por qué. Solo porque necesitaban reposo, porque Malcolm, Daisy y Christa necesitaban reposo, tanto que los cuatro apenas salían para pasearse por las calles frescas de Chatinga.

—No tenía ni idea de qué hacer. Me sentía libre y perdida. Tenía mucho cuidado y evitaba a los grupos de madres en el parque, aunque me decía que después de las vacaciones Malcolm tendría que ir a clase. Quería desaparecer y vivir sin volver a ver nunca a Jack. Y una noche llamaron a la puerta de la habitación. Estaba aterrorizada cuando la entreabrí. La mexicana dijo que quería hablar conmigo y que esperaba que los niños estuvieran dormidos.

40

—Sé que te escondes y, como estás en mi casa, quiero saber qué has hecho.

Coryn no tuvo otra elección que contar lo sucedido bajo la mirada inquisitiva de la dueña del motel. Habría sido una tontería mentirle, y largarse era sencillamente imposible. La joven mujer habló, pero la mexicana no esperó a que Coryn terminara.

—Mi madre decía: «Una mujer no denuncia a otra mujer». Me gusta tu franqueza, y ahora te contaré yo mi historia. Nací al otro lado de la frontera. No teníamos nada. Nada en absoluto. Cuando mi padre murió, nos quedó aún menos. Mientras que a unos kilómetros había de todo. Llegué a Estados Unidos con dieciséis años, en 1972, tras haber cruzado la frontera clandestinamente. Trabajé como ilegal durante una larga década, con el miedo en el estómago. Desempeñé todos los empleos miserables que solo los «invisibles» aceptaban, hasta que el Azar me condujo a este motel, regentado por un hombre maravilloso que me desposó. Y que me ofreció, además de su amor, la legalidad. Mi vida cambió por completo. No soy rica, pero ya no soy pobre. Siempre he enviado lo necesario a mi familia para que mis hermanos estudiaran. Cuando se fueron de casa mi mamá regresó para vivir con la suya a orillas del Pacífico. Luego mi abuela murió… y yo fui a buscar a mi madre. Ahora cuido de ella. Si supieras cuánto la había echado de menos… Pero… —La mujer suspiró—. Es la vida. Es mi vida. Duermo con la conciencia tranquila y ya no estoy obligada a esconderme para existir. Por eso, créeme, cuando vi que querías pasar desapercibida, que bajabas la vista, por no hablar de tu acento… comprendí que vivías como una sombra. Y sabes que vengo de un país donde los colores dan la vida.

Coryn murmuró que estaba perdida.

—Al desposarme, James me devolvió los colores. Así que en cierto modo yo también tengo ese poder ahora. Pero lo que puedo hacer por ti no sé si lo aceptarás.

La mexicana tenía los ojos de un negro más oscuro que el ébano.

—Si no quieres que tu marido te descubra, no puedes quedarte en Estados Unidos. Yo que tú me iría. Dejaría este país.

—No quiero volver a Inglaterra.

La mexicana rio a mandíbula batiente.

—¡No te estoy hablando de Inglaterra! ¡Hace demasiado frío! Te hablo de sol. De música. De colores. De México. De Zihuatanejo.

41

—Lloré —confesó Coryn—. Por no caerme de espaldas. Zihuatanejo sonaba como un sueño. Le pregunté si era bruja, maga o diosa. Me respondió «no sé» con una risa increíble. Hizo exactamente lo que me había prometido. Ignoro cómo lo hizo, pero me consiguió permisos de residencia permanentes. Tomamos el tren hasta San Diego, donde embarcamos en un barco cuyo propietario era un conocido suyo. El viaje por mar duró cuatro días y cuatro noches, durante los cuales vomité de miedo. Todo el tiempo que habíamos pasado en los caminos había tenido la extraña sensación de sentirme protegida. Inaprensible e intocable. Pero cuanto más nos acercábamos a nuestro destino, más...

Kyle le tomó la mano y la besó.

—Entonces desembarcamos en Zihuatanejo. Era la mañana del quinto día. Estaba amaneciendo. La playa estaba desierta y uno de los marineros me trajo hasta esta casa, de la que de alguna manera... soy la guardiana legal a la espera de que la mexicana vuelva un día.

—¿Y si compro una casa aquí?

La joven mujer se levantó, asustada.

—¿Por qué? ¿No quieres volver a subir a un escenario?

Kyle se levantó también.

—Quiero estar seguro de poder encontrarte.

Coryn no preguntó si pensaba marcharse. Ni cuándo. Cogió al cantante de la mano y lo condujo a su cama. La cama de ambos.

Kyle estuvo a punto de pedirle que se casara con él, pero en ese caso... tendría que confesárselo todo. Hacerse analíticas. Decir las cosas era... Kyle no terminaba de decidirse, así que se limitó a preguntar cuál era el nombre de la mexicana.

—Anunciación de la Vega. Pero ahora se llama Anunciación Willburg, y con mucho orgullo.

42

Kyle, Coryn y los niños solo visitaron cuatro casas. La última fue la buena. Podía verse el mar desde casi todas las habitaciones. Tenía un encanto irresistible. Reunía todos los detalles que habían enumerado para divertirse. Más uno: un amplio jardín sombreado. Los antiguos propietarios les ofrecieron sus viejos muebles de madera agrietada y descolorida por la brisa marina. Kyle y Coryn los conservaron. Se trasladaron tan pronto como los plazos legales y las obras se lo permitieron. Kyle hizo que la pusieran a su nombre y al de Coryn. Casi olvidó que el contador indicaba treinta y un días. Un mes exacto.

Desde su reencuentro el músico se había escapado para hacerse las analíticas. Decía que tenía compras que hacer y volvía con los brazos cargados de CD y vídeos de artistas mexicanos. Instaló un flamante televisor, un lector de DVD y una cadena de música. Compró también un coche grande, dos guitarras resplandecientes y una mandolina. Sin embargo, apenas tocó sus nuevos instrumentos. Y solo con la punta de los dedos. Cuando Coryn le preguntó por qué, respondió que primero tenía que «amaestrarlos».

Pensó en un piano... En su teclado para los conciertos, y

una mañana decidió que se lo enviaran a México, aun cuando la empresa de transportes le dio una fecha de entrega posterior a la que él tenía en mente. No se dio cuenta hasta que abrió la puerta del coche delante de la casa. Los niños se le echaron al cuello. Con el mismo ímpetu con que lo habían hecho el día en que apareció a la salida del cole. Malcolm y Daisy lo abrazaron muy fuerte. Christa sonrió con timidez. Ese día la chiquitina, de pie en la terraza, gritaba dando palmas:

—¡Cal! ¡Cal!

El músico la tomó en brazos. Ansiaba tomarla en brazos todos los días, y tuvo que reconocerse a sí mismo que, en ciertos momentos, la otra parte de su ser, la que habría querido olvidar, borrar, negar, rechazar o, mejor dicho, destruir, ya no existía. Sin embargo, los resultados llegaban tres días después de las malditas analíticas de sangre. Idénticos. Sin mejoría. Pero sin empeoramiento. Kyle respondía:

—¿Sería más lógico morirme? ¿Desaparecer? No es eso lo que quiero, doctor.

El vigésimo quinto día se esfumó lentamente. El duodécimo. El séptimo. El cuarto. Y llegó el número cero. Y no pasó nada. Kyle volvió a contarlos con los dedos. Luego en el calendario. Jane llamó dos veces. Patsi también. Steve y Jet lo mismo.

—¿Se han puesto todos de acuerdo? —preguntó Malcolm.

—Puede. Están todos un poco pirados, ¿sabes?

—¿Qué significa «pirado»?

—Raro.

—¡Ah! Entonces como tú.

447

—¿Crees que soy raro?

—Pues sí. Un poco.

—¿Y por qué, Malcolm?

—Compras guitarras nuevas y no las tocas.

—Voy a contarte un secreto —dijo el músico apoyando las manos en los hombros del niño—. Es como con las chicas: hay momentos en los que hay que sonreír, y otros en los que hay que actuar.

Luego, muy deprisa, el niño añadió, después de mirar hacia la cocina donde su madre preparaba la comida, que echaba de menos a su padre, y que habría preferido odiarlo. Kyle se lo llevó de la mano a dar un paseo por la orilla del mar. Coryn los vio desde la ventana, y cuando volvieron no les preguntó de qué habían hablado.

—Ya está. ¿Comemos en la terraza?

—Claro —dijo el músico haciéndose cargo de la bandeja.

Coryn tenía la misma sonrisa que los días anteriores, y Kyle se sintió profundamente feliz por ello. «Hoy es un día como cualquier otro.» Sirvió los platos. Hablaron de las obras que pronto concluirían en la nueva casa. Luego de todo y de nada. Coryn acostó a los niños mientras Kyle quitaba la mesa sin mirar una sola vez al mar oscuro.

A esa hora, más valía esperar a Venus.

43

Llegó el día siguiente. El sol se levantó y Kyle se dijo «más uno». Salió muy temprano de casa, cuando todos seguían durmiendo, bajó la escalera que conducía al mar y se sentó en el último escalón. Llevaba consigo la guitarra, la que lo acompañaba desde hacía tantos años y que aún no había tocado en México. Al sacarla de su estuche unas hojas repletas de notas y de letras cayeron a sus pies. También un sobre. El músico recordó que lo había encontrado entre su correo en la residencia de Jane, cuando decidió abandonar las cuatro paredes de aquel hospital... Ese sobre lleno de sellos había llamado su atención entre todos los demás. Antes de irse lo metió en la funda de su instrumento sin detenerse a abrirlo y después lo olvidó. Miró el nombre del remitente. La enviaban desde Willington, una tal señora Dos Santos. Había viajado por distintas direcciones antes de llegar a la de su hermana. Kyle pensó que ese era el día ideal para descubrir el mensaje de aquella mujer que vivía donde él había nacido.

La carta era corta y la escritura, vacilante. Pero no las palabras. La leyó dos veces. Y sonrió. «Tenía que leerla hoy.» Kyle miró un buen rato la foto y notó los primeros rayos de sol que se posaron sobre sus hombros. Dobló la hoja con cuidado, la metió de nuevo en el sobre y después la puso en el mismo sitio donde la había encontrado. Cogió la guitarra, y sus dedos reanudaron lo que sabían hacer desde siempre.

«Más uno. Más uno. Más uno. Más uno. Más uno. Más…»

No oyó a Coryn cuando ella se plantó en lo alto de la escalera para contemplarlo durante largos minutos. Estaba tocando. «Más uno.» Tocaba con facilidad y ganas. «Más uno.» La brisa del mar transportó algunas notas hasta la joven mujer. Algunas notas de música y bastante más. Mucho más. Se atusó el pelo y cerró los ojos. Como aquel día en que el viento de San Francisco le había sabido a viaje y a sal. «Más uno.» Rogó que los días dejaran de contarse y bajó la escalera. El músico sintió su presencia. Apoyó la guitarra.

—No, no dejes de tocar, Kyle. No dejes de vivir.

Él levantó la vista hacia ella.

—Sé que hoy es un día especial.

Kyle sonrió.

—¿Y cómo lo sabes?

—¿Recuerdas el día que te olvidaste el teléfono cuando fuiste a pescar con Malcolm?

—Muy bien.

—Ese día Patsi llamó. Fingió que llamaba porque su bebé la había despertado y lo notaba pesadísimo. «Una mezcla de artista y cocinero solo puede dar un resultado penoso», me dijo. Después me preguntó tres veces cómo estabas antes de colgarme de repente. La llamé, y terminó reconociendo que era mejor que yo lo supiera.

—¿Estás enfadada conmigo?

—«Tómame en tus brazos.»

—¿Y si te pidiera que te casaras conmigo?

—La respuesta es «sí».

Y añadió:

—Tenemos más que los demás, Kyle. Sabemos el precio de cada día.

Permanecieron un buen rato mirando el mar. Poco a poco, minuto a minuto, el agua pasó del gris al gris azulado. Y prometía seguir aclarándose. Las ramas de algunas palmeras danzaban al viento. Se enganchaban unas a otras y se desenganchaban para reengancharse de nuevo. Coryn recordó todas las veces que había anhelado vivir con un hombre que disfrutase mirando la danza de las ramas. Ni él ni ella dijeron una palabra. Permanecerían inmóviles y serían felices. «No me he equivocado de sueño.»

—Pero dime una cosa... —le pidió Kyle—. Nunca me has contado a quién llamabas la mañana que te encontré.

—A ti. En fin, al número de La Casa, porque el de tu antiguo móvil estaba cancelado. Y resulta que estabas delante de mí.

44

La historia no dirá de qué color era el traje de novia de Coryn. Ni cuál era el color de los ojos de Kyle. Siempre es necesario un toque de misterio y de indefinición. De sorpresa. ¡Oh! A la joven mujer rubia le encantaban sus ojos. Variaban con el tiempo y la luz. Con sus emociones. Habían recuperado la chispa que los hacía vibrar y mirar a su alrededor. Brillaban con una fuerza inusitada. «Kyle tiene una fuerza inusitada», pensaba Coryn al dormirse cada noche.

La historia no dirá cuánto tiempo les quedaba de vida en común. Pero sí que Patsi dio a luz en casa de sus padres a un precioso hombrecito al cual llamó simplemente —y para sorpresa de todos— Peter.

—Con un padre que se apellida Mann, ¿qué esperabais, que lo llamase Spider? ¡No soy tan irresponsable ni estoy tan tarada como siempre habéis creído! Spider solo es... su cuarto nombre de pila.

—¡No! —exclamaron todos a una.

—¡Preguntad a su padre!

Christopher Mann ni lo desmintió ni lo confirmó. Pero sonrió al confesarles que había encontrado a una mujer independiente, y Patsi añadió:

—Os había contado que este crío era el hijo de un *man*, ¿no? Nunca mentí. A nadie más que a la prensa.

La historia no dirá, tampoco, si las arañas tienen un código secreto para comunicarse entre ellas. Si hay que creer en ello... Si hay que aplastarlas o llevarlas a la repisa de la ventana. Pero dirá que ninguno de los enamorados supo nunca que el doctor John Mendes se había criado con un padre violento. No supieron que el médico terminó abriendo el expediente con el informe de Jack Brannigan, olvidado por la policía en las urgencias del hospital. Informe que había transitado de servicio en servicio, subido escaleras en brazos cargados y terminado su carrera allí mismo.

No, Kyle y Coryn no supieron que una fina y delicada araña había captado el interés del médico. Esta se había colado por debajo la puerta y escalado los muebles para terminar acomodándose en mitad del expediente rojo. Donde su pequeña presencia negra atrajo la aguda vista de John Mendes. Desde su infancia, profesaba adoración por los insectos. En especial por las arañas. Había criado decenas. A escondidas de su padre. Porque a su padre no le habría hecho ni pizca de gracia descubrirlo. Habría sentido un hormigueo en sus enormes manos y le habría propinado una bofetada de campeonato. Seguida de otras muchas. Y todas tan bestiales como las que estampaba cuando perdía los nervios por misteriosas razones. A John se le habría cortado la respiración y habría caído sobre sus pequeñas rodillas.

Pero el médico había sido un niño inteligente, prudente y avispado. En particular con las arañas. Cada vez que descubría una la llevaba al jardín yermo, donde su padre estaba demasiado borracho para hacer nada.

El niño recogía arañas y botellas vacías. Y no decía nada cuando su viejo le robaba las pocas monedas que ganaba gracias a sus trabajillos en las casas de los vecinos. ¿No debe un hijo complacer a su padre? «Claro que sí», pensaba John. «Y mi padre adora con locura el whisky. Sobre todo el de mala calidad y el que destruye con eficacia sus células hepáticas.»

El niño apostó, y esperó a llevarse mucho más que su apuesta inicial. Para lo cual debió aguardar varios años. Pero finalmente su primer día de suerte llegó. Al viejo le diagnosticaron una cirrosis cuando cumplió cuarenta años. «¡Feliz cumple, papaíto!» John consideró que la muerte de su padre fue su segundo día de suerte. Exactamente un año más tarde. «Punto final.»

Cuando tuvo edad para empezar sus estudios universitarios dudó entre dos opciones: ¿entomología o medicina? ¿Los insectos o los hombres? Ni siquiera hoy sabía por qué había escogido a los humanos. ¿Había sido por la muerte de su padre? ¿Por otra razón?

Ese lunes, a las cinco y cuarenta y dos en punto de la madrugada, John Mendes llevó a la pequeña araña hasta la repisa de la ventana de su despacho en la planta baja. La observó mientras avanzaba hacia el primer arbusto. Le pareció que se volvía para dedicarle una sonrisita. El médico movió la mano. Su noche se terminaba. El cansancio lo invadió de golpe y bostezó al pasar por delante del expediente rojo. «¿Rojo? ¡ROJO!»

Solo entonces fue consciente: «Un expediente escarlata en el hospital, ¡imposible!». Las camisas son rosas o azules, según se sea —evidentemente— mujer u hombre. Lo cogió y leyó: «Recluso Jack Brannigan».

Sin un atisbo de duda, John recorrió atentamente lo que debía ser transmitido a la policía inglesa. Quedaba claro. Preciso e inequívoco. Una historia bien hilada, a fin de cuentas. Que releyó con cuidado. Su dedo se deslizaba por cada una de las frases. Consultó en su ordenador el informe poco optimista del «Paciente Jack Brannigan». Después, pensativo, se dijo que faltaba algo. Solo una palabra.

John Mendes salió de su despacho, apretó el «3» del ascensor, pasó por delante del despacho de las enfermeras y se alegró al ver que solo la obesa Janet estaba de guardia. La envió a buscar un lote de medicamentos a la farmacia, al otro extremo del edificio. Ella refunfuñó, él frunció el ceño. La enfermera apartó su sillón, que gruñó más fuerte que ella, y se levantó. El médico la siguió con la mirada mientras se bamboleaba como... «lo que era».

Después de manipular el volumen de los timbres de aviso John fue directamente a la habitación de Jack. Entró sin llamar.

—Mi querido Cabrón, pues no dudo de que perteneces a esa infame congregación, vamos a ver si, ahora que estás descansado y has aprovechado tan bien tu vida para destruir la de los demás, vamos a ver, decía, si puedes respirar como un machote. Tú solo, se entiende.

Clic.

John se quedó mirando las costillas que nunca más volvieron a elevarse. Cuando la cosa estuvo clara, el médico regresó al pasillo, se plantó tras el mostrador de Janet antes de que ella estuviese de vuelta, corrigió el volumen de los timbres de aviso y se precipitó de nuevo junto al «enfermo» para esperar, pacientemente, que el pánico general interviniese. Cuando una multitud irrumpió en la habitación del desdichado, el médico anunció que había llegado...

—... demasiado tarde.

Janet refunfuñó, pero obedeció las órdenes y transmitió

el mensaje precisando que «Jack Brannigan había dejado de respirar solo». John Mendes volvió a su despacho, se apostó en la ventana y pensó en la pequeña araña negra. «Siempre hay que mirar alrededor... Nunca se sabe, puedes salvar una vida.»

Su oficio le había permitido salvar muchas. Ese día se añadirían a su cuenta cinco más. «La de la pobre mujer de Jack-el-monstruo, la de sus tres infelices hijos y la tuya, Arañita.»

En cuanto a la de Kyle, puesto que John no conocía su existencia, no la contabilizó. Un extra.

Y la historia dirá con un inmenso placer que Kyle volvió a subir a un escenario y que su mujer se levantó cuatro mañanas seguidas sintiendo náuseas. La quinta se precipitó al baño... Nueve meses después, una niña que el músico quiso llamar Julia vino al mundo. «La vida...»

Y, «forzosamente», la historia terminará cuando un día, de buena mañana, Coryn llamó a Jane.

—Se ha ido entre mis brazos.

Epílogo

Coryn Jenkins nunca habló de su primera bofetada, de las circunstancias de esta o del artículo de su hermano. Jack murió llevándose el secreto a la tumba. Ella se iría igual. Hay cosas que no puedes desvelar a nadie. Ni siquiera a tus seres más queridos.

Unas semanas después de la desaparición de su amor, Coryn guardó sus cosas y encontró en el fondo de su cartera una carta dirigida al señor Kyle Mac Logan. Estaba fechada el 12 de julio… Franqueada desde Willington el mismo día. Coryn recordó que era la ciudad natal de su marido. Cuando la sacó del sobre cayó una foto. De una mujer mayor con el pelo canoso y un corte severo. Sin embargo, su sonrisa rezumaba una ternura maternal.

Hola, Kyle:

Me llamo Julia Dos Santos y hoy soy una mujer muy vieja. La vida se ha tomado su tiempo para hacerme entender ciertas cosas. No tengo ninguna prueba de que seas el chico en quien he pensado todos los días de mi vida. Sin embargo, tengo la certeza.

Nunca nos hemos visto, pero un día hablamos por teléfono. Tú tenías cinco años. Era mi último día de trabajo… Te he llevado dentro de mí todos estos años.

No he tenido hijos. Mi vida… La vida… En fin, sé que tú lo entenderás. Siempre he seguido tu trabajo, y me siento orgullosa de la persona en la que te has convertido.

Me gustaría decirte que he pensado en ti como en un hijo.

JULIA

Coryn sabía quién era Julia, sabía también que se había marchado justo antes del nacimiento de su hija. Cotejó su foto con la de Kyle. Las miró un buen rato. Miró la imagen de Kyle un buen rato.

A miles de kilómetros, Jane se sentó al piano de la gran sala de La Casa. Las dos mujeres cerraron los ojos y la música invadió el espacio.

Notas y agradecimientos

Una novela es una cosa misteriosa. Brota. Y se expande como un universo. Tiene sus códigos y sus leyes. Fascina, altera, conmueve... Escribirla es un trabajo de aventurero y casi de explorador. Es único. Como su Big Bang.

Para esta novela, el Big Bang se tornó una evidencia en el instante en que la terminé. Como si todas las emociones, todo el esfuerzo, todas las sorpresas hubiesen convergido en el punto final para decir: «Ahora, ¿lo has entendido ya?».

Hace diez o doce años, tal vez más, vi desde mi ventana a un hombre que se llevaba a una mujer a un rincón. Como es natural, pensé en dos enamorados. Luego comprendí que no se trataba de eso en absoluto. Salí a la calle y, por suerte, otros vecinos también lo hicieron. Por suerte, un coche se detuvo. Fue repugnante. Pero en realidad es más que eso. A veces... no hay nadie para ayudar.

Veo y escucho lo que escribo. Y escribo lo que sienten las personas. Me conmueven los lazos que las unen, sus historias, sus vidas, lo que son. Me siento poseída por este no sé qué extraño que toma las riendas. Es una fuerza creativa, ella misma se nutre de otras creaciones cuando sirven a la novela mejor que cualquier otra palabra.

1. Cuando Kyle siente deseos de tomar a Coryn entre sus brazos, las palabras «Hold you in my arms» se impusieron. Sabía de sobra que no eran «mías», pero encajaban a la perfección. Mejor que cualquier otra descripción. Están extraídas de la canción *Starlight* del grupo Muse. Letra y música de Matthew James Bellamy, © Warner/Chappell Music.

2. Del mismo modo, cuando Coryn conoce a la anciana en la biblioteca, la réplica de Andy Dufresne «La belleza de la música es esto: que no te la pueden quitar» se escribió sola. Estas palabras están extraídas de la película *Cadena perpetua*, adaptación de la novela corta de Stephen King *Rita Hayworth y la redención de Shawshank*.

3. Que Mary regalase a Coryn esa novela (la cual pertenece al libro *Las cuatro estaciones*) no me extrañó. Lo que me dejó estupefacta es lo que Kyle descubrió al buscar en Google «Zihuatanejo». En cuanto leí las dos leyendas tuve uno de esos accesos de emoción intensa que procura el oficio de escritor. Como él, elegí una, la que se adaptaba a mis necesidades.

Quisiera añadir que durante la escritura «fui a dar» con varios reportajes y artículos sobre la violencia conyugal. Exactamente como si me los «deslizaran» entre las manos. Hasta el punto de que he llegado a interrogarme acerca del Azar y la Inspiración. La implicación de una cosa con otra… Y las coincidencias.

Desempeñan un papel importante en esta historia. Como en la vida. Creo que ocurre lo mismo con los encuentros. Vaya mi agradecimiento a mis editores, Caroline Lépée y Michel Lafon, por sus consejos, su entusiasmo y su confianza. A todas aquellas y a todos aquellos que me inspiran y por quienes siento el mayor de los respetos. A esta cosa nueva y maravillosa que me ha guiado a lo largo de la escritura de la novela. A mis personajes, sin quienes nada sería posible. A los editores de mis obras anteriores: Pascal Guilbert de La Main Multiple y Monique Le Dantec de Morrigane Éditions. Y, por supuesto, a vosotros.

En cuanto a las arañas… Mary diría: «¡Mierda! ¡Vivan las arañas!».